打开红色记忆
发扬光荣传统

迟浩田

八路军新四军
征战传奇

人民军队征战传奇丛书编委会 编

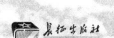

长征出版社
CHANGZHENG PUBLISHING HOUSE

人民军队征战传奇丛书编委会

主　编　樊易宇　任洪森

副主编　林日其　邵　亮

策　划　陈锡祥　李　涛　高宝新　张永超

编委会主任　樊易宇　任洪森

编委会副主任　林日其　韩彦庆　胡瑞平

编委会委员　（按姓氏笔画排序）

于海洋　王　恩　王统一　王道志　刘甲立

刘胜基　孙育航　李不难　杨征兵　吴建业

张大庆　张少宏　梁毅雄　邵　亮　苟世玉

金　川　钱　涛　袁广前　高建辉　部卓绮

董世坤

《八路军新四军征战传奇》作者名单
（按姓氏笔画排序）

于海洋　王　琰　王统一　方　威　任洪森

杜宣辰　李　涛　李不难　吴建业　张大庆

张少宏　梁毅雄　邵　亮　林日其　苟世玉

金　川　周汉杰　单　双　胡瑞平　袁广前

高建辉　部卓绮　寇军强　韩彦庆　裴　超

总　序

今年是中国人民解放军建军八十五周年。

回顾我军走过的光辉历程，自八一南昌起义，在中国共产党的领导和指挥下，人民军队前赴后继、浴血奋战二十多年，先后战胜了日本侵略者，赶跑了国民党反动派，解放了祖国大陆，并在抗美援朝战争中打败了以世界头号强国——美国为首的"联合国军"，保卫了新中国的安全，创造了人民军队以劣胜优、以弱胜强的世界战争奇观。中央苏区一至四次反"围剿"、飞夺泸定桥、四渡赤水、平型关大捷、百团大战、孟良崮战役、三大战役、渡江战役、席卷大西南、解放海南岛、抗美援朝五次战役，这一个个记述着我军辉煌征程的经典战例，一个个耳熟能详的传奇故事，汇成了人民军队从无到有、从小到大的发展壮大史，至今仍为各国军界、学界和军事爱好者们津津乐道，反复研究。

天下虽安，忘战必危。进入二十一世纪，在政治多元化、经济全球化、社会信息化的时代大背景下，以信息技术为核心的新军事变革不断发展，战争形态、作战样式、战斗力生成模式等无不发生着深刻的变化，同时影响我国的传统安全威胁与非传统安全威胁相互交织，应对多种安全威胁、遂行多样化军事任务对我军建设提出了新的更高的要求。"欲知大道，必先为史。以史为鉴，知史明智。"对过去战役战斗尤其是经典战例从历史的角度审视，用辩证的眼光剖析，才能让我们更好地把握军事实践活动的指导规律，不断提高驾驭未来战争的能力。这也正是我们编辑这套《人民军队征战传奇》丛书的初衷。

本丛书共分五部——《中国工农红军征战传奇》《西北红军征战传奇》《八

路军新四军征战传奇》《四大野战军征战传奇》《中国人民志愿军征战传奇》，分别从土地革命战争、抗日战争、解放战争和抗美援朝战争四个历史时期，撷取了百余个人民军队的经典战例，力图运用权威的文献资料、珍贵的历史照片和当事人的亲身经历，以纪实的手法和生动的语言，崭新的视野和独到的见解，还原历史真相，展现传奇故事。

本套丛书的作者，来自军事科学院、解放军艺术学院、西安政治学院等单位，既有长期从事我军战史的专家学者，也有正在专致于研究的后起之秀。在编写过程中，我们参考了一批历史文献和当事人的回忆文章，得到了军事图书资料馆等单位和有关同志的大力支持与帮助，并由军事科学院有关专家进行审读把关，长征出版社原副总编辑陈锡祥为丛书的策划和最终付梓作了艰辛劳动，在此一并表示感谢。

由于我们水平，以及查阅资料等因素所限，书中难免有不当之处，恳请读者批评指正。

任洪森

2012 年 10 月

Contents

目 录

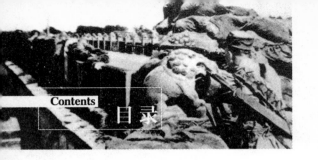

Contents 目录

1. 日军不败神话的破灭
——平型关大捷（1937.9）

1937年7月7日，是每个炎黄子孙都不可忘却的日子。就在这一天深夜，北平西南距广安门只有20多里的卢沟桥，突然响起隆隆炮声，日本帝国主义发动了全面侵华战争。

"七·七事变"的隆隆炮声，震惊了世界，也惊醒了中国人民；日本法西斯的种种暴行，更激起了4万万同胞的民族义愤。抗日战争自此全面爆发。

▶ 中国军队在卢沟桥抵抗日军

在关系到中华民族生死存亡的历史关头，中国共产党迅速作出反应，事变的第二天即发表《通电》：全国同胞们！平津告急！华北告急！中华民族告急！只有全民族实行抗战，才是我们的出路……

毛泽东、朱德致电蒋介石，要求全国总动员，并代表红军将士请缨杀敌。7月15日，周恩来将《中共中央为公布国共合作宣言》递交蒋介石，郑重声明：愿取消红军番号，改编为国民革命军，准备随时奔赴抗日前线。

8月22日，国民党政府军事委员会发布命令，宣布红军主力改编为国民革命军第八路军，简称八路军。朱德任总指挥，彭德怀任副总指挥。下辖第115、第120、第129师，共4.6万人。10月21日，又宣布将南方八省十三个地区坚持游击战争的红军和游击队，改编为国民革命军陆军新编第四军，简称新四军。北伐名将叶挺出任军长，项英任副军长。下辖第1、第2、第3、第4支队，共1万余人。

在中国共产党的不懈努力和全国人民日益高涨的呼声中，以第二次国共合作为基础的抗日民族统一战线终于形成了。

为解救华北危局，八路军不待改编就绪，即在总指挥朱德、副总指挥彭德怀率领下誓师出征，由陕西三原、富平经韩城地区东渡黄河，日夜兼程，挺进山西抗日前线。

与之形成鲜明对比的是，国民党军在消极防御的战略方针指导下，丧师失地，节节败退。防守宣化、张家口、大同等地的国民党军此时正纷纷退却，秩序混乱，华北大片国土沦陷敌手。而突然出现的整齐威武、斗志昂扬、纪律严明的八路军，勇敢地迎敌而进，宣传抗日救国纲领，号召各阶层人民组织起来抗战，犹如黑暗中的一缕明光，照亮了三晋人民。人们奔走相告，扶老携幼夹道欢迎，都将希望寄托在英勇挺进的八路军身上。

八路军并没有辜负民众的期望，入晋不久便取得了震惊中外的平型关大捷。

▶ 红军改编誓师大会

9月中旬，由平绥路东段向西南进犯的日军华北方面军坂垣第5师团在察哈尔派遣兵团的配合下，肆无忌惮地向内长城线逼近，先后侵占阳原、蔚县、广灵并向山西省的浑源、灵丘进攻，企图突破平型关、茹越口要隘，进而向国民党军第二战区扼守的晋西北长城防线进攻。

为积极配合第二战区友军防守内长城线，八路军总部于9月中旬命令第115师进至平型关以西的大营镇待机。

平型关，位于山西东北的古长城上，是雁门关以东内长城的要口，也是北平通向晋北的交通要道，自古就是兵家必争之地。关内外群山叠起，沟渠交错。关内只有一条由东北向西南沿伸的狭窄沟道，长约十多里，沟深数十丈。沟底通道只能过一辆汽车，地势十分险要。

9月20日，日军精锐第5师团第21旅团一部占领灵丘县城。22日，又进至平型关以北的东跑池地区。驻守平型关的国民党军势单力薄，难以阻止日军。

23 日，八路军总部命令第 115 师向平型关、灵丘间移动，伺机侧面攻击向该线进攻的日军。

接到命令后，第 115 师立即组织营以上干部进行现场勘察，发现从平型关山口至灵丘县东河南镇，是一条由西南向东北延伸的狭窄谷道。其间，关沟至东河南镇长约 13 千米的山谷，为乱石滩古道，道沟宽不过三五米，仅容一辆卡车单行，地势最为险要。古道两侧部分地段是庄稼地。路北侧崖高数丈，陡峭如削，极难攀登，路南侧山低坡缓，杂草丛生，便于隐蔽部署兵力、发扬火力与展开突击，是伏击歼敌的理想战场。

据此，第 115 师师长林彪决心抓住日军骄横、疏于戒备的弱点，利用平型关东北的有利地形，出其不意，以伏击手段，将由灵丘向平型关进攻的日军歼灭于狭谷之中。具体部署是：

第 343 旅第 685 团位于白崖台以西，截击日军先头部队，消灭关沟至老爷庙之敌；第 686 团位于右侧，实施中间突击，分割歼灭小寨至老爷庙之敌。第 344 旅第 687 团在西沟村、蔡家峪、东河南村一带，断敌退路，阻敌增援；第 688 团为师预备队，向东长城村集结。师独立团和骑兵营进至灵丘、涞源方向，牵制与打击援敌，保障全师侧翼安全。

为了靠前指挥，林彪照例把指挥部设到了距离一线部队——第 686 团后面不到 1 里的一座山头上。自从南昌起义中国共产党有了属于自己的军队后，在长期处于敌强我弱的劣势情况下，这支军队不仅没有被摧毁被击垮，反而不断发展壮大，与早期中共将领身先士卒、不怕牺牲的精神是分不开的。

为达成战斗的突然性，当晚，第 115 师各部队利用暴雨和黑暗做掩护，由冉庄向平型关东北之白崖台开进，沿着一条东西走向的山沟向西而行。山沟里伸手不见五指，谁也辨不清哪边是路哪边是河。河滩上蜿蜒不平，大小石头杂乱横陈，极为难走。崎岖的山路又常常被从山沟里流出来的水淹没，有的地方没膝，有的地方深及腰部。指战员们手拉着手，艰难地前进。

天公不作美。突然间，夜空中闪着电光，雷声震耳欲聋，下起了瓢泼大雨。第115师的指战员们既无雨具，又无御寒的服装。雨水从头顶顺着胸前、脊背流到脚跟，军装全沾在身上。晋东北山区的深秋原本就寒意阵阵，又遇上暴雨天气，冷风袭来，指战员们浑身冰凉，冷透筋骨，直打哆嗦。黄土路早已变成了胶泥场，人踩上去又黏又滑，连连摔跤。有的战士草鞋陷在泥里，摸了一下找

▶ 八路军第115师主力开赴平型关前线

不到，就只好光着脚赶路。有的战士干脆脱掉鞋子光脚走。但他们情绪激奋万分，早已忘记了疲劳，忘记了脚疼，向前奔进。心中只有一个念头：早点儿赶到阵地，狠狠地消灭日寇！

时任686团2营卫生所班长的张继瑛回忆道：

平型关大捷前的中秋节我们卫生所随营部住在山西当地一个地主家里。地主听说我们八路军是北上打日本的，大为惊讶，继而感动。特地准备了一顿丰盛的晚餐招待我们。这是我从小到大吃过的最丰盛的一顿饭。最后地主祝我们八路军北上抗日"旗开得胜"，当时我们卫生所的战士年纪都不大，没什么文化，不明白这个词是什么意思。卫生所所长牛步云有文化，跟我们说"旗开得胜"是个好词，是祝愿我们打胜仗的。结果我们八路军115师几天后还真是"旗开得胜"在平型关打了个大胜仗。24日夜里那场雨听说给其他部队带来挺大的

麻烦（指 688 团被山洪所阻，未能赶到战场），这都是很多年后我才听说的，对我们团倒没造成什么困难。长征的时候比这艰苦多了，就是夜里非常冷，我们穿的还是夏天的军装呢。

25 日拂晓，第 115 师参战部队除第 688 团被山洪所阻，未能到达预设阵地，被留作战役预备队外，其余各部均隐蔽地进入设伏地域，完成了战斗准备。

此时，指战员们赶了一夜的山路，没有吃一口东西，身上的衣服还是湿漉漉的，又冷又饿，趴在凉气袭人的泥地和山石上，严阵以待。

时间一秒一秒缓缓滑过，在指战员们焦急的期盼中，天渐渐亮了，雨也停了。谷底的那条公路如一条僵蛇静静地卧着。昨夜逞够了威风的秋风，此刻也和缓了很多，枯黄的草木在战士们的视线中轻轻摇晃。在四周的山坡上，只有在秋风下摇曳的草木，谁也不会料到一支万余人马的大军，正悄无声息地隐伏在这荒山野岭之中。

上午 7 时许，两架日军飞机嗡嗡地从东飞来，在第 115 师埋伏的阵地上空不断地盘旋。

"大家隐蔽好！别让敌人的飞机发现！"

这两架敌机在八路军潜伏阵地上空盘旋了几圈，见没有发现可疑情况，就往东飞去了。飞机的嗡嗡声刚刚消逝，轰鸣的汽车马达声传来了——敌人终于来了！

队伍的最前面是日军的汽车，一辆接一辆，有几里路长，上面坐着鬼子兵。中间是一长串辎重车辆，200 多辆骡马大车满载寒衣、行李和弹药浩浩荡荡地撞入狭沟。因为前有汽车队开路，日军更加疏于警戒，在后压阵的一个小队的骑兵饶有兴趣地唱着当时在日军中颇为流行的《满洲姑娘》。这些侵略者们绝没有想到：这条沟将是他们的葬身之地。

道路原本狭窄，加上大雨过后，更加泥泞难行。日军车辆、人马拥挤堵塞，行动缓慢，远远看去，像黄糊糊的长蛇顺着深沟向西爬行。汽车喘着粗气，爬到了沟的尽头，慢慢地抬起头来加大油门，向上爬行。

汽车越来越近了，最头上的一辆插着太阳旗，已经能看见车上的鬼子了。鬼子头戴钢盔，穿着黄呢大衣，怀抱三八大盖步枪，有的在打瞌睡，有的像看风景似的左看右看，还有几个鬼子兵在车上叽哩呱啦谈笑自若。沉寂的山谷突然间充满了汽车的引擎声、马蹄的锵锵声和鬼子嬉笑怒骂胡吆乱喝的声音。骄横的日军既不派尖兵探路，左右又无搜索兵力，在一片嬉笑声中一头钻进了八路军的口袋阵。

伏击的八路军战士们紧握子弹上膛的步枪，捏着开盖的手榴弹，瞪大眼睛，怒火满腔地注视着这群野兽。由于大雨过后的山土路格外泥泞，日军的炮车和汽车挤成一团，不时传来车辆陷进泥潭后的大呼小叫声。

担负拦腰冲击的第686团团长李天佑在望远镜里看到这种情况，认为这正是出击的极好时机，但总部那边却悄无声息。

别看李天佑只有23岁，却是位久经沙场的战将。1914年1月8日，李天佑出生在广西临桂县六塘圩高皮寨。自幼聪颖的李天佑因家境贫寒，只读过两年私塾。1928年夏，北伐名将李明瑞在桂林招兵买马，不满15岁的李天佑报名投军，当上了一名勤务兵。1929年，李天佑入广西省政府南宁教导总队学习，同年10月秘密加入中国共产党。12月参加百色起义，任红7军排长，不久升任特务连连长。

李天佑是一员虎将，作战十分勇敢。1931年1月，他率特务连作为红7军的先锋，在永安关击溃了扼守关口的湘军1个排和民团武装，为主力进军湘南开辟了胜利之路。特务连由此得名"小老虎连"。这年7月，年仅17岁的李天佑任红7军第58团团长。

1933年，李天佑任红三军团第5师第13团团长，随由军团主力组成的东方军入闽征战。围泉上、战归化、攻朋口，袭夏道，李天佑的13团所向披靡，

▶ 1955年被授予上将军衔的李天佑

战无不胜，一路凯歌高奏，成为彭德怀手中的一把利刃。尤其是芹山一战，红13团大败号称国民党第十九路军中最有战斗力、从未打过败仗的"铁军"——第366团，创造了以一个团兵力在运动战中消灭敌一个团的骄人战绩。战后，红13团被授予"英雄模范团"的光荣称号，李天佑获得三等红星奖章。1934年1月，李天佑升任红5师师长，参加了中央苏区第五次反"围剿"作战和长征。

1970年9月27日，李天佑在北京病逝。伍修权曾撰文称赞他"必身先士卒，冲锋在前，专打恶仗硬仗，多少次在危急关头扭转战场形势，夺得战斗胜利"。

师指挥所里，师长林彪和副师长聂荣臻看到日军大队进入包围圈后，心情立刻沉重起来。据原来情报，从这里通过的是一个旅团的日军后勤补给联队，大约千余人。没想到，今天进入包围圈的已达4000多人，而且眼下，自己面对的将是坂垣师团中最为精锐的第21旅团。

怎么办？打不打？如果打，啃不动敌人怎么办？如果不打，将敌人放跑，那又将是天大的罪过。

在瞬息万变、生死攸关的战场上，作为一名优秀的指挥员必须要时刻保持冷静、清醒的头脑，任何不理智的冲动行为都是万万不可取的。身材清瘦甚至略显苍白虚弱的林彪恰恰具有冷静得有些孤僻、理智得近乎冷漠的性格。他少年老成，话语极少，不苟言笑，白皙俊秀的脸上略带稚气，但浓眉下那一双深邃的大眼，似乎能洞察一切，令人捉摸不透。

"打，必须打！打仗，有时候是要冒一点风险的。"林彪在反复掂量了这种风险的后果后，立刻接通了各部队的电话，果断地下达了出击的命令。

"叭！叭！"红的绿的信号弹在长空划过，第685团打响了第一枪，两侧的山冈顿时怒吼起来，机枪、步枪一齐开火，手榴弹像冰雹一样落在日本鬼子汽车上爆炸。

刹时间，这条长达10余千米的道沟里枪声像炒豆似的响成一片，爆炸声轰响不断，硝烟腾空，尘土弥漫，被炸着了的汽车冒着滚滚浓烟，蹿出红红火苗。鬼子被炸得哭天嚎地，人仰马翻，哇啦哇啦乱成一团。有的趴在汽车上，有的往车下跳，受到惊吓的骡马乱跑乱窜。敌人前头的几辆汽车瘫痪在山脚前，后面的汽车撞上来，撞得东倒西翻，把公路也堵住了。

林彪从望远镜中俯视着整个战场，发现直到半个小时后，遭伏的日军仍未能组织起有效的反抗，这才稍稍松了一口气。

"让李天佑马上到师部来一趟。"林彪一边观望着战场上的情势，一边对身边的参谋说。

师部距第686团的团部仅有一里之隔，翻过一个山坡就到了。10分钟后，李天佑气喘吁吁地来到了师部。林彪直起身来，从望远镜中指点着说：

"李团长，看到了没有？敌人数量虽然太多，但由于我们的动作突然，他们毫无准备，因此第一个回合他们已经吃了苦头。估计敌人很快就会清醒过来，组织有效的抵抗。瞧，现在已经有一些敌人利用汽车作掩护，开始进行顽抗了。你们一定要沉着，战斗不会马上结束的，你们团要以果敢的行动冲下山去，将敌人切割成几块，另外派一个营立即抢占对面那座山头。"

"瞧，敌人正往山上爬呢！"李天佑指着山沟里的敌人说。

"你们的动作一定要快，要抢在敌人前头，如果敌人先你们一步占领，你们一定要组织火力给我拿过来！这是决定整个战斗胜负的关键……"林彪果断地命令道，脸上冷静得不带一丝表情。

这位后来指挥第四野战军百万大军的著名战将，向来只注重理智，而不相信温情。几十年后，为了政治野心的需要，他在打倒一大批共同奋斗的战友时，同样也不讲温情。

对他来说，温情是平常人的事，讲温情的人永远成不了统帅。

李天佑回到团里，马上和政委杨勇进行了分工：由杨勇组织力量分割围歼敌人，李天佑亲自率领3营攻占对面山头。

"嘀嘀哒哒……"刹那间，嘹亮的军号声震撼山野，动人魂魄的喊杀声如惊涛骇浪，战士们一跃而起，一边吼着"冲啊！杀啊！"，一边端着明亮的刺刀，挥动着马刀，勇敢无畏地冲下山去。

然而，坂垣师团毕竟是一支训练有素的精锐之师，在经历了最初的慌乱之后，立刻明白了自己的不利处境，马上利用汽车和沟沟坎坎进行就地阻击。有的在车上射击，有的趴在车

▶ 八路军第 115 师前线指挥所

下，以车为掩体向山上射击，各自作战，顽强抵抗。日军中颇多武士道的道徒，打起仗来十分凶狠。尤其是日军的机枪性能很好，射手训练有素，火力异常猛烈。冲下山头的八路军战士们无法压住敌人的火力，在机枪的狂射面前一片片倒下，其中第9连最后只剩下10余人。

常言道：狭路相逢勇者胜。当实力不及对手时，拼命往往是最好的解决

问题的办法。八路军指战员们士气高昂，连长牺牲了排长顶替，排长牺牲了班长顶替，班长牺牲了战士接续指挥，就是这样前仆后继，浴血奋战，与鬼子拼死搏杀。

日军第一次碰到比他们更为勇敢的军队，锐气顿挫，在八路军的刺刀的威逼下纷纷滚下山坡。面临灭顶之灾的日军在指挥官的驱使下破釜沉舟，作困兽之斗。战斗进入白热化，双方军人都杀红了眼，一次又一次搅杀在一起，似乎忘记了死亡的恐惧……

时第687团9连副连长的郭春林回忆道：

战斗打响时，埋伏阵地下面的乔沟里堵满了日军的辎重车，我们只需向下扔手榴弹就行了。开始鬼子拼命向沟两侧的山坡上爬，结果刚一露头就被我们的火力干掉。鬼子们没有办法只能躲在夹沟两旁的凹处，我军火力难以发挥，战斗暂时沉寂了一刻。没过多久，我们右侧突然响起了疯狂的机枪声，从声音可以明显听出来不是我军常用的马克沁重机枪和捷克式轻机枪。原来一股日军利用我军视线的死角偷偷爬上一个小山陵，并在那里架起一挺机枪。我马上命令连里最勇敢的同志2排长秦二愣带领10余名战士去消灭掉那股敌人。就在这时，我突然觉得左臂像被火烫了一下，这是我在8年抗战中第一次负伤。秦二愣果然不负众望，在那个小山陵底下用全身力量将一束手榴弹仍了上去，一下就炸死了几个鬼子，其他的鬼子全被镇住了，仓皇逃往山下。我连顺势向沟里冲锋，与日军打起肉搏战。一个鬼子看我受伤不能拼刺刀，向我扑过来。我刚要用驳壳枪向他射击，秦二愣从侧面猛扑过来，一刀将其刺倒。我看到秦二愣已经多处负伤，劝他下去休息。他什么也没说就向一群鬼子冲去，结果被鬼子包围。等我和其他战士赶到，他已经被鬼子刺倒。我俯身去摸他的心脏，希望他还活着，但是心脏已经停止了跳动，事情发生得这样快，令人不敢相信，全连最勇敢的同志，也是我最好的一个战友就这样牺牲了。

▶ 八路军第 115 师缴获的部分日军汽车

纵观整个平型关作战，林彪的指挥并非无懈可击，还是出了两个纰漏。

一是 24 日夜因山洪暴发，第 688 团没能赶到战场，使八路军参战部队少了三分之一，对日军的兵力优势变弱。

另一个就是战场的一个重要制高点老爷庙梁未派部队占领。而这一疏漏在战斗打响后，很快就被日军发现并利用，从而给八路军带来很大伤亡。老爷庙一带是南低北高的山地，再往北是制高点老爷庙梁。可以说，谁占领了老爷庙谁就掌握了战场的主动权。

据当时在 3 营任排长的田世恩回忆：

当我带领全排冲到老爷庙坡下时，见前面有一个鬼子正往老爷庙那边跑，我就挺着刺刀拼命追。不想在我右边，藏在鬼子尸首堆里的一个鬼子正要向我开枪，这时突然从土坡后面跳出一位高个儿汉子，一下就抓住了那鬼子的脖子，那鬼子哇哇叫两声就老实了。我见老百姓也来参战，劲头更足了，紧爬几步追上逃跑的那个鬼子，一刀就将他刺下了山。不过，有的鬼子的刺刀技术确实不错，我后来遇到的一个鬼子个儿不高，动作非常熟练。来回几个回合不但没找到他的漏洞，反而把我的刺刀给挡弯了。正在这时，我的右肩膀被击中。那家伙见状以为有机可乘，向我扑过来，我顺势抡起枪托劈到那鬼子头上……

我们足足拼了半个小时，鬼子顶不住了，纷纷钻到车下，我们乘机直奔老爷庙。占领老爷庙的一小股敌人见我们开始往上爬，就机关枪扫个不停，沟里的鬼子也从后面涌上来。这时2营从侧面冲过来，消灭了涌上来的敌人。我们没了后顾之忧，继续前进。我带着两个班的战士冒着弹雨，匍匐前进，在离山顶不远处向敌人投弹。敌人的机枪哑了，他们就端着刺刀冲下来。有经验的人都清楚，这种依托阵地的反冲锋是很厉害的，但我们的人多，三五个战士对付一个鬼子，一个鬼子最少也要挨上两三刺刀。我们占领老爷庙后，居高临下进行攻击，打得沟里的鬼子无处藏身。

日军此时方才如梦方醒，明白了制高点的作用，急忙组织起几百人进行军团冲锋。脚穿皮靴的日军，爬山的速度极慢，在八路军的近战射击下，根本形不成威胁。

激战至下午3点，八路军发起总攻。鬼子再也顶不住了，纷纷溃败下去。这时枪声稀了，喊声也渐渐弱了，鬼子是在做最后的垂死挣扎。除一部突围外，被包围在沟里公路上的日军全部被击毙，居然无一人被俘。

这么大的伏击战没有抓到一个俘虏，在红军战史上尚无先例。可见日军的顽抗到了何等地步，双方博杀的残酷程度由此可见一斑。时任第686团组织处股长的欧阳文回忆道：

战前我们给战士作动员，说是要优待俘虏，我们准备要抓1000个俘虏好送到全国各地去作展览。结果一个也没抓到，这时的鬼子还真有点"武士道"精神，到死都不投降。我亲眼看着我们团的一个副营长背起一个鬼子的伤员往后走，结果被鬼子把耳朵给咬下来了，气得旁边的一个排长一刀把那个鬼子的脑袋给砍下来了。

　　此役，第115师发挥了善于近战和山地战的特长，保证了战斗的突然性，以劣势装备一举击毙日军精锐板垣师团第21旅团千余人，击毁汽车百余辆、马车200辆，缴获九二式步兵炮1门、轻重机枪20多挺、步枪1000余支、军马50多匹，以及其他大批军用物资。

▶ 20 世纪初受军国主义思潮影响崇拜 "武士道" 精神的日本青年

　　一位参加过平型关战斗的八路军战士回忆道：

　　长长的山沟里，到处都是被打翻击毁鬼子的汽车和大车，烧着了的还在冒烟，汽车上面和车轮下面都是鬼子尸体，有的还挂在汽车挡板上，从姿势看，显然是没来得及下车就被击毙了；半山坡上鬼子的骑兵，连人带马尸横遍地。死尸中间，有的是被我们战士用刺刀戳死的。横七竖八，倚躺仰卧，各式各样的丑态都有。公路上的汽车和大车还满载着弹药、装具、被服、粮食、饼干、香烟……遍地都扔着枪支弹药，鬼子兵的黄呢军服、大头鞋子、牛皮背包、水壶和饭盒……不可尽数，那大大小小的太阳旗，布的、绸的、写满字的、画了符号的，都像垃圾一样扔在地上；那一份份作战计划、命令、情报等机密文件如同给日军送葬的纸钱飘飞起落。附近山沟里的老百姓听说八路军把鬼子打败了，都欢天喜地地跑来帮助部队收拢和搬运战利品，运不走的汽车也点上把火烧了。

日本 1973 年出版的《滨田联队史》是这样描述平型关战斗的：

汽车一过关沟村即与敌遭遇，当即火速下车，令吉川中队向北边高地，内藤中队向南边高地，机枪中队协助龙泽中队从中间平地进行攻击。然后敌人以迫击炮、重机枪猛烈射击，兵力看来也比我方多十几倍。尤其吉川中队正面之敌举起军旗、吹起军号，士兵各自扔出手榴弹，反扑过来。我方寡不敌众而毫无办法……

9 月 28 日，龙泽中队得到友军的支援后，勇气百倍再次继续前进，此时遇到意外情景，刹那间所有人员吓得停步不前。冷静下来看时，才知道行进中的汽车联队已遭到突袭全部被歼灭，100 余辆汽车惨遭烧毁，每隔约 20 米，就倒着一辆汽车残骸。公路上有新庄中佐等无数阵亡者，及被烧焦躺在驾驶室里的尸体，一片惨状，目不忍睹。

平型关一战，打了板垣师团一个措手不及，日本国内舆论一片哗然。战斗结束后的当天晚上，东京广播电台报道了一条爆炸性新闻：

"皇军最老的王牌第 5 师团在山西北部山岳地带遭中国军队的突然袭击，一名高级军官阵亡……"

日军大本营连续急电驻天津的华北方面军司令部，命令火速查清那位阵亡者姓名。还未等华北方面查清情况，第二天东京就传开了"板垣征四郎被击毙"的消息。有的报纸更是将"板垣之死"与其岳父——日俄战争中在奉天红土岭战斗中战死的"军神大越"联系起来。

更为可笑的是，板垣的"死讯"传到山西蔚县的日军第5师团司令部。板垣本人极为恼怒，于9月28日亲率一部日军开往平型关复仇，不过等待他的也只有一地尸骨了。

平型关大捷是中日战争全面爆发后，中国军队取得的第一个大胜利，沉重打击了日军的嚣张气焰，粉碎了"日军不可战胜"的神话，增强了全国军民抗战必胜的信心，提高了共产党和八路军的声威，在抗战史上写下了光辉的一页。

八路军、115师也因"平型关大捷"而名扬天下。捷报传出，举国欢腾！向八路军致敬和慰问的电报如雪片般飞向延安和八路军总部，盛赞八路军"受命抗敌，立奏奇功"的英雄业迹。

蒋介石也发来贺电：

▶ 活动在平型关地区的八路军部队

朱总司令、彭副总司令勋鉴：

二十五日电悉，二十五日一战，歼寇如麻，足徵官兵用命，深堪嘉蔚，尚希益励所部，继续努力，是所至盼。

国民党元老、第二战区战地动员委员会主任续范庭专门著文写道：

谨按平型关战役，八路军的大捷，其估价不仅在于双方死亡的惨重，而在于打破了"皇军"不可战胜的神话，提高我们的士气。在敌人方面，从南口战役以来，日寇长驱直入，如入无人之境，在平型关忽然受到惨重的打击，使日寇知道中国大有人在，锐气挫折，不敢如以前那样的长驱直进。忻口战役敌人未敢贸然深入，我军士气高涨，未尝不是平型关歼灭战的影响。

英国《每日先驱报》发表评论：

一部分进攻的日军在平型关遭受惨败。那是一种山地上的运动战，但它展开了中国抗战的新局面，防守的军队在这里第一次采用主动进攻的战术，用积极的进攻行动回答日军……

平型关，这个古老、险要的内长城关隘，一战天下闻，成为中华民族抵御外侮的象征。

2. 运输线上的枪声
——雁门关伏击战 (1937.10)

1937 年 10 月，日军在侵占大同后继续向南进犯太原。

为配合国民党军在忻口的防御作战，八路军第 120 师师长贺龙命令第 358 旅第 716 团深入日军侧后，在代县的广武、雁门关、太和岭间，破击大同经代县、忻口到太原的公路，打击日军运输队，截断日军补给线。

深秋的一天，第 120 师召开师团以上干部军事会议。

▶ 八路军第 358 旅部分干部合影

"怎么样啊？部队刚到这里来，人生地不熟，有什么问题？"贺龙操着一口湖北话，用轻松的语调问。

"我们一路上看到日本鬼子的暴行，同志们十分气愤，恨不得立刻上战场，真刀真枪地同他们拼个你死我活。"

"蒋介石的军队真是熊蛋，连鬼子的影子还没见到，就吓得拼命往后跑……"

"人家115师首战平型关、打了个大胜仗，咱也不能落后。"

听着与会者的议论，贺龙不禁放声大笑起来。

"大家的求战情绪很高，这很好嘛！我们到这里来，就是来打仗的，要逛风景就不到这里来了嘛！"

听到贺老总诙谐的话语，大家都轻松地笑起来。

贺龙在鞋帮上磕了磕烟斗灰，站起身来，走到挂在墙上的一张地图前，指着地图上被等高线标得密密层层的地区，说：

"现在同日本鬼子较量的机会来了，我们师准备马上开到这一线去，在这个古战场上，同敌人打一仗！"

大家俯身一看，贺龙所指的地方正是历史上著名的隘口——雁门关。

熟悉中国历史的人都知道，公元前136年，李广率军出雁门关，因寡不敌众而受伤被俘。押解途中，他飞身夺得敌兵马匹，射杀追骑无数，回到汉营，从此赢得了"飞将军"称号。除此之外，这里还有民间广为流传的杨家将的故事。可以说，雁门关早已不是一个普通的关隘。正如著名史学家翦伯赞先生所指出的：如果把漠北草原比作是中国历史演变的大后台，那么雁门关就是演义一幕幕波澜壮阔、金戈铁马历史剧的出场门！

贺老总环视在座的诸将，语气坚定地说：

"眼下日军正向山西的几个重镇进击，忻口战役正在进行。敌人每天都要从大同经雁门关，不断向前线输送弹药和给养，可以说，这是敌人的一根大动脉。目前,日军的气焰十分嚣张,自以为这一带已是他们的后方,所以戒备相当疏忽。我们正好利用敌人的这一弱点,出其不意,给他一个致命的打击!"

10月16日,驻守大同的日军纠集了300多辆汽车,满载武器弹药,一路向雁门关驶来。

接到情报后,八路军第120师将伏击车队的任务交给了第716团。

第二天拂晓,第716团独臂团长贺炳炎和廖汉生政委就带着连以上干部勘察地形。他们悄悄钻进黑石沟,爬上山顶,一条弯弯曲曲的公路立刻一览无余地呈现在脚下。它从雁门关伸出,在脚下由西向东绕了一个大圈,然后向忻口方向折去。公路的西面是悬崖峭壁,北面是一段陡坡,顺公路向南不远处有一座石拱桥。这里果真是一个绝好的设伏之地,既便于部队隐蔽接敌,又使得敌人遭打击后无法进行有效还击。

贺炳炎团长当即进行了具体部署:1营、2营埋伏在陡坡南北,中段由3营负责主攻,再由1营派出一个连向阳明堡方向警戒。3营11连伏在桥西,断敌逃路。

明确任务后,贺炳炎十分严肃地说:

"这是咱们120师到前线的第一仗,贺师长信任我们,把第一个任务交给了咱,咱可要打一个漂亮仗,攻击信号一发起,全团要一齐动作,力求把敌人干净、彻底地消灭在黑石沟内……"

10月18日,鸡叫头遍时,天黑得伸手不见五指。第716团主力沿着崎岖小路,神不知鬼不觉地进入黑石沟,在公路西侧高地设伏。

10时左右,北面公路上腾起了滚滚尘土,同时还传来了轰轰的马达声。战士们抑制不住内心的高兴,悄悄地互相传递着消息。

"听见动静了没?龟孙子来了!"

"好家伙,这得多少辆汽车,把半拉天弄得灰天灰地的……"

炮兵阵地上，4门迫击炮早已高高地昂着头颅，十多发炮弹在炮侧摆得齐齐整整。两门平射炮的炮架已被牢牢地固定在地上，黑洞洞的炮口指向山下的公路。

眼看着敌人长龙般的车队马上就要进入伏击圈，3营突然送来报告：南面阳明堡又开来200多辆汽车，估计他们会在这一带会合。敌人数量无形间增多，为战斗增加了困难。

廖汉生高兴地说：

"既然送上门来了，就一起吃掉它，如果放走这到嘴的美味，那可真有些可惜了……"

"好，那就一块儿干掉它！马上通知各营，听统一号令，准备战斗！"贺团长命令道。

▶ 1955 年被授予上将军衔的贺炳炎

两路汽车鸣着喇叭，大摇大摆地开过来了。南来的车队，几乎都是空车，只有第一辆车上坐着十几个鬼子兵，后面的少数几辆车里装有伤兵和死尸。北来的车队可就不同了，一共有50多辆，满载兵员、弹药。最前面的车上坐着掩护部队，荷枪实弹，不时警惕地注视着四周，一副如临大敌的架式。

两个车队正巧在八路军伏击圈内交会了。车上的敌人看到对面的车队，高兴得哇哇啦啦地大喊大叫，手舞足蹈。忽然看见车上面还有伤兵和死尸，慌忙又纷纷脱帽致哀，有的还居然呜啦呜啦地唱起了挽歌。

正在此时，随着贺团长的一声令下，三发红色信号弹飞上天空。平射炮和迫击炮首先开火，只听得几声隆隆的巨响之后，前面的几辆汽车陡然间飞上了天，然后火光一闪，又轰轰地爆炸起来。为断敌车队后路，炮兵立即调整炮口，瞄准两个车队的后尾，又是一阵齐射。后面的敌人见势不妙，掉头就跑。

"打！"

3营营长王发祥挥动着驳壳枪，指挥全营官兵朝着公路上的敌人开始了第一轮攻击。各种枪弹、手榴弹，在敌人的汽车前后爆炸开来。有的直接落到了厢板上，打得敌人无处藏身，有的落在车头上、轮胎上，把原来一辆辆威风凛凛的汽车炸得东倒西歪……

"冲啊！"

王营长驳壳枪一举，3营的官兵们手端步枪和机枪，如汹涌的波涛冲下山冈。

日军在突然的打击下刚刚清醒过来，正要组织反击，汽车上的弹药开始爆炸，一声声如雷爆般巨响，汽车被炸得轮滚板飞。

冲上公路的八路军战士们大声呼喊着，与残余的敌人展开了白刃战。十多里长的公路上，刺刀撞击铿锵声，血肉迸飞的惨嚎声，拼死挣扎的呼喊声搅成一片。

在这次伏击战中，129师的官兵们接受了115师的沉痛教训。在不久前的平型关大战中，115师虽歼敌上千人，但也付出了好几百人的巨大损失。"据说，当时很多鬼子都躺在地上，等八路军靠近时突然起来开枪"。因此，129师的官兵们不再呼喊"缴枪不杀"的口号，只要鬼子没放下枪，不举起双手，就毫不手软地将他消灭掉。

第11连指导员胡觉三，挥舞长征时带过来的鬼头刀，连续砍死两个日本兵，解救了被围战士，自己却被钻在汽车底下的鬼子射中前胸，光荣牺牲。

"为指导员报仇！"的口号声响彻山谷，激励着广大指战员奋勇拼杀。

一个多小时后，枪声渐渐稀落下来，公路上的火药味浓烈扑鼻，日军官兵的尸体横七竖八地躺在公路上、山坡上，有的淹没在一尺多深的烂泥里。

战斗胜利结束了。方圆数十里内的老乡们听说八路军在雁门关打了大胜仗，都好奇地赶来了，黑石头沟里充溢着一片开心的欢笑声。他们和战士们一起搬运战利品，清扫战场。

廖汉生政委正在战场上巡视，忽然看到一名年轻战士正在用铁锹狠命地砸汽车，一边砸一边气呼呼地骂：

"我叫你跑，我叫你驮小鬼子……"

廖汉生看了直想笑，有罪的不是汽车，而是日本鬼子，汽车是我们的战利品，可是由于我们现在打的是游击战，也没有人会开汽车，因此这些战利品只能处理掉。想到这里，廖政委阻止道：

"不要砸了，用炸药炸掉，绝不能把它们再留给鬼子……"

响声四起，黑烟弥漫。敌人的一辆辆汽车冒出了滚滚的浓烟。紧接着，贺炳炎团长命令部队迅速撤离了战场。当阳明堡的日军闻讯赶来增援时，这里只剩下一片日军尸体和汽车残骸了。

此战，共毙伤日军 300 余人，击毁汽车 20 余辆。

20 日夜，第 716 团再次前往黑石头沟地区设伏。这次分兵三路：一路占雁门关，一路向广武镇，一路向太和岭，并连夜破坏 8 座桥梁。

21 日上午 9 时，日军由南向北的汽车 200 余辆和由北向南的汽车数十辆相向而来。当其先头车辆驶入伏击区时，第 716 团居高临下，以突然而猛烈的火力展开攻击。

日军汽车因公路被破坏无法前进，约一个营的步兵下车迎战。日军吸取上次教训，防守严密，还派出 5 架飞机支援。但是经过两小时激战，日军仍然以 3 倍于我的伤亡败退。

两次伏击战斗，共毙伤日军 500 余人，击毁汽车 30 余辆。与此同时，八路军第 120 师切断了日军由大同到忻口的交通补给线，第 115 师打击了蔚县至代县的日军交通补给线，使进攻忻口日军的弹药、油料供应濒于断绝，攻势顿挫。

雁门关伏击战是继平型关大捷后，八路军打的又一个较大的胜仗。忻口会战前敌总指挥、国民党第二战区副司令长官卫立煌在战役结束后曾对周恩来说：

"八路军把敌人几条后路都截断了，对我们忻口正面作战的军队帮了大忙。"

毛泽东在《抗日游击战争的战略问题》一书中对此战给予了高度评价，指出：

▶ 雁门关战场遗址

游击战争还有其战役的配合作用。例如：太原北部忻口战役时，雁门关南北的游击战争，破坏同蒲铁路、平型关汽车路、杨方口汽车路，所起的战役配合作用，是很大的。

3. "机窝"飞弹火烧天
——阳明堡机场夜袭战 (1937.10)

提起八路军在抗日战争初期的著名战役，人们总是津津乐道于阳明堡机场夜袭战。这次战斗炸毁日军飞机 24 架，书写了抗战中最为辉煌的一段传奇。

1937 年 10 月，日军在平型关吃到苦头后，便调整了作战部署，从平型关与雁门关之间的茹越口一举突破晋北防线，气势汹汹地沿同蒲路扑向太原。国民党集中了 31 个师、13 个旅，28 万多兵力，在忻口设防，拉开了忻口会

▶ 八路军开赴华北抗日前线

战的帷幕。

与几乎所有会战前期一样，正面战场上的国民党军队抵挡不住日军的猛烈冲击，不得不节节败退。在城市、乡村，到处都可以看到那些穿灰色军装的大兵，他们三五成群，倒背着枪，拖着疲惫的身躯，或打家劫舍，或偷鸡摸狗，枪声一响，跑得比谁都快。

而此时，八路军总部从10月上旬开始，连续发出十几封电报，指挥所属部队有条不紊地开展"截断敌人后方交通，打击来援之敌"作战，积极配合正面守军作战。陈锡联领导的第129师第385旅第769团，就这样大踏步地走上了抗日战场的大舞台。

陈锡联当时刚满22岁，虽说年轻，但资历却不浅。他14岁参加革命，凭着勇猛机智果敢，18岁任团政委，20岁长征时已经是红四方面军第4军第10师师长了。战争对他没有丝毫陌生，他本来就是从战争里打出来的，抗日战争又给了他一个青史留名的机会。

10月中旬，第769团进至代县以南的苏郎口村一带活动。苏郎口村是滹沱河东岸的一个不小的村庄，顺河南下便是军事重镇忻口。此时，忻口会战激战正酣，隆隆的炮声犹如大地深处的闷雷隐隐传来，天空中不时有日军的飞机尖叫着掠过，机翼上太阳旗的标志格外刺眼。

望着天空中肆意横行的侵略者，陈锡联陷入了沉思：从敌机飞行起落的频率和规律看，附近一定有敌人的机场。

果然，侦察员报告在隔河10来里外的阳明堡镇有个日军简易机场。

机不可失，首战必胜。陈锡联决定端掉敌人的"机窝"，便带上三个营长和几名作战参谋摸到了滹沱河边。

登上山峰，举目远眺，东面是峰峦层叠的五台山，北面内长城线上矗立着巍峨的雁门关，西面的管岑山在晨雾的笼罩下绰约可见。

2营营长谭德仁突然叫道：

"快看！飞机！"

大家不约而同地举起望远镜，顺着他指的方向看去，对岸阳明堡的东南方一群灰白色的敌机整齐地排列在机场，机体映着太阳光，发出刺目的光芒。

正当他们仔细观察机场周边的情况时，一个人出现在他们的视野里。只见此人衣衫褴褛，打着赤脚，神情紧张地向他们走来。

应该是附近的老百姓，大家立即迎上去打招呼。可这个人却抱头蹲地，吓得直哆嗦。

陈锡联走过去，将他扶了起来，和蔼地说：

"不要怕，我们是八路军，是来打鬼子的。"

这个人一脸疑虑地看着陈锡联，哆嗦着嘴唇说：

"老总……"

经过一番耐心细致的工作，此人的紧张感消除了。原来，他叫赖保三，就住在附近。不久前被鬼子抓到机场做苦力，每天从早累到晚，不仅不给饭吃，还经常挨打受骂。他实在受不了折磨，便趁鬼子不注意逃了出来。

陈锡联与3位营长交换了一下眼色，问他是否熟悉机场的情况。

赖保三马上说：从修建机场到现在，他一天都没离开过，对机场里里外外非常熟悉。机场位于阳明堡镇南侧5里之小茹解、下班政、小寨、泊水4村之间。里面共有飞机24架，白天起飞去忻口、太原轰炸，晚上全部返回，停放在机场的东南侧，成3列停放，每列8架。守卫部队是日军香月师团的一个联队，大部分住在阳明堡镇。机场里只有一小股警卫部队和地勤人员200余人，集结在机场北端。机场周围设有铁丝网，防御工事粗糙，仅有一些简单的掩体。日军虽然对进入机场的

▶ 1955 年被授予上将军衔的陈锡联

各个路口警戒很严，盘查很细，但对机场周围疏于戒备。

真是天助769团，赖保三提供的情报让陈锡联吃下了一颗定心丸！

傍晚，在团部召开的作战会议上，大家一致认为：日军正忙于夺取忻口，而其侧后兵力不够、警戒疏忽，根本想不到八路军敢于钻到他们的肚子里来，在他们的大后方狠狠地插上一刀。而且机场内工事简陋，敌人兵力不多又守备松懈，如果隐蔽潜入，出其不意，突然袭击，取得胜利是完全有把握的！

陈锡联决定以第3营为突击队，夜袭阳明堡机场。具体部署为：

第3营直袭机场，第1营牵制崞县的日军，第2营（欠第7连）为预备队，并以第8连破坏王董堡的桥梁，保障第3营侧后安全。

毕竟这是八路军第129师组建后的第一战，而且是去炸飞机。为确保万无一失，陈锡联把团迫击炮连和机枪连全都拉上来，在滹沱河东岸预先构筑阵地，必要时用炮弹去直接轰击飞机。

10月19日夜，正逢朔日。深秋的天空中无月无星，漆黑一片。

第3营在当地群众协助下偷渡滹沱河，摸到了机场的外边。机场里死一般的沉寂，值班的哨兵也不在岗楼里。大概日军觉得中国军队不堪一击，当然更不可能对他们进行主动攻击吧，所以警戒格外松懈。

营长赵崇德命令以第9连警戒阳明堡方向可能来援的日军，以第10、第11连和机枪连组成突击队，以第12连作预备队。

突击队员们用铁剪剪开敌人的铁丝网，从东西两侧神不知鬼不觉地隐蔽进入机场。赵崇德率领第10连向机场西北角运动，准备袭击敌人守卫部队的指挥部；第11连径直向机群扑去。

2排的战士们首先看到了飞机。这些银色的大鸟整整齐齐地分三排停在机场里，没想到在天上倒没觉得它有多大，可现今摆在面前竟然是一个个庞然大物。

当战士们冲到距飞机约30米时，突然西北方向传来敌人哇哇的乱叫声，紧接着响起一串串清脆的枪声。原来第 10 连的行动被敌人的哨兵发现了，就在一瞬间，双方几乎同时开了火。

枪声一起，第 11 连的官兵们便呐喊着扑了上去，一捆捆手榴弹投向庞大铮亮的敌机。顷刻间，枪声、爆炸声、喊杀声混成一片。战斗中，营长赵崇德不幸壮烈牺牲。

这时，第 769 团的迫击炮也开始了集火射击。一发发炮弹带着对侵略者的仇恨准确地落入飞机丛中，直炸得机体乱飞，身断体残。有几架装满汽油的飞机顿时燃起了熊熊大火，几十丈高的火焰把黑夜照得如同白昼。

驻在街里的日军香月师团得知机场被袭的消息后，立即开着装甲车匆匆赶来解救。但为时已晚，769 团全体官兵早已顺利撤出了战斗。

香月师团长从装甲车里爬出来，望着机场上正在燃烧的大火和 20 多架飞机的残骸，双手掩面，发出了令人心悸的悲嚎。

此役，共歼灭日军 100 余人，炸毁飞机 24 架，有力地打击了敌空中力量，削弱了忻口战场上敌之立体火力。这是继平型关大捷、雁门

▶ 阳明堡战斗遗址

关伏击战切断日军交通运输线之后，八路军取得的又一次重大胜利。

刘伯承在接到电报后连声称赞：769 团首战告捷，打得漂亮！

八路军夜袭阳明堡的报告送到抗日大本营后，蒋介石半信半疑。在晋绥前线作战的国民党官兵更是视为戏言：土八路就凭着几杆破枪，几门小炮，

居然能摧毁日军的飞机场，真是天大的笑话。

然而，此后一连十多天，忻口和太原的国民党守军都没有遭到日军飞机的轰炸。国民党飞机还特意到阳明堡一带侦察，发现机场一片残骸。直到这时，他们才相信了——八路军果真创造了一个奇迹，把敌人的机场给炸了。

一直承受着日军空袭压力的国民党第二战区副司令长官卫立煌致电周恩来：

"阳明堡烧了敌人 24 架飞机，是抗日战争历史上从来没有过的事情，我代表忻口正面作战的将士对八路军表示感谢！"

蒋介石以军事委员会的名义不但颁发了嘉奖令，还发了 2 万元大洋奖励参加阳明堡战斗的部队。这也是抗战初期八路军唯一受到蒋介石现金奖励的战例。

4.重叠设伏巧歼敌
——七亘村伏击战 (1937.10)

1937 年 10 月，日军侵占河北省石家庄后，为策应其山西北部地区作战，夺取太原，以第 20、第 109 师团沿正太铁路西犯。

日军从正面猛攻河北、山西交界的娘子关，在受到国民党军的抵抗后，以第 20 师团由井陉向南经测鱼镇向娘子关左翼迂回，企图夺取平定，从侧后攻占娘子关。

为打击进犯的日军，配合国民党军保卫忻口、太原，根据当时的军事态势和敌情，八路军第 129 师师长刘伯承奉命率师部及第 386 旅东进平原地区，一方面准备侧击向西进犯之敌，遏制敌人长驱直入的军事攻势，支援国民党军的正面作战；另一方面依靠广大群众，在敌后广泛开展游击战争，创建太行山革命抗日根据地。

根据任务，刘伯承师长精心运筹，果断命令第 386 旅旅长陈赓抢占有利地形，控制交通要道。

10 月中旬，日军动用飞机大炮等重型武器对娘子关发起攻击。国民党守军还没有全部到位，只有赵寿山的第 17 师在井陉附近仓促应战。阎锡山急令孙连仲的部队返回娘子关地区，加强防守。

日军攻占井陉后，继续向西推进。1000 多名日军猛攻赵寿山师右翼的旧关，主力则向赵寿山师正面的雪花山阵地攻击。守军顽强抗击，虽然丢失了旧关，

▶ 井陉之战遗址

但保住了雪花山阵地。

为阻滞日军攻势，赵寿山率部乘夜暗向长生口出击。不料，日军趁机占领了雪花山。赵寿山遂命令部队掉头反击，激战至次日拂晓，付出了死伤近千人的代价，仍未能夺回阵地，不得不退守乏驴岭一带。

见雪花山一带战况紧急，第二战区副司令长官黄绍竑命令曾万钟第 3 军主力向左转移，以策应赵寿山师作战。与此同时，孙连仲的部队也抵达了娘子关。第 27 师等部队向旧关和核桃园等地的日军发起反击，围歼了关沟地区的日军。

经过两天激战，中国守军共击毙日军川岸师团第 77 联队 500 多人。随后又向旧关等地的日军发起全线总攻。

战斗持续了四天，中国守军以五千多人的死伤换来歼灭日军两千多人的战果。这次反击虽有进展，但赵寿山师阵地已被日军占领，自身伤亡比较严重，不得不停止进攻，撤回原阵地。

日军增援部队很快到达娘子关，向中国守军阵地发动全线进攻。守军连日血战，部队减员惨重，多处防线被日军突破，孙连仲致电阎锡山请求增援。

危急关头，八路军总部命令刘伯承率 129 师主力向娘子关东南的日军后侧进攻，伺机歼灭日军。

10 月 20 日，八路军第 386 旅第 772 团由马山东出，进抵河北省井陉县南 15 里之于家村隐蔽集结，准备向敌后交通线出击。

21 日，王近山副团长率领第 3 营进至井陉至旧关大道上的长生口，正准备夜袭板桥后山之敌时，突然发现日军步兵 200 余人已西进至长生口山沟。八路军当即先敌开火，打得敌人措手不及，抱头鼠窜。

此次战斗，八路军共毙伤日军 50 余人，缴获步枪 10 余支、重机枪 2 挺、子弹数箱、炮弹 16 发、骡马 4 匹及其他军用物品一批。

第 129 师首战告捷，极大地鼓舞了士气，振奋了人心，扩大了八路军的影响。

22 日 至 24 日，八路军第 386 旅在长生口、石门村、马山村等地袭击日军连连获胜。但该旅第 771 团在七亘村遭日军袭击，伤亡 30 余人。

▶ 战斗在晋西北抗日前线的八路军第 129 师一部

25 日，刘伯承接到汤恩伯的电话："你们的游击战不行了，还是撤吧！"

刘伯承放下电话，对师部的参谋们说：

"游击战行不行，打给他们看看。"

刘伯承认真察看地图，判断：日军为了切实控制正太路南的平行大道，必然加紧从井陉至平定的小路运兵运粮。山西东部纵贯南北，只有8条入晋通路，古称"太行八径"。其中，井陉为五陉，石门不是大路，地形险要而复杂。日军先头部队已从此经过，肯定会有大批辎重随后跟进，走出井陉、经石门、达平定的小路。七亘村是日军必经之地，可以在这里打上一仗，钳制日军的迂回进攻，掩护娘子关友军。

"七亘村是测鱼镇通往平定的咽喉要道，日军明天一定经七亘村向前方运送军需物资，送到嘴的'狗肉'，一定把它吃掉。"

讲到这里，刘伯承拿起铅笔，在"七亘村"三个字周围果断地划了一个红圈：

"就在这里设伏！"

但七亘村地形如何？适不适合打伏击？还要到现地看看。原来，八路军进入山西境内后，刘伯承曾向阎锡山索要山西作战地图，可阎老西竟推说没有，就是不给。

10月25日午饭后，刘伯承带着师司政机关干部和警卫班30余人前往七亘村附近察看地形。他选好一处高地，举起望远镜仔细观察，并不时地让参谋在地图上标出要点。

七亘村位于太行山脉中段、晋冀两省接壤处，四面环山，重峦叠嶂，沟壑纵横，峡谷陡峭，道路奇险，素有"龙虎环抱"之称。该村东邻甲南峪、东石门村，直通河北省井陉县的测鱼镇，西邻改道庙、营庄，直达平定县城。从井陉至平定的山中小道刚好从村边经过。小道宽不足2米，路北是几十米深的山沟，路南边是高约十米的土坎，地势很是险要……

忽然，对面山后传来稀疏的枪声，而且越来越近。十多分钟后，从七亘村东面的山谷里冲出一小股日军，向刘伯承等人射击。刘伯承当即命令参谋处处长李达指挥警卫班组织抗击，很快将敌人打退了。

不一会儿，又有一架敌机在空中盘旋。

"师长，这里太危险，还是快点儿离开吧。"李达焦急地劝说着刘伯承。

刘伯承没有说话，只是摆摆手，仍在专注地观察着四周的地形。又过了一会儿，他放下望远镜，对李达等人挥了挥手，兴奋地说：

"好了，我们走吧。"

回到师部后，刘伯承命陈赓率第772团进至川口、孔氏村地区设防，准备阻击由九龙关向西进犯的敌军。

陈赓立即派出王近山副团长率第3营和特务连的1个排，到平定县东七亘村以南的山区活动，准备伏击可能由测鱼镇向西进犯的日军。

果然，没过多久，派出的侦察员回来报告：日军第20师团开始向平定方向进犯，其辎重部队约千人，在距七亘村东北10公里的测鱼镇宿营，可能于次日经七亘村向平定方向运送物资。

这一带地形复杂，南北均有高山。通向平定的公路两侧，大部分是高约10米的土坎，其间杂草、灌木丛生，便于隐蔽埋伏，而敌人在公路上又不易展开。

陈赓当机立断，决定在七亘村至甲南峪间，利用大路南侧陡坡、北侧深沟的有利地形伏击敌人，夺其辎重，断其后方交通，牵制日寇西进。

在战前动员大会上，陈赓对大家说：

"同志们，抗日以来，115师在平型关打了大胜仗，120师在雁门关一带也打了胜仗。我师769团，在夜袭阳明堡机场的战斗中，歼灭日军百余名，毁伤敌机二十余架，有力地配合了忻口防御战。我们呢？我们进入晋东以来，还没有打过大胜仗。刘师长在电话里对我说：'你第386旅也要打胜仗。'现在，就看我们的了！全旅官兵要迅速掀起一个打胜仗的比赛热潮，一定要打好七亘村这一仗！"

当时刘志坚任第129师宣传股股长，随师部及第386旅搞宣传鼓动工作。他在回忆录中写道：

"陈旅长这富有强烈感染力的讲话，进一步鼓舞了3营指战员的斗志，大家摩拳擦掌，等待着出击的命令。"

▶ 八路军第 386 旅在晋东南前线召开战斗动员大会

负责设伏的王近山副团长与 3 营领导研究后决定：第 11 连在七亘村南面东庄、青垴地区占领伏击阵地，担任截击任务；第 12 连和特务连 1 个排，在第 11 连右翼至甲南峪间占领伏击阵地，担负迂回任务；第 9 连和第 10 连为预备队，控制七亘村南面青垴一线高地。同时，派出侦察分队继续在东石门地区侦察和掌握测鱼镇之敌情。

10 月 26 日拂晓，王近山率领 3 营指战员进入伏击地区。营指挥所设在离大道约三百米的北边山头上，从那里俯瞰山下，七亘村及大道两旁的景物尽收眼底。营指挥所配备重机枪一挺，作为伏击战斗的火力指挥信号。

上午 8 点左右，日军终于出现了。300 多人的辎重部队在前后各有 100 余名步兵掩护下，向七亘村开来。

9 点左右，日军全部进入伏击圈。

王近山大手一挥："打！"

轻、重机枪射出密集的子弹，成群的手榴弹雨点般倾向敌群。在短促猛烈的火力急袭后，嘹亮的冲锋号响彻山谷，第 11、第 12 连官兵们跃出阵地，猛扑下去。

日军被这突如其来的打击吓蒙了，猛烈的火力压得敌人喘不过气来，还没等他们完全明白是怎么回事，八路军战士们就已冲到了跟前。

第11连按照原定计划，迅速抢占了公路两侧及西南的定盘山，将日军步兵和辎重部队拦腰切成两段。日军先头步兵企图掉头增援辎重部队，遭到第11连的顽强阻击。后面的掩护部队被横躺竖卧的马匹、骆驼及抛弃的军用物资挡住道路，前进不得，便一窝蜂似地朝东石门方向逃窜。谁知，他们刚跑到甲南峪，迎头遭到预伏在这里的特务连1个排的堵击。

这时，王近山命令预备队第9、第10连投入战斗。战士们一个个犹如猛虎下山，奋不顾身地扑向日军。

第12连战士、共产党员杨绍清一马当先，冲在最前头。7个日本兵端着刺刀向他围拢过来。为避免四面受敌，杨绍清机智地抢占了有利地形，背靠陡坡，与敌人拼起了刺刀。一阵猛刺，撂倒了6个敌人，缴获了3支步枪。剩下的1个鬼子早已吓破了胆，掉头就跑。

激战至11点许，日军除一部掩护部队和辎重骡马逃回测鱼镇外，大部被歼。此战共击毙日军300余人，缴获骡马300余匹和大批军用物资，八路军仅伤亡10余人。

战斗期间，八路军得到了当地人民群众的大力支援。

平定县城的中学生组成的战地服务团，在牺牲救国同盟会的领导下，冒着枪林弹雨投入了紧张的战地服务。附近的民兵和群众也赶来助战。

▶ 当地人民群众踊跃支前

年过半百的董三元老汉，机智勇敢地从日军手里夺下一挺轻机枪，送到772团团部。事后，刘伯承称赞他是"老英雄"，并赠给他一条军毯。

下午6点，陈赓来到七亘村。只见战利品堆积如山，战士、群众像过年似的，乐得合不上嘴。有的战士把日军的钢盔戴在头上，把黄呢子大衣穿在身上，腰间还挂上日军的洋刀，模仿日军的模样和腔调，逗得大家哈哈大笑。

陈赓后来在日记中写道："炮弹、子弹、无线电器材、干粮，堆积如山。一时群众欢呼，抗敌情绪突然高涨……终日搬运胜利品。群众无需雇请，自动参加搬运。"

这时，郭营长牵来一匹日军大洋马，兴高采烈地说：

"旅长，这是我们营送给你的战利品。"

陈赓高兴地说：

"好哇，我收下这匹战马。还要请你们挑一些最好的马，送给刘师长，还要送一些到延安，向党中央报喜。"

"请首长放心，我们一定照办！"

这时，陈赓见不远处的几个老百姓在争论什么，有的说是炸药，有的说是大麦花。走过去一看，哈哈大笑起来，原来是成箱的压缩饼干。

他马上叫来第772团团长叶成焕：

"搬出几箱，叫大家尝尝。"

七亘村伏击战大获全胜后，刘伯承判断：平定前线西犯日军急需补充物资，此次日军虽遭受沉重打击，但不足以阻挡他们运输物资西进的步伐，肯定还要继续完成运输任务。而根据最新获得的情报：正太路西段的日军正向东运动，娘子关右翼的日军也正继续向旧关袭来。这说明日军的意图是急于要打通正太路，从背后威胁太原。

通过对周围地形的分析，刘伯承认为七亘村是西通平定的必经之路，日军自恃力强，骄横狂妄，绝不会因一时的失利而改变路线。兵法云：用兵不复。

日军万万想不到八路军会在同一地点重复设伏。

据此，刘伯承决定在七亘村第二次设伏。

为了迷惑日军，当 27 日日军派兵到七亘村来收尸时，刘伯承命令第 772 团主力当着日军的面佯装撤退，造成七亘村无兵把守的假象。

实际上，第 772 团第 3 营绕了一圈又返了回来，将伏击点选在七亘村以西两山夹谷中的改道庙附近；以第 9、第 10 连埋伏于七亘村至改道庙大道南侧；第 11、第

12 连及特务连 1 个排为预备队，控制七亘村南侧高地，并随时准备向七亘村东出击；侦察分队仍在东石门地区活动，掌握测鱼镇之敌情。

果不出刘伯承所料，28 日拂晓，日军辎重部队在 300 多名步兵和 1 个骑兵连的掩护下，由测鱼镇方向开来。

上午 11 点，日军进入八路军伏击地区。

日军虽十分狂妄，但毕竟吃过亏，一路上加强了搜索警戒，遇有可疑处便发炮轰击。走到七亘村附近时，更加小心翼翼，朝村里村外进行了反复的炮击。

第 772 团第 3 营的指战员们隐蔽在灌木、草丛中，沉着镇定，不发一枪。

11 点许，待日军骑兵通过改道庙后，第 3 营突然发起猛烈冲击，随后与敌人展开白刃格斗。但由于此次日军预有准备，掩护分队较多，未能将其打乱。

激战至黄昏，因下雨道路泥泞，八路军增援分队未能及时赶来参战，日军部分辎重部队在其先头骑兵掩护下向平定方向窜去，后续部队则返回

测鱼镇。

此战，八路军共毙伤日军百余人，缴获步枪20余支，骡马数十匹，压缩干粮200箱。

打扫战场时，战士们从战利品中找到了山西和华北的军用地图。对这个意外的收获，刘伯承十分高兴，还脱口说了句俏皮话：

"没想到日本人用中国人印的地图打中国人。怪不得阎锡山说没有地图，原来是跑到日本人手里了。"

古人云：用兵之妙，存乎一心。七亘村伏击战，胜在一个"妙"，

▶ 国民党第二战区副司令长官卫立煌（左二）到访延安，与毛泽东合影

胜在一个"奇"。三天之内，在同一地点，八路军以1个营的兵力，两次伏击日军，以伤亡53人的代价，取得了歼敌400余人、缴获步枪70余支、轻机枪4挺、弹药50余箱、骡马及骆驼400余匹、饼干700余箱、大衣1300件以及公文、地图10箱的重大胜利，打击和迟滞了日军沿正太铁路西犯的行动。

对此，国民党军第二战区副司令长官卫立煌敬佩不已，称赞七亘村接连两次伏击是大胆的、巧妙的用兵，是罕见的奇迹。

5.两伏日寇壮军威
——广阳伏击战 (1937.11)

1937年9月，日军在平型关受挫后，转攻长城防线左翼，先后突破茹越口、下社村内长城防线，直逼繁峙，威胁平型关、雁门关侧后。国民党军第一战区部队已向石家庄、德县以南撤退。

29日，毛泽东致电八路军总部，指出：

"华北大局非常危险，敌已从平汉、津浦两路的中间突破进来，保定已失，敌正迂回石家庄的侧面，河北局面已经完结了，……山西将成为华北的特殊局面。"

10月上旬，国民党军放弃雁门关至平型关的内长城防线，退守忻口东西一线阵地，企图集中兵力与日军决战，保卫太原。

10月6日，毛泽东致电周恩来、朱德、彭德怀并告林彪、聂荣臻：

敌占石家庄后，将向西面进攻，故龙泉关（九龙关）、娘子关两点须集结重兵，实行坚守，以使主力在太原以北取得胜利。……115师主力不但不应出河北，亦不宜位于龙泉关，似应第一步移至豆村、台怀之线，以便适时袭击大营、砂河、繁峙线，并准备于可能与必要时，北越长城出至浑源、应县，以此为中心，分为若干支队，采取夜间行动，袭击雁门、大同线，大同、张家口线之铁路，袭击张家口、

▶ 林彪（右一）、聂荣臻（右二）率部向敌后挺进

广灵线，广灵、代县线之汽车路。

　　遵照毛泽东的指示，八路军总部电令第115师协同友军袭取平型关、大营镇，相机夺取浑源、应县。

　　平型关战斗后，第115师第343旅经下关、阜平到五台山附近休整待机；第344旅奉命破坏张家口至代县间公路，袭击沿线日军据点；师独立团配合第344旅活动于广灵、蔚县地区；骑兵营活动于冀西。

　　10月下旬，沿正太铁路西进太原之日军进逼娘子关，晋东告急。

　　由于此前国民党当局未按毛泽东的建议预置重兵加强娘子关、九龙关的防守，直至日军逼近时，才令第26、第27路军和第3军等部进至娘子关仓促组织防御。

　　为配合国民党军作战，第115师根据八路军总部命令，师部率第343旅于 25 日夜由五台山南下，驰援娘子关。

但当 26 日赶到平定时，娘子关已失守。西进日军左翼第 20 师团第 40 旅团正沿平定、昔阳向榆次、太原进攻。为继续阻击和迟滞日军，第 343 旅于 30 日进至昔阳以西之沾尚镇地区，待机打击西犯日军。

11 月 2 日，日军第 40 旅团先头部队第 79 联队主力逼近马道岭。第 343 旅第 686 团第 2 营节节抗击，掩护旅主力完成伏击部署。受到八路军顽强阻击的日军前进缓慢，一天下来才走了 14 里，进占平定及其以南的白家掌一带。

3 日，林彪接到侦察人员报告，日军正由沾尚向广阳开来。

广阳是一个不到 200 户人家的小村镇，地处沾尚镇至松塔镇之间。从沾尚经松塔至榆林的公路从村边经过。这条路由于年久失修，加上山洪暴发、沙石冲击，已经破坏得不成样子，似路非路，似河非河，不便于机械化部队运动。村子四周山峦重叠，沟壑纵横，不仅地形复杂，又有疏落的树木，正是打伏击的好地方。

林彪当即决定在广阳伏击日军，可他手中只有陈光第 343 旅的两个团。当时 115 师所属徐海东的第 344 旅由八路军总部直接指挥，独立团和骑兵营在晋东北。这次，林彪要用有限的兵力在广阳再创造一个"平型关大捷"。

当日夜间，第 343 旅主力迅速占领广阳及其以东道路南侧的有利地形，完成了兵力部署：

李天佑的第 686 团第 1、第 3 营为主要突击部队进入前小寨、离村以北高地；杨得志的第 685 团第 3 营由狼窝沟北山出击，协同第 686 团歼灭进入伏击地区之日军；其余部队占领有利阵地，准备打击回援之日军。

4 日凌晨，林彪收到了朱德、彭德怀给他并刘伯承的电报：

> 第 115 师应加紧对沾尚、广阳敌之侦察，如该敌续向西进时，陈光旅应积极迟阻该敌。刘师除以小部向昔阳迟滞敌人外，主力应准备

迅速与第115师靠拢，并利用松塔、广阳、大小寒口线有利地形消灭此敌。由林师长按具体情况决定，迅速通知刘师，并由林统一指挥之。

▶ 八路军第115师一部向晋东北挺进

清晨，林彪的望远镜里出现了敌人的身影。

不一会儿，桌上的电话接连响了起来。

"师长，敌人进了伏击圈！"听筒里传来了陈光粗犷的嗓音。

"嗯，注意隐蔽。"林彪平静地说。

"师长，我是杨得志。敌人先头的骑兵过去了，现在正好打步兵。"

"我都看见了，注意隐蔽。"林彪十分镇静。

"我是陈士榘，我现在在686团阵地。敌人又过去了一支骑兵，怎么还不打呀？"第343旅参谋长陈士榘问道。

"告诉李天佑注意隐蔽。"

林彪真沉得住气，对各级指挥员的询问，都是同一个答复：注意隐蔽。他像一个老练的猎手，在等待最佳的出击时机。

直到下午3点，日军前锋已到松塔镇，而后卫部队还在广阳附近。

这时，观察哨发来信号，沾尚一带已经不见敌踪。林彪放下望远镜，对师参谋长周昆说：

"进入伏击圈的是敌人的后尾，打吧。"

"啪"一声信号枪响，第685、第686团的各路伏兵从山间林中杀出，喊杀声，机关枪声，步枪声，手榴弹、迫击炮弹的爆炸声响成一片，震撼山谷……

战至夜幕降临，谷地里的枪声渐渐稀疏下来。

陈士榘向林彪报告战果：

"师长，686团已全歼被围之敌，初步统计歼敌在500人以上。"

"好，祝贺你们的胜利。685团也歼敌四五百，加起来不比平型关那次少。希望你们尽快肃清残敌，将负伤的同志迅速转移下去，战利品也要马上运走，免得明天遭到日军报复。"

陈士榘还没有放下听筒，第686团3营的通信员就来报告说，部队已进入广阳镇，街内除极少数散兵负隅顽抗外，包围圈内再没有日军的踪迹了。

当陈士榘和李天佑进入广阳镇时，天已完全黑了。街上有两处房子还被几个日军占据着，不时传出几声枪响。待陈士榘等人走近时，战士们已经用手榴弹消灭了房子里的日军，只剩下一个日本兵躲在一个小院子里，不时向外打枪。

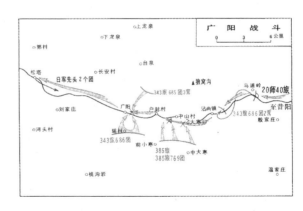

▶ 广阳战斗示意图

有人主张用手榴弹炸死他算了，陈士榘马上制止：

"不能炸死，要抓活的。现在要消灭他很容易，一颗手榴弹或几粒子弹就够了，可是上级一再要求我们最好能抓到俘虏。"

然后，他又转头对李天佑说：

"我还能说几句日语，让我带上几个人去看看。"

说完，便带上师侦察科科长苏静等人进去了。

那个日本兵躲藏在小院子里南房的里间屋。陈士榘让战士们先将小房子团团围住，然后自己利用夜幕掩护，悄悄地移到了窗口，用不久前才学会的几句日语向里面喊道：

"缴枪不杀，宽待俘虏！"

那个日本兵仍不肯出来，继续向外打枪。

陈士榘又耐心喊了一阵，那个日本兵才不再开枪了。

过了好大一会儿，只听见里面传出了几句生硬的中国话：

"明白，明白。"

可又等了一会儿，仍不见他出来。不能再这样拖下去了，陈士榘一挥手，率领战士们猛地冲进屋去。原来那个日本兵站在老乡的粮食筐里，欲动不能，挣扎无用。见八路军冲进来，吓得浑身发抖，两腿打颤。

陈士榘想给他再解释解释，可除了"缴枪不杀，宽待俘虏"、"不要为日本军国主义卖命"等几句话以外，别的日语就不会说了。

多年之后，陈士榘回忆起这有趣的一幕：

正当着急之时，我突然想起汉文和日文有许多字形字意是相同的，马上掏出一个笔记本，借着灯光在上面写了"你不要怕，我们是共产党领导的八路军，宽待俘虏"、"只要你放下武器就不伤害你"几个汉字。他看了之后，也连忙写出"理解"。我一看他不仅认识汉字，而且写得不错，心里头很高兴，又写字问他是哪个部队的，叫什么名字？这回我连本子带笔一起给了他。他看看字，又抬头看看我，然后拿起笔在本子上写下"第79联队辎重兵军曹加滕幸夫"。他的汉字写得很好，看来文化程度不低。

通过笔谈，陈士榘了解到日军第 20 师团大

多数是朝鲜人，还有很多东北人，日本人只占三分之一。陈士榘又向加滕幸夫宣传我军的俘虏政策，他不住地点头表示信任。

见陈士榘带了个活的日本兵来，李天佑高兴地说：

"好啊，你到底抓了个活的回来了。你走了以后，师里打电话问你，我说你抓俘虏去了，师里还说你是个'冒失鬼'，让告诉你注意安全。"

"不入虎穴，焉得虎子？你不冒险，能抓到俘虏？"

一句话说得大家都哈哈笑了起来。

第343旅的参谋长亲手捉住了八路军自抗战以来的第一个日军俘虏！

当林彪得知他面前的日军不过是支杂牌军，便决定抓住这个难得的机会，继续追击和围歼该敌。但苦于手中兵力有限，于是想到了正在附近活动的第129师。林彪马上把参谋长周昆叫来，口述了一份致第129师并告朱德、彭德怀、毛泽东、周恩来的电文：

（一）本日陈旅所打之敌，系第20师团第37联队及另一部，该敌多朝鲜人，亦有东北人，日人较少，战斗力不及板垣师团。

（二）为继续消灭该敌，决仍采取机动战法，明日动作如下：

1、陈光旅（缺六个连）尾敌跟进，袭击与抑止该敌。

2、刘师三个团应留一个营附电台，监视与阻滞昔阳方向之敌，余两团及两营应于明（五）日四时开始出发，向广阳村前进，到达该地以后之行动，由我留信规定之。

3、我随陈光旅前进。

林　彪

在4日的广阳一战中，日军第20师团后队以及辎重部队遭到八路军围歼，损失了千余人，师团长川岸文三郎心里十分恼火。但由于当时黄昏将近，加之西进心切，他不敢也不愿回兵救援。但没料到的是，第二天他的指挥机关和直属队又遭到了八路军的袭击，便急召前锋第40旅团回援。

接近中午时分，第40旅团长山下奉文率部赶到。

林彪本想在第129师的配合下，对这个"战斗力不及板垣师团"的杂牌军打一个更大的围歼战。但事实上，日军第20师团同样是支精锐部队，特别是山下奉文和他的第40旅团，在日军中也属"王牌"——几年后，正是这个山下奉文在太平洋战争中大出风头，率2万人马横扫整个东南亚，迫使10万英军在新加坡投降。

原来，加滕幸夫提供的只是已被围歼的第37联队及他所在辎重队的情况。因此，林彪咬上的是一块"硬骨头"。精明谨慎的林彪当然不会吃这个亏，一看不好打，便于5日晚令部队主动撤出战斗，转入山区。

对此，川岸文三郎恼羞成怒，决定回师东返进行报复。但他没料到，前面又有一个伏击圈在等着他，地点还是广阳。不过，这回设圈套的不是林彪，而是刘伯承。

11月7日，刘伯承率第385旅等部在广阳以东的户封村附近，又给了川岸的一个联队以沉重打击，歼敌250余名。

广阳两次伏击战，有力打击了西犯日军，迫其改道由广阳以北之上下

▶ 战斗在山西阳泉地区的八路军第385旅一部

龙泉西犯，迟滞其行动达一周之久，为保卫太原争取了时间。

6.日军首次围攻晋察冀边区的溃败
——晋察冀反"八路围攻"(1937.11)

1937年11月7日,根据中央军委的命令,正式成立了晋察冀军区,聂荣臻任司令员兼政治委员。

晋察冀军区成立的消息极大地振奋和鼓舞了这一地区军民的抗战热情。群众自编歌曲,颂扬晋察冀边区的成立:

> 山丹花开红满坡,
> 八路大军过黄河,
> 建立边区晋察冀,
> 打得鬼子回老窝。

晋察冀边区地处衡山、五台山和燕山山脉的连接地带,控制着日军入侵关内的咽喉要道,威胁敌占之平绥、同蒲、正太、平汉、津浦等交通大动脉和北平、天津等大城市,战略位置重要。"七七事变"后,日军首先占领这一地区,企图把它作为占领整个华北,进而侵占全中国的重要基地。

晋察冀军区的成立,标志着一把尖刀插入敌人的腹地,对日军的全局战略带来了巨大挑战,迟延了日军的攻击速度,影响了日军下一步的作战部署。同时,根据地不断袭扰和破坏交通运输线的行为,严重破坏了日军的后勤补

▶ 晋察冀军区某部在战斗中

给和战略纵深的稳定，引起了日军的极大恐慌。

为消除后顾之忧，日军华北方面军司令官寺内寿一分别从第 5、第 14、第 109 师团及关东军察哈尔派遣兵团攻抽调 2 万余兵力，于 11 月下旬由平绥、平汉、正太、同蒲等铁路沿线出动，分八路向晋察冀抗日根据地气势汹汹地扑来。

日军的重兵压境使新成立的晋察冀军区面临巨大考验，但敌人的凶残和强大并没有吓到英勇的边区军民。面对国仇家恨，他们将满腔仇恨和报国之志化作杀敌报国的动力，同日军开展了顽强的周旋。

当时，晋察冀军区下辖 4 个军分区：

第 1 军分区由独立第 1 师兼，杨成武任司令员，邓华任政治委员兼政治主任，辖区为雁北、察南、平西、平汉路保定至北平段以西的冀西地区，包括灵丘、广灵、阳原、蔚县、涞源、易县、涞水、定兴、徐水、满城等县。

第2军分区由赵尔陆任司令员兼政治委员,辖区为晋东北和太原以北地区,包括五台、定襄、忻县、山存县、代县、繁峙、应县、浑源、山阴等县。

第3军分区由陈漫远任司令员,王平任政治委员,辖区为平汉路保定至新乐以西地区及部分路东地区,包括阜平、曲阳、唐县、完县、望都、新乐以及定县的一部分。

第4军分区由周建屏任司令员,刘道生任政治委员,辖区为平汉路新乐至石家庄以西和正太路石家庄至寿阳以北地区,包括平山、行唐、灵寿、正定、获鹿、井陉、平定、孟县、寿阳、阳曲等县。

各个军分区不仅有各自控制的区域,还有向纵深活动的范围,四周与敌接壤的广大地区就是各自的游击区,开展游击战争,创建敌后根据地。

由于这一地区特殊的战略地位和巨大的战略意义,新成立的晋察冀军区受到敌占区的抗日团体和群众的大力支持,得到了国民政府和蒋介石的认可,在第二战区也受到司令长官阎锡山、副司令长官卫立煌、

▶ 中国抗日根据地军民开展游击战争,打击日本侵略军 (油画)

黄绍竑等人的支持。正是这种特殊的地位使晋察冀军区在发展敌后抗日力量,与敌开展反围攻作战中具有一些得天独厚的优势。

然而,晋察冀军区兵力情况和武器装备跟装备精良的日军相比,仍处于绝对的劣势。这就决定了在面对优势敌人的进攻之时,需要指挥员扬长避短,歼敌

于运动之中。

坐镇晋察冀军区指挥的聂荣臻正是这样一位"运筹于帷幄之中，决胜于千里之外"的杰出帅才。反围攻作战开始的前一天，即11月23日，他在给毛泽东、彭德怀、任弼时、周恩来并各军分区领导人的电报中，对敌情进行了如下判断：

> 因敌深入我境，后方联络线延长，八路军不断的袭扰，晋察冀义军纷起，声势颇大，故敌有肃清联络线，巩固后路之必要。因此敌人可能向我晋察冀区开始进攻，在东面首先战满（城）、完（城）、唐（县）、曲（阳）、行（唐）、灵（寿）、平（山）等县，逐我进山区，离平汉路。西面有进攻五台、盂县，分为据点之企图。

聂荣臻运筹帷幄、指挥若定的将帅之风在此电中体现的淋漓尽致。

早在日军发动围攻作战之前，聂荣臻针对战争局势变化和敌我兵力、武器装备对比情况，于10月中旬即着手进行反围攻准备，并作出具体部署：

以部分老部队为骨干带领部分游击队，广泛开展游击战。以部分游击队袭扰日军后方据点和交通线，主力隐蔽集结，寻机歼灭日军。并命令各军区把有基础有经验的团队部署在机动位置，依靠大量新组建的游击武装对付敌人的围攻，以削弱、消耗和疲惫敌人。同时发动、组织群众实行坚壁清野，封锁消息，使日军举步维艰。

自11月24日起，各路日军开始向晋察冀边区大举进犯。边区军民密切配合，奋力反击入侵之敌，拉开了晋察冀边区反"八路围攻"的序幕。

在北线，日军分四路向第1军分区发起围攻。其中，关东军、察哈尔派遣兵团等部分兵三路：一路1500余人11月24日由涿鹿、怀来出动，经桃花堡向蔚县进犯；一路1400余人由应县出动，于27日分向浑源、广灵进犯；华北方面军第14师团一部3000余人为另一路，由保定、易县出动，在飞机

的掩护下向涞源
进犯。

第1军分区广
大指战员面沉着冷
静应对，坚决贯彻
军委和军区的作战
指令，为避敌锋芒，
主动撤离等县城，
依托山区有利条件
与日军周旋。在作
战方略上，以军分
区主力部队一部，
配合民兵、游击队，
采取多种战法，巧

▶ 晋察冀军区反"八路围攻"示意图

妙灵活地袭击敌人，迟滞敌人进攻，主力部队则隐蔽行踪，寻机歼敌。

日军在进入根据地后，面对复杂的地形和抗日军民的不断袭扰，陷入了
到处碰壁、四面挣扎的困境。其中：

应县日军进占浑源后，继续东犯广灵，进至乱岭关地区，被第1军分区
主力部队截击，死伤200余人。涿鹿日军进占广灵后，接连遭到当地军民的
袭扰，被迫向蔚县收缩。由保定、易县西犯涞源的日军途经北齐村、紫金关、
王安镇等地时，连续遭到军区骑兵营和第1军分区部队的沉重打击，仅在大
龙华一地就被毙伤200余人。进占涞源的日军由于日夜受到袭扰，交通受阻，
补给困难，被迫于12月19日弃城撤退。

经过龙华、乱岭关和北村口等大大小小数十场战斗，第1军分区共歼灭
日军600余人，使北线围攻之敌不敢轻易冒进。

在南线，兵分四路围攻晋察冀边区的日军同样遭到当地抗日军民的沉重打击。

12月初，在反围攻作战的关键时刻，毛泽东通过八路军总部向晋察冀军区转来对反围攻作战的指示：

▶ 晋察冀军区某部在战斗后召开总结会

对进攻晋察冀边之敌，除上月29日电及你们来电外，请注意以下几点：

（一）避免正面抵抗，袭击敌之后尾部队。

（二）在敌之远近后方活动，使敌处于我包围之中。

（三）同蒲、正太路必须积极活动，予以有力的配合。

（四）注意在敌后方破坏伪组织、伪军。

（五）加紧瓦解敌军工作。

（六）在确有胜利条件下，集结适当力量给敌以部分歼灭和有力打击，增加敌恐怖与进攻困难是必要的，但须详细审慎。

为配合晋察冀军区反围攻作战，八路军第120、第129师各一部在同蒲铁路北段和正太铁路沿线开展破袭战，调动围攻晋察冀边区之敌回援。

至12月21日，进犯晋察冀边区的日军除一部进占浑源、广灵、蔚县、定襄、盂县、平山和行唐等县城外，其余先后退回铁路沿线。日军寄予厚望的"八路围攻"以失败告终。

战后，晋察冀军区作出关于《粉碎日军八路围攻的战斗总结》：

太原失陷后，敌为确保其后方交通及肃清晋察冀边区内之抗日力量计，乃集中两万左右之兵力，自十一月底起始分路向边区围攻。十一月二十四日又涿鹿、怀来出动第一千五百余，内骑兵五六百，经桃花堡向蔚县前进。天镇、阳原敌一千五百余，附骑兵四百，二十六日出犯，与怀、涿敌会合攻占蔚县。由应县出动敌一千余，骑兵四百余，二十七日分两路窜犯浑源、广灵，并占领之。由保定、易县出动敌三千，附坦克、装甲车十余辆，并以飞机掩护，攻占涞源后，继以一部向走马驿、灵丘急进，因我军积极活动，迭遭重创，大感恐慌，终放弃涞源城向易县退去。自新乐、定县、向县、曲阳、行唐进犯之敌，共一千七八百人，汽车百余辆，十二月十三日分路出动，定县敌进到高门即遭我三分区一部包围痛击，敌势顿挫，狼狈退去，新乐敌同日窜据行唐。石家庄、获鹿、井陉敌共二千余，飞机十余架，炮十余门，分向平山、灵寿进犯，与我沿途战斗，于十二月十四日攻占平山。平定、寿阳敌一千六七百，十五日窜据盂县。代县、忻州敌共一千五六百，攻占繁峙、定襄。各路敌进入边区后即到处疯狂烧杀，经我军连日浴血苦战，不断袭击、伏击，广泛开展游击战，消耗敌疲惫敌予敌极大杀伤，并在各战线上都获得不少的胜利，特别是乱岭关、大龙华各战斗，更使敌恐慌失措，至十二月中旬敌围攻计划遂告粉碎。兹将所获战果分述如下：计进行大的战斗八次，杀伤敌官兵一千零八十七名，缴获步、马枪三百一十二支，轻机枪十挺，步、机枪弹五万发，马十余匹，电台一架，汽车、坦克各一辆。我伤营级干部一，连、排干部三十余。亡营级干部三，连排级干部十余。班以下伤亡六百余名。

此役，晋察冀军区军民共毙伤日军2000余人，缴获大批武器、弹药和军用物资，粉碎了日寇精锐兵力"围剿"。日军被迫放弃晋察冀根据地边缘地带的几座县城，惨败回巢。

这一胜利进一步鼓舞了边区军民的抗战热情，也为抗日根据地在日后的反"扫荡"、"围攻"作战积累了经验，受到了党中央和中央军委的高度赞扬。八路军总部也发来贺电：

▶ 晋察冀军区某部召开祝捷大会

晋察冀边区游击战发展胜利，威胁日寇后方，使日寇不得不改变占领太原后一直向风陵渡、军渡进兵。先晋察冀游击战已有很多成功，局部引起日军作战计划变更，保卫了晋南、晋西，给友军以修正的机会。

聂荣臻是这样总结此次反"八路围攻"作战经验的：

在一开头，我们对这样犀利的装备着现代武器如坦克、大炮及飞机的敌人，没有作战的经验。日本人以前也从来没有遇到一个像我们这样精于游击战术的敌人。为应付我们在他们后方的日渐增强中的威胁，他们用了他们传统的正面进击，借用陆地与空间的轰炸，意欲占领我们已经占领的一个据点，开始移动军队，向我们进攻。当他们占领了这地方，他们认为战争已告结束。不过我们只是撤离这一据点，以便包抄过去，进袭他们的后方。几乎时常是我们用切断他们和他们的根据地的交通线来强迫他们退走。

7. 重要交通线上的三次破袭
——平汉路破袭战 (1938.2)

● 首次出击破敌胆，功勋卓著美名扬

1937 年，对于中国人民来说，注定是要在悲壮与血泪中度过。

国民党军队在正面战场的一溃千里，大好河山的日渐沦丧，同胞血肉惨遭无情的杀戮，都深深地刺痛着每个中国人的心。

日军为迅速实现灭亡中国的侵略计划，连贯南北战场，决心以南京、济南为基地，从南、北两端沿津浦线夹击徐州。

徐州是津浦、陇海两大铁路干线的交叉点，是江苏、山东、河南、安徽四省的要冲。徐州周围，山峦重叠，河川纵横，向为兵家必争之战略要地。

一旦日军夺取徐州，便可沿陇海路西进，利用平坦地势，发挥其机械化部队的威力，直扑平汉铁路，歼灭郑州、武汉间中国军队的主力，一举占武汉。反之，如果徐州控制在中国军队手中，不仅可将日军隔绝在津浦路的南、北两端，北可威胁济南，南可进逼南京；而且保持了横贯东西的军事大动脉——陇海路，能确保郑州和平汉铁路南段的侧背安全。

鉴于徐州如此重要的战略地位，1938 年 1 月，蒋介石亲临津浦前线督战，召开军事会议，拘捕了著名逃将韩复榘，并立即在武昌不经审判枪决。随后，蒋介石在武汉部署保卫徐州的会战，并召见了八路军副司令彭德怀：

"是否可以在青纱帐起派队袭击津浦线，声援徐州会战？"

"为了配合徐州会战，八路军不待青纱帐起即当派队前往。"彭

▶ 八路军某部埋伏在"青纱帐"里，准备出击

德怀慨然应允。

2月5日，朱德、彭德怀发出电令：

（一）敌集主力由津浦线南北夹攻徐州，由南北进之敌，昨日占蚌埠蒙城。

（二）为策应第五战区作战，我军主力除在晋积极动作外，应派出得力支队出平汉线以东，向津浦线袭扰。聂（荣臻）已派出吕（正操）部约三千，正在高阳及其东南地区活动，沿沧石路以北向东行进中。

（三）第129师应即准备一个团，或两个营之兵力，由宋任穷同志（如可能时陈再道同志亦可同去）率领，配足干部与通信器材，准备在一星期前后，待阎（锡山）、卫（立煌）所派部队到达平汉路以西活动时，乘隙东出沧石路以南邢台、德州间活动。

……

18日，朱德、彭德怀又致电八路军各部队负责人，令其向平汉路、正太路、同蒲路等敌交通线出击，打击和钳制敌人，以配合友军正面战场作战。

此时，晋察冀军区刚刚粉碎日军对根据地的"八路围攻"，接到总部的电令后，立即着手作战部署。

聂荣臻提出，这次配合友军开展破袭作战，要由陈漫远司令员的第3军分区唱主角，出动主力和游击部队向保定至新乐段平汉路出击；第1、第2、第4军分区则都选定适当目标，作钳制性进攻。

为使作战计划得以顺利实施，聂荣臻还率领司令部参谋，深入到进攻重点地段完县、唐县地区，侦察敌情，直接指挥有关部队的作战行动。

2月9日夜，各军分区按计划出击。其中，第3军分区在冀中人民自卫的配合下，很快攻占定县、望都县城以及清风店、方顺桥等车站，并一度袭入保定、满城城关，毙伤敌500余人，破坏铁路50余公里，焚毁新乐等6处车站，使平汉路一度中断。第1、第2、第4军分区也按计划分别攻占了蔚县的九宫口、北口，袭击了浑源、忻口、原平、代县和井陉等城镇的日伪军据点，给同蒲、正太路沿线之敌以有力打击。

晋察冀军区部队首次出击平汉路，使敌人大为震惊，不得不抽调兵力，加强铁路沿线的警戒和保护，迟缓敌人交通运输和后勤补给，有力地支援了正面战场。

对这次进攻战斗，朱德、彭德怀根据聂荣臻的报告，于2月11日致电蒋介石：

▶ 指挥正太路破袭战的陈漫远

我陈漫远指挥之支队，一部向定州猛攻，与守敌三百余人激战3小时，敌不支退守县府，利用房屋死守顽抗，我以洋油用水龙注射（即火烧），一时火势猛烈，守敌与房屋同烬，至（9日）24时全城为我军占领。灰日（10日）晨3时许，正定方向援敌赶到，分乘汽车二十余辆、装甲车数辆。我预先有准备，战约一小时敌被我全部击溃，援敌伤亡百余，我缴获步枪四十余支，轻机关枪5挺。……该支队另一部攻击清风店车站，守敌约百余人固守车站坚固房，我将预带之洋油用水龙注射，以数包手榴弹掷入，火势猛烈，守敌大部与房屋化为灰烬，小部企图突围，被我击毙，缴步枪十余支。该支队另一部攻击望都，守敌百余人依城顽抗，我军奋不顾身蜂拥爬城，将该敌全部歼灭，缴步枪八十余枝，轻机关枪6挺。……周建屏（第4军分区司令）所率支队，一部进攻新乐城，守敌约百余人，据城顽抗，我军数度冲锋，始攀城而入，将守敌全部歼灭；其宣抚之日军官十余人被打死，敌之一排兵被我纵火烧死，我缴获步枪八十余支，轻机关枪6挺，战马二十余匹……10日晨4时许，由正定方面来火车一列，满载援军被我预伏部队截获，当即翻车一列，敌跌死跌伤不少，同时我以手榴弹猛烈投掷，大部被我解决。……此役缴获步枪一百余枝，轻机关枪十余挺，子弹数十箱，其他日用品不少，俘敌伤兵十余人。敌之后列车遭我猛烈射击，即未下车向南退回。

12日，聂荣臻在给八路军总部并中共中央北方局的报告中称：

"平汉线日军被我袭击后，极为恐慌，被我破坏之铁轨与电线，至今未修。

昨派往望都之侦察汇报，该城时起谣风，一日数惊，日兵守在工事里不敢出来。"

捷报传出，八路军总部发来贺电。紧接着，毛泽东也发来了嘉勉电。

▶ 抗日军民开展破击战，破坏敌占区铁路

聂（荣臻）、杨（成武）、邓（华）、周（建屏）、刘（道生）、陈（漫远）、王（平）：

你们9日晚英勇的模范的袭击，给日寇以大的杀伤与威胁，占领许多要点毁坏交通铁路，夺取敌人武器辎重，这一伟大胜利，有很大的战略和政治意义。这一胜利大大地配合东线友军抗战，大大地兴奋了广大的抗战军民，大大地打击了敌人和汉奸，提高了你们的作战信心与战术。这一胜利是由于总司令部、军区司令部正确领导，你们的机动果敢的指挥，和全体干部、战士英勇参战，和地方抗战团体与民众的帮助之下取得的。望你们继续这一胜利的精神与经验，再接再厉地为争取新的伟大的胜利而斗争。我们已在盼望你们胜利的捷报，号召广大军民学习和发扬你们的精神与行动，争取抗战的新的转机与胜利。

特此电贺。

毛泽东

●卷土重来犹遭败，二次破袭滞敌援

1938年3月4日，日军为保护后方和交通线的安全，由高碑店到石家庄调集兵力11000余人，在飞机配合下沿平汉线分四路向阜平、涞源地区发动报复性进攻。

接到报告后，晋察冀军区司令部立即召开作战会议。参谋长唐延杰扼要讲解了易县、满城、完县、唐县、曲阳等四路敌人进攻的情况。

司令员聂荣臻作了指示：

"这次敌人兵力集中，炮火猛烈，还有飞机、骑兵配合，我们正面硬拼是不行的，还得用游击战对付，着重袭击敌人的侧后和交通运输线。"

大家都同意聂荣臻的意见。

7日上午，一架敌机突然飞临阜平上空。

哨兵鸣枪报警，人们纷纷往简易的交通壕和防空洞跑去。由于特务事先告密，敌机一来就对准军区司令部和政治部的两座院子狂轰滥炸。幸亏聂荣臻有先见之明，一到阜平就通知机关、部队赶挖防空洞和交通壕，否则这回空袭恐怕要伤亡惨重了。但机关和直属队还是牺牲了几个人，这也是晋察冀军区成立以来机关第一次遭受损失。

第二天凌晨，侦察员报告：数千日军在骑兵的配合下已经到了距阜平十多公里外的王快镇。

见敌人来势凶猛，聂荣臻果断命令军区机关和边区政府趁天还未亮，火速向五台方向转移。同时，命令军区各支队及游击队在敌人的侧后及交通线上展开猛烈袭击。

▶ 聂荣臻在抗日前线

待日军杀进阜平时，聂荣臻他们早已安全撤走了，留下了一座空城。此时日军的后方不断遭到袭击，损失颇重，加之首尾不能兼顾，极感恐慌，遂于10日开始撤退。

敌人是不甘心失败的。4月下旬，大批日军再次沿津浦路南下，会攻徐州。

聂荣臻在得知平汉路北段各点的日军正向北平集结的情报后，判断敌人是为了转向津浦路参加徐州会战。为钳制日军，支援国民党军正面战场，他作出了第二次破击平汉路北段的部署：

令第1军分区部队破袭保定以北的平汉路；第3军分区部队袭击保定，破坏保定以南铁路；冀中部队和各地方部队配合这次破袭行动。

自4月28日至5月14日，各部队出色地完成了任务，连续破坏铁路八十多公里，使平汉线3天不能通车。其中，攻占涞水的部队沿平汉线向北推进，争取了1400多名伪军投诚，扩大了八路军在这一地区的影响；进攻保定的部队，两次发动夜袭，一度攻入保定南关，引起日军恐慌。

聂荣臻对这次行动极为满意，在总结此役时说：

"令敌人不得不以大的兵力增援到保定、定县、石家庄一带，以维持其交通，我则达到了钳制大量敌军之目的。"

●活捉俘虏正英名，三次破袭战果丰

1938年2月，根据八路军总部的命令，贺龙率第120师主力在同蒲铁路北段展开了一场颇有声势的破袭战。

时值隆冬季节，晋西北冰天雪地，寒冷异常。

要在这样的恶劣天气里组织大部队作战，困难甚多，而且日军为了维护同蒲路的畅通，投入了较多的兵力。就在这时，贺龙又接到敌情通报：大约2000多名日军从阳曲开到原平，有攻击在崞县以西的八路军第359旅的迹象。

为有效地指挥这一战役行动，贺龙将师部分成两个梯队：由萧克、关向应组成野战司令部，前出同蒲路，指挥破袭战；贺龙坐镇岚县，统筹全局。

贺龙对萧克说：

"你们到达同蒲路后，先别急于组织攻击，可以一面做群众工作，侦察敌情，一面寻找战机。出现了有利时机，再组织战斗。"

萧克点点头：

▶ 八路军某部向遣返回家的日伪军俘虏发放路费

"老总，你就放心吧，我们到同蒲路后，先弄清情况再作定夺。"

随即与关向应一起，带领野战司令部出发了。

几天后，贺龙得到情报：崞县、原平、忻县一线的日军主力已经南调阳曲、太原，目前这一带兵力并不多，各个据点里只有百十来人，最多的也只有四五百人。所谓两千多日军开到原平的情报不准。

根据这一最新情报，贺龙敏锐地意识到，这是个有利时机，必须及时、迅速集中主力，袭击一两个据点，以切断同蒲铁路。为此，他急电在忻县莲寺沟的萧克、关向应，提议立即向忻县以南、阳曲以北地区发动攻势，"占据其一二据点，消灭其一部，并引诱敌之增援，在运动中消灭其增援部队"。在电令中，贺龙还指出，这次作战的基本突破口是袭占忻县以南的平社车站，破坏铁路，并相机袭击忻县关城镇、石岭关、青龙镇之敌。

萧克、关向应迅速将第120师主力调至忻县到阳曲以西地区进行战斗谁备。

2月18日，攻击开始了。第358旅第715团在忻县黄岭村伏击了从平社开往高村的火车，毙伤日军50多人。但因受地形限制及平社敌人增援，未能将敌全歼。

22日凌晨，第359旅第717团袭击平社车站。刘转连团长指挥所部利用黎明前的黑暗作掩护，秘密接近车站，用手榴弹给敌人来了个突然袭击，歼敌 60 多人。由于有的营动作不坚决，战至拂晓，未能解决战斗，乃主动撤离。

战斗打响后，坐镇岚县的贺龙坐不住了，于 23 日赶到莲寺沟。当晚，他来到第 717 团驻地，指示指战员们总结战斗经验，并鼓励他们再接再厉，重攻平社，把车站拿下来。

这里还发生了一段小插曲。在以前的战斗中，由于从来没有抓到过日军活的俘虏，以至于外界开始质疑八路军取得一系列胜利，因此在这次战斗打响前，贺龙对战士们说：

"现在天天传八路军打胜仗，就是看不到活的俘虏。你们这回再攻平社车站。少缴几支枪不要紧，一定给我抓几个俘虏回来，看看他们还骄横不骄横。我就不相信鬼子就这么厉害，抓不住他。你们就抓他个活的！"

旁边有个战士接口问道：

"听说被抓住的鬼子都不走，咋办？"

"不走？你就抬起他走，还怕他不来？"

▶ 驰骋在晋西北抗日前线的八路军第 120 师骑兵部队

贺老总幽默风趣的话语，引得战士们发出了一片笑声。

师长亲临前线，极大地鼓舞了部队的斗志。

23日深夜，王震指挥第359旅再袭平社。平社守敌畏惧被歼，向东北逃窜。第717团占领平社车站后乘胜追击，攻克铁路东侧的豆罗村、麻会镇两个据点。

24日晚，第717团主力一鼓作气，又攻占关城镇，并一口气捉了十来个日军俘虏。有几个俘虏还真的是被捆起来抬下战场的。同日，该团一部破坏崞县、原平间铁路，毁敌火车一列；另一部在崞县以北打敌增援车队，毙敌大队长一名。

为恢复交通，日军于27日由忻县出动800余人，由高村出动100余人，向关城镇、石岭地区进攻，企图重占平社。在东、西河庄，与第358旅第716团相遇。双方激战半日，形成对峙。

贺龙在电话里命令第358旅旅长张宗逊：

"把715团调上来嘛！你舍不得什么？要赶快解决战斗！"

下午，第715团赶到了东、西河庄。黄昏时分，两个团同时发起攻击。激战两小时，将日军击溃，并追到十公里以外的高村车站。

第120师主力十天之内四战四胜，歼敌500余人，破坏铁路10余公里，桥梁8座，炸毁敌火车3列，汽车10余辆，攻占了平社、田庄车站等7处据点，切断了忻口至阳曲的交通线，完成了破袭同蒲路的任务。

▶ 抗日军民伏击日军列车

平汉铁路沿线的三次破袭战，歼灭了大量的日伪军，破坏了日军交通运输线路，缴获了大量的武器装备和后勤物资，打击了日军骄横跋扈的气焰，有效地牵制了日军兵力，有力地配合支援了徐州会战。

8.围城打援妙计重现
——长生口伏击战 (1938.2)

1938 年初，华北日军由北、东两路夹攻占领太原后，敌我双方进入一个调整兵力，准备再战的相对稳定形势。

2 月中旬，日军华北方面军调集 3 万余人，沿平汉、同蒲、道清等铁路线向晋南、晋西发动进攻。其中，第 20 师团和第 14 师团一部攻占了风陵渡至河南温县之间的各渡河点，第 109 师团控制了离石周围的河岸，准备渡过黄河，配合津浦作战，进攻西安、陕甘宁边区。

中国方面，蒋介石下达反攻太原的命令。按照作战计划，八路军担负截断同蒲铁路北段及正太铁路、切断日军后方交通的任务，其中第 129 师的作战任务是负责切断正太铁路。

接到八路军总部命令后，第 129 师刘伯承师长马上命令参谋处长李达通知分散活动的各主力部队相对集中，准备向正太路东段井陉地区进击，并阻击由石家庄方面来援之敌。

随后，刘伯承亲率第 129 师主力进至正太路东段，准备在井陉方向寻机歼敌，并相机占领娘子关、旧关。

井陉自古便是天险，有"过了井陉，军队放心走"之说。长生口地处井陉地区要塞，是石家庄通往太原的必经之路。天然的地理条件和战略位置使这里成为历代兵家激烈角逐之地，遗留的古堡城垣记下了一幅幅威武壮观的

▶ 八路军官兵帮助群众修复被日军毁坏的房屋

战争历史画卷。

长生口对第129师的广大指战员而言并不陌生。就在前不久驰援娘子关时，第772团曾在这里打过一次伏击战。时间刚刚过去了四个月，这里的景象却是大变。沿途村庄断垣残壁，瓦砾成堆。日军每进一村，即枪杀群众，烧毁房屋，奸淫妇女。饱受摧残的群众见到八路军后欣喜万分，纷纷要求为他们报仇血恨。

刘伯承与徐向前商量后，决定派人化装侦察井陉方向敌情，准备寻找战机。

经侦察，发现井陉西南20余里的旧关据点驻有日军200余人，属井陉警备队管辖。一个大胆的作战方案随即产生。刘伯承决心采用"攻其所必救"战法，命令陈锡联第769团袭击旧关，但不切断敌人的电话线，让其呼叫井陉警备队增援；命令陈赓第386旅设伏于井陉至旧关间的长生口附近，歼灭援敌。

许多年后，时任第386旅参谋长的李聚奎回忆道：

这一仗简直就是一次周密的军事演习。刘伯承师长在一次全师干部会议上说："我们是战术的创造者，我们要打击敌人的弱点不错，可是倘若敌人并没有弱点，即应怎么办呢？答案就是给敌人制造弱点。"当时，长生口东边的井陉驻有大部敌人，西边旧关驻有200多敌人，倚仗坚固工事，死守据点。表面看来，敌人并没有多少弱点。怎么给敌人制造弱点呢？刘伯承师长是这样部署的：用769团的兵力佯攻旧关，对敌人实施包围，但并不切断敌人的电话线，让他们向井陉的敌人求援，迫使井陉的敌人不得不走出据点，向旧关增援。一旦敌人出了据点，在行进中便造成了弱点。这样一来，连消灭敌人的地点都由刘师长指定好了，就在我386旅初战告捷的地方——长生口。

陈赓在2月22日的日记里写道：

决心本旅主力集结红土岭、白羊沟一带，772团以一营乘夜接近长生口东北高地，即埋伏于此，以一连乘夜至南关附近山地潜伏，由771团派出一连至核桃园与旧关之间，待袭击旧关部队开始攻击时，即同时破坏电线及道路。

当日凌晨1时，陈赓率领伏击部队从距伏击地点几十里以外的支沙口出发。对于战斗经过，他在日记中是这样描述的：

山路崎岖，冷风刺面，但均衔枚疾走，勇气百倍，到达红土岭时，东方尚未发白。拂晓前开始部署。4时许，旧关发生激烈枪声，知769团已到，开始袭击了。时至6时，尚未见敌援兵到来。正在焦急之际，忽然前面传来枪声，这时候真有说不出的痛快。敌人约200余，一部乘车，一部行军。我军突然开火，敌先头第一部汽车即被我击坏……

▶ 1955年被授予大将军衔的陈赓

经过激战，第771、第772团共毙日军警备大队长荒井丰吉少佐以下130余人，俘敌1人，缴获步枪50余支。8辆汽车被炸毁5辆，剩下的3辆载着少数残敌窜向井陉，后头还跟着来不及登车的步兵。第386旅一部展开追击，一直追到井陉城西，整个战斗持续了5个小时左右。

刘伯承在总结长生口战斗经验时说：

长生口战斗，战果是不小，但是我们自己付出的代价也大了些，是不怎么合算的。以后我们打伏击，要尽量减少伤亡。枪要打在敌人的头上，刺刀插在敌人的肚子上，手榴弹抛在敌人的屁股上。赚钱的生意我们做，不赚钱的生意我们不做。

▶ 战斗在晋东南抗日前线的八路军第129师一部

战后，第129师在战斗总结报告中写道：

经和顺县时，群众热烈欢迎，慰劳鸡羊甚多，并开祝捷大会。陈列胜利品，并以日本俘虏兵示众，对群众鼓舞最大，深闺中的三寸金莲少女，及走着八字步的老太婆，均一颠一拐地争看日本人。许多少壮的群众，对日兵怒目相向，责问其为何要来中国侵略。（那些日本俘虏兵）要不是随着我们队伍，完全可能被群众打死。

9. 游击战与运动战的完美结合
——收复晋西北七城战役 (1938.3)

随着敌后抗日根据地如雨后春笋般的建立，华北日军越发感受到来自侧后方的威胁。抗日军民不断地袭扰和破坏，使日军疲于奔命，惊恐不安。为解除后顾之忧，日军开始对各抗日根据地内的八路军和游击队进行"讨伐"，美其名曰"肃正作战"，首当其中的就是刚刚成立不久的晋西北根据地。

1938 年 2 月下旬，日军调集华北方面军第 109 师团、驻蒙日军第 26 师团及伪蒙军各一部共万余人，兵分多路向晋西北抗日根据地发动了大规模的进攻。

当时，贺龙正率领八路军第 120 师主力遵照八路军总部命令，在同蒲路北段开展破袭战。在得到日军大举进犯的情报后，他立即在莲寺沟召开会议，分析形势，认为日军可能有两种企图：一是扫荡晋西北，截断第 120 师归路，企图将第 120

▶ 第 120 师一部在战斗中

师挤出晋西北；一是占领黄河渡口，西犯中共中央所在地陕甘宁边区。

会上，贺龙提出：鉴于战事危急，不管哪种可能，都应马上返回晋西北。其中，第358旅移往离石、碛口以北地区，防止日军渡河西犯陕甘宁边区；第359旅前往岢岚以东待机；师部则立即返回岚县。

2月28日，大雪纷飞。贺龙率部由同蒲路北段向晋西北腹地转移，回师根据地。

此时，北面的驻蒙日军第26师团黑田旅团之千田联队由朔县出动，攻占宁武、神池、保德和五寨，一部西渡黄河进攻府谷；竹下联队由井坪镇出动，攻占偏关、河曲；伪蒙军李守信部3000余人由绥远南下，占领清水河后，进至偏关与日军会合。南面的日军华北方面军第109师团，一部2000余人由汾阳进占离石后，于26日进占黄河军渡和碛口，隔河炮击八路军留守军团河防阵地，摆出一副将要渡河进攻陕甘宁边区的架势；另一部由文水、交城出动，侵占岔口、古交、河口地区，并向娄烦进犯。

情况万分火急。3月2日，毛泽东致电朱德、彭德怀并林彪、聂荣臻、贺龙、萧克、关向应、刘伯承、徐向前、邓小平：

> 敌之企图一面攻陕北，一面攻潼关。现军渡、碛口之敌，两路猛攻河防，有被突破可能。绥德、延安紧急，威胁河东整个军队之归路……目前部队在晋西北，必须照贺、萧、关已定部署，以警六团对付进攻河曲之敌，以一个旅攻击由五寨向临县进攻之敌，以一个旅星夜兼程至离石以北，攻击碛口、军渡两敌之背，阻碍其渡河之部队。如敌突破河防攻绥德，须以一个旅渡河，配合河西部队，消灭该敌，保卫延安。

其实，日军的真实意图是要占领晋西北各县，逼迫中国军队退出山西。

3月2日，千田联队长调回侵占府谷的日军200余人，集中主要兵力进攻五寨和岢岚；军渡、碛口之敌也突然东返离石，转而向北进犯方山、临县。

毛泽东洞若观火，看出了敌人的企图，于3月6日再电贺龙：

敌分五路包围第120师及傅作义军，企图压迫我军渡河的情况已明，但每路敌人均不大，我贺师应与傅作义协力各个击破之。……如觉王（震）旅和张（宗逊）旅单独作战不能击破敌之一路，而集中则确能击破一路，则以集中打一路为合宜……目前重点在坚决击破正向静乐、方山、五寨3点前进之敌，必须击破此三路中之一路或二路，方能破坏敌之包围计划，巩固晋西北根据地。

已回到岚县的贺龙，按照毛泽东的指示，决心集中国共两党在晋西北的全部兵力，将日军赶出去。于是，他一面急令张宗逊改变行动计划，迅速率第358旅北上；一面去拜访在晋西北的国民党军将领。

当时，在晋西北地区驻有4支国民党军：赵承绶的骑1军，驻静乐；郭宗汾的第2预备军（仅军部和第71师），驻岚县东村；傅作义的第35军，驻临县；何柱国的骑2军，驻偏关以北。

要不要与国民党军协同作战？他们的战斗力如何？大家心里都没有底。因为在以往的战斗中，只要日本鬼子一来，国民党军掉头就跑。此次日军进犯，除傅作义的第35军对侵犯方山、临县、娄烦的日军稍作抵抗之外，其他都避而不战。

贺龙认为还是

▶ 贺龙在晋西北抗日前线

要主动团结起来，他们不想打，要想办法拉他们不得不打。于是，他亲率关向应、王震等人直奔岚县东村镇去见郭宗汾。

郭宗汾，字载阳。国民党陆军中将。1901年生于河北河间。1923年从保定陆军军官学校第9期步科毕业后，经保定府同乡、时任晋军第1混成旅旅长的商震介绍，进入阎锡山的督军署，在参谋处任少尉参谋。1927年参加北伐，任国民革命军第3集团军参谋处长。次年升任第19师少将师长。1930年率部随阎锡山参加中原大战，失败后任山西运城警备司令。1931年任第69师第202旅少将旅长。1936年升任第71师师长。抗日战争爆发后，任第二战区第2预备军军长兼第71师师长，同时还兼任阎锡山的司令长官部参谋处长。曾率部参加平型关抗战、忻口会战。

在晋军里，军校科班出身的郭宗汾工于计谋，素有"智囊参谋"之誉，是阎锡山的心腹智囊。对贺龙的来意，郭宗汾早已心知肚明，却假装糊涂，寒暄道：

"贺将军屈驾光临，小弟备感荣幸，不知……"

话音未落，贺龙开门见山：

"我是来求援的，早就听说郭军长摩下兵强马壮，眼下日本人来势凶猛，还请郭军长念民族大义，出兵……"

没等贺龙把话说完，郭宗汾便装出一副可怜样：

"贺将军太客气了，抗日救国，责无旁贷，小弟见晋西北父老乡亲遭此苦难，也是茶饭无味。只是小弟手下兵少将微，自身尚且难保，怎敢言战？"

因为郭军长心里很清楚，与日本人作战决不能把老本赔上。

贺龙早就料到郭宗汾会来这一手，便微微一笑：

"郭军长不必过虑，贵军只需担任一些策应、掩护任务。"

可郭宗汾仍是反复推脱，就是不肯答应出兵。

这下贺龙可火了，起身告辞说：

"郭军长先考虑一下，日后到岚县，我们再具体商量。"

离开东村镇，贺龙等人又策马前往静乐县，商请骑1军军长赵承绶出兵参战。

"贺师长，你可来了。你们再不回来，我也要走了。"

一见面，赵承绶就来了个先发制人。

贺龙摆了摆手，神情严肃地说：

"赵军长，你不要走，我们一起打。有一个月的工夫，便可以恢复北边的失地了。"

赵承绶面露难色，表示无兵可调。经过贺龙等人的反复劝说，最终答应派出一个炮兵连带两门炮配合八路军作战。

经过多方努力，3月9日，赵承绶、郭宗汾前往第120师师部岚县，与贺龙、关向应共商作战计划，决定：

以第71师一个旅佯攻岢岚；以第120师主力位于五寨、岢岚大道以东适当地点，以一部于大道以西打五寨可能增援之敌；骑1军置于神池、五寨之线西北，打击神池、五寨间来往之敌；"战动总会"游击队在保德、三岔一带活动，归第120师指挥。

反围攻作战首先从攻打岢岚县城开始。

岢岚地处晋西北黄土高原中部，管涔山西北麓，因境内有岢岚山、岚漪河而得名。东邻宁武、静乐，西与保德相连，南靠兴县、岚县，北依五寨、河曲，为保卫太原的屏障要塞，历来为兵家必争之地。早在战国时，赵武灵王为抵御外来入侵，曾在这里修筑了长城。

岢岚城不算大，但相当坚固，石块砌的城墙，又高又厚。从空中俯瞰，全城轮廓貌似一船，故而又称为船城。当时城里驻扎日军一个大队和部分骑兵、炮兵、工兵，约有千人。

第359旅旅长王震率两个团沿同蒲路急行军，赶到岢岚县，迅速夺取城南、

▶ 八路军第 359 旅旅长王震（左一）在召开干部会议

城东高地，控制了城西北的制高点，把敌人紧紧地压缩在县城里。

经过反复观察地形，王震发现岢岚城四面环山，城内没有水源，一切生活用水皆取之于南门外的岚漪河。于是决定控制岚漪河，断绝城中水源，使敌陷于绝境，然后以围困袭扰的手段，迫敌撤出，在运动中消灭。

当晚，王震派出部队堵塞了流向城里的汊渠，并把各部队的工事向前推进，以打击出城抢水的敌人。

果不出所料，一连围困了三天三夜后，饥渴难耐日军弃城向北逃窜。第359 旅主力立即猛追不舍，终于在岢岚与五寨之间的三井镇追上了敌人。

三井，距岢岚县城约百里，是个坐落在山沟里的小镇。镇四面为土城墙，一条大道贯通镇内南北，村民们大多靠东居住，房屋零乱地散列着，方圆不过三四里。

此时天已经黑了，只见镇内到处是火光，敌人正在架锅做饭，烤火取暖。原来，日军在岢岚城被困了 3 天，个个饥渴难挨，不得不在三井稍事休息。

但他们做梦也没想到，刚逃出岢岚"围场"，另一个罗网又罩在他们的头上。

贺龙命令王震，抓住战机，莫让敌人喘息，乘敌立足未稳之际，夜袭三井镇。

第717团和第718团2营立即发起攻击，冲入镇里与敌展开了逐街逐巷的肉搏战。战斗打得非常惨烈，第717团政治处主任刘理明不幸中弹牺牲，第718团2营营长刘源远也为国捐躯。日军大部退至镇北端，依托房屋顽抗。

激战至次日拂晓，日军一部突出重围，朝五寨方向逃去。第359旅首战告捷，共毙伤日军200余人，俘28人，缴获山炮1门，收复岢岚县城。

从三井镇逃出的日军进入五寨，使该地日军增至千余人。五寨城池坚固，与义井、三岔两个据点互为犄角之势，相互策应，易守难攻。

如何夺取五寨，指挥部里出现了两种意见。有的指挥员认为，第358、第359旅都已兵临城下，我军气盛势优，应一鼓作气，迅速进攻五寨城。贺龙认为，敌人固守坚城，火力很强，我们虽有赵承绶的两个炮兵连支援，却只有两门山炮，火力有限，强攻会吃大亏。因此主张采取围城打援战法，主力绕过五寨城，袭敌侧后，撼其纵深，断其联络，把敌人诱出城来，相机歼灭。

最终，大家统一了认识，决定用部分兵力围困五寨，而将大部兵力集中于五寨、神池之间，切断交通运输，打击增援，逼敌退出五寨。具体部署是：

第718团及地方游击队伪装成主力，继续围困五寨；第358旅主力进至义井镇与神池间设伏，第359旅主力进至五寨西北、三岔堡间设伏；警备第6团、独立第1支队、师属骑兵营等部进至利民、八角堡打援。

3月16日，张宗逊率第358旅顶风冒雨越过五寨东北的崇山峻岭，在义井镇以南虎北村、山口村地区与从神池南下增援的日军千余人遭遇。第358旅迅速抢占有利地形，居高临下向敌开火。激战6个小时，歼日军300余人，并追击逃敌至义井镇附近。

几乎与此同时，第359旅第717团在三岔以南将前来增援的200余日军骑兵击溃，切断了五寨之敌与主力的联系。

▶ 八路军第 359 旅旅长王震（右三）对日军俘虏阐明八路军俘虏政策

孤守五寨、保德、河曲、偏关的日军，在八路军的沉重打击下，早已成了惊弓之鸟。鉴于兵力分散，交通中断，补给困难，日军再无坚守斗志，自 3 月 20 日起先后弃城逃窜。4 座县城遂被八路军收复。

3 月 22 日夜，集结义井镇的日军 3 个大队在向神池撤退途中，于凤凰山地区被第 358 旅主力伏击，被歼 300 余人。第 120 师主力乘胜追击，收复神池县城。

日军侵占晋西北的 7 座县城，只剩下宁武了。

宁武县城位于宁武关口，是同蒲路北段的一个重要车站，也是大同至太原公路的一个咽喉要地。在此驻防的是日军第 26 步兵旅团独立步兵第 11 联队 1500 余人。

守敌依仗精兵锐器，企图长期固守，以控制同蒲路。这时第 120 师主力连克 6 城，士气正猛。根据贺龙的命令，仍然采用围点打援的办法，以少数部队和游击队牢牢围住县城，以第 358 旅、第 359 旅主力集结于宁武至阳方口之间的石湖河地区，切断日军唯一的北撤之路，伺机歼灭撤退或增援之敌。

3 月 37 日，阳方口的日军步、骑兵共 600 余人，在飞机掩护下向南进犯，企图接应宁武之敌突围。

10 时许，当日军进至石湖河与麻峪附近时，第 359 旅发起突然攻击。日军抢占有利地形负隅顽抗。战斗十分激烈，第717团政委刘礼年英勇牺牲。

激烈的枪炮声传到了宁武城内。联队长千田真雄以为援兵已到，即率部出城突围，向第359旅侧后进攻。第358旅第715团主动出击，协同第359旅左右夹击。激战整日，歼日军300余名，千田真雄亦被击伤。战至黄昏，再次退守城内。

石湖河之敌在遭受重创后，被迫回窜阳方口。困守宁武之敌眼见固守不成，求援无望，遂于4月1日晚弃城向北逃窜。

至此，日军企图扼杀晋西北抗日根据地于摇篮之中的阴谋被彻底粉碎。

此役，八路军第120师集中主要兵力击破敌之一路，以次要兵力钳制敌之其他各路，选择深入腹地、孤立突出的一路为主要攻击目标，采取围困迫敌，打其突围，在运动中歼灭之的战法，共毙伤日军1500余人，缴获步、机枪200多支(挺)，汽车14辆，骡马100余匹，收复被日军侵占的7座县城，巩固了晋西北抗日根据地。

4月10日，毛泽东发来贺电：

> 9日电悉。努力奋战击破敌人整个进攻，取得伟大胜利，中央诸同志闻之极为兴奋。伤亡颇大，补充整训极为必要。抗大受训干部，虽因各方需要调出颇多，然月底毕业时，当可分配一个可观数目补充你们。望巩固内部团结，加紧整理训练，争取新的胜利，配合友军，达成巩固的根据地，坚持华北抗战，在全国抗日战争中完成自己的战略任务。

在取得辉煌战绩的同时，八路军第120师也付出了沉重的代价，伤亡1563人。

10.日寇"伤心岭"
——神头岭歼灭战（1938.3）

1938 年 3 月 14 日，晋东南襄垣地区浊漳河畔杨家庄，八路军第 129 师指挥部。

作战室内气氛异常的严肃紧张，墙壁上悬挂着缴获日军的五万分之一军用地图，邯长公路被红笔醒目地勾了出来。师长刘伯承翻阅着来自各方的敌情通报和本师部队的侦察报告，不时用放大镜审视着墙上的地图。

邯长公路东起平汉线上的河北邯郸，西至山西的长治，中经武安、涉县、黎城、潞城等地，横贯太行山脉，与临屯公路相连。特别是黎城东阳关内外的一段公路，是晋西南日军从平汉线取得补给的主要交通线。

根据侦察到的情报：邯长公路上日军运输频繁，黎城是日军在这条运输线上的兵站集结要地，有 400 多人守备；黎城以东的涉县有日军 400 多人；黎城西南的潞城有日军步骑兵 2000 多人，属第 16 师团和第 108 师团。两路日军装备精良，自侵华战争以来没有遇到过强有力的抵抗，思想上比较麻痹；而两城之间为丘陵，中间有浊漳河相隔。

据此，刘伯承和师政委邓小平研究决定：佯攻黎城，吸引潞城之敌出援，在神头村一带设伏，并相机打击由涉县来援之敌。

11 日，作战计划上报八路军总部：

► 八路军第129师师长刘伯承（右）与政委邓小平在前线

根据近日情报，囤留敌确仅数百，东进之敌千余，已经吾元镇回长治。我们不应再停止不动。现黎城敌仅300余，城易攻入。我们转攻黎城，打潞城或涉县敌之增援。……如何？请示。

12日，朱德、彭德怀回电批准了这个作战方案：

同意相机袭取黎城、潞城，占领东阳关，打击增援队。我们准于14日到沁县以南之阎家沟、白家沟附近，请小平、向前来本部开会，伯承留部指挥。

根据指示，邓小平、徐向前到八路军总部开会去了，刘伯承顿时感觉肩上的责任和担子异常的重。经反复思考，决定以769团一部于16日拂晓前袭击黎城，该团主力伏击涉县出援之敌；以第386旅3个团在神头村附近伏击潞城出援之敌。

一向严谨的刘伯承深知纸上谈兵是无法取得战争胜利的，对参谋长李达说：

"神头村是潞城东北十余公里外的一个小山村，从地图上看，一条公路从村西的神头岭下穿过。把伏击部队摆在岭上，居高临下，地形是很理想的。至于3个团的兵力如何部署，让陈赓到现场勘察一下再下决心。"

15日上午，第386旅召开团以上干部战前准备会。

陈赓传达了师部的作战意图后，大家在地图前你一言我一语，发表意见。

但陈赓一言不发，眉心紧锁。

一番激烈讨论过后，会议室渐渐趋于安静，最后大家都望着陈赓，等着他作结论。陈赓反问道：

"神头岭的地形谁亲眼见过？"

会场里一片沉默，大家都还没有顾得上去看地形。

"这不是纸上谈兵吗？刘师长常讲'五行不定，输得干干净净'。靠国民党的老地图吃饭，要饿肚子哩！我看会暂时开到这里，先去看看地形好不好？"

众人在陈赓的率领下出发了。

翻过一座山，神头岭在望了。眼前的景象使众人都愣住了：

实际地形和地图上标示的根本就是两回事——公路不在山沟里，而在山梁上！山梁宽度不过一二百米。路两边的地势比公路稍高，但没有任何隐蔽物，只是紧贴路边，国民党军队曾构筑了些简易工事。山梁北侧是两条大山沟，沟对面是申家山。山梁西部有个十多户人家的小村子，便是神头村。再往西，就是微子镇、潞城了。

显然，这样的地形并不大适于埋伏。部队既不好隐蔽，也难于展开，北面又是深沟，预备队运动不便，搞不好，还可能使自己陷入困境。

"怎么样，这一趟没有白跑吧？粗枝大叶要害死人哪！"陈赓语重心长地说。

众人无语，心中暗想：差点儿上了地图的当！多亏旅长有先见之明，不然部队在这里伏击，该会有多大损失呀！

陈赓继续观察着，过了好久才转过身来向大伙一挥手：

"走，回去接着讨论。地形是死的，人是活的，想吃肉，还怕找不到个杀猪的地方吗？"

众人皆笑。

回到旅部时，天已经完全黑了。饭后，会议继续进行。有主张打的，也有反对打的，各有各的道理。就这样，争执了半天，也没有形成一致意见。

▶ 八路军某部在设伏歼击日军

陈赓一直在仔细听大家的发言，最后站起身来，坚定地说：

"我看，这一仗还是在神头岭打好。不要一说伏击就只想到深沟陡崖，天底下哪有那么多深沟陡崖？没有它，仗还是要打。"

他走到地图前，解释说：按常理讲，神头岭打伏击的确不太理想，但是现在却正是我们出其不意地打击敌人的好地方，正因为地形不险要，敌人必然麻痹，而且那些工事离公路最远的不过百来米，最近的只有20来米，敌人早已司空见惯。山梁狭窄，兵力确实不易展开，但敌人更难展开。

说到这里，陈赓突然发问：

"独木桥上打架，对谁有利？"

第771团团长徐深吉回答道：

"先下手为强，我看谁先下手谁占便宜。"

陈赓点点头，接着又问第772团团长叶成焕：

"如果把 2 营放在申家山，能不能在 40 分钟内冲上公路？"

2 营一向以快速著称，是一支能啃硬骨头的部队，这次是留做预备队行动的。

叶成焕胸有成竹地说：

"半个小时保证冲到！"

大家的意见得到了统一，但也有人提出：这样是不是有点冒险？

"打仗本来就是有几分冒险的事嘛！有的险冒不得，有的险却非冒不可。诸葛亮的空城计不也是冒险吗？如果一点险也不敢冒，他只好当司马懿的俘虏，还有什么戏好看？"

陈赓的话说得大家都笑了起来。

最后，会议决定在神头岭打伏击，具体部署是：

第 771、第 772 团主力一左一右埋伏在路北；补充团设伏于对面的鞋底村一带，第 771 团抽出一支小部队向潞河村方向游击警戒，相机炸毁浊漳河上的大桥，切断两岸敌人的联系；第 772 团 3 营担任潞城方面的警戒，断敌退路。

这时，陈赓又问旅作战股股长周希汉：

"潞城敌人有变化没有？"

"三千多人，没有大变化。"

陈赓略微沉思了一下，转头对叶成焕说：

"你们再抽一个连出来，到潞城背后打游击去！"

"是！"叶成焕高声回答。

3 月 15 日傍晚，部队向神头岭设伏地域出发了。

经过战前动员，广大官兵情绪极高，尤其是补充团的战士，几天前大部分还是辽县、黎城、涉县一带的游击队队员和民兵，参加这样大的战斗是平生第一次，但个个劲头十足。

到达预定位置后，陈赓先在神头村里看了看，又到各团督促大家进入阵地，

▶ 八路军第129师部队一部向日伪军据点发起进攻

进行伪装。当来到补充团阵地上时，见几个战士正围在一起研究如何伪装，如何保持地形的本来面貌。

陈赓表扬了大家几句，接着说：

"日本鬼子没有什么了不起，不怕他气势汹汹，只怕我们满不在乎，骄傲麻痹。"

这时，一个战士突然问道：

"旅长，这地方怎么好打伏击？离路这么近，可不要给鬼子踩到头上发现了啊！"

陈赓笑道：

"我看这地方是不错。只要伪装得好，敌人踩到了也不会发现。要是被敌人发现了，你们开我的斗争会好不好？"

战士们嘿嘿地笑了起来。

就在这时，远处突然传来了一阵沉闷的轰隆声，那是担负"钓鱼"任务的第769团对黎城的袭击开始了。

16日凌晨，第769团1营突然对黎城发起攻击，一举攻入城里，消灭日军100余名。正在睡梦中的日军被从天而降的八路军勇士们打得晕头转向，摸不清东南西北，只好龟缩在房子里顽抗，并拼命向潞城、涉县的日军呼救。

4时30分，神头岭伏击阵地一切都已就绪。陈赓再一次交代部队：各营只许留一个干部值班，在外边观察，其余人潜伏好，谁也不准露面。

上午9点，刚升任补充团参谋长的周希汉接到了陈赓电话：从潞城开出1500多敌人，已经到了微子镇，要部队立即做好战斗准备。

周希汉高兴得真想跳起来：好啊，来少了不够吃，来多了一口吃不下，1500人，正合适！

原来，陈赓派出去打游击的那个连发挥了大作用，在背后乒乒乓乓一打，把潞城里的敌人给打蒙了，生怕八路军乘虚攻城，所以不敢倾巢出援，三千多人只出动了一半。

9点30分，日军在微子镇方向露头了，前面是步兵、骑兵，中间是大车队，后面又是步兵、骑兵。事后得知，这是日军第16师团的部队。敌人满以为这样大的部队行动，土八路根本不敢惹。因此，又带上了第108师团的一个辎重队，妄想救援黎城、护送车队一举两得。

日军先头部队进抵神头村后，便停了下来。不一会儿，一支由30多名骑兵组成的搜索分队出现了。他们沿着一条羊肠小道，径直朝第772团1营阵地奔去。眼看他们一步步接近工事，马蹄就要踩到战士们的头上了。

但是，不出陈赓所料，敌人只注意了远处，注意了沟对面的申家山，对于鼻子底下那些司空见惯的旧工事，压根儿也没放在眼里。看到申家山上没有动静，日军又继续前进了。

等敌人全部进到了伏击圈，第772团指挥所发出了攻击的信号。

刹那间，平静的山梁好像变成了一座火山，成百枚手榴弹在敌人脚下齐声爆炸。弹片横飞、火光闪闪，连同滚腾的硝烟与黄土，汇成了一条愤怒的火龙，一下子把长长的日军队伍和公路都吞没了。

"冲啊！杀啊！"

战士们从工事里、草丛里飞奔出来，冲进敌群，用刺刀、大刀、长矛奋勇砍杀。尤其是补充团，战士们手中大多是清一色的红缨枪。在短兵相接的

▶ 八路军缴获日军的部分武器装备

格斗中，被日军称为"长剑"的红缨枪显示出它特有的威力。

长长的公路上，只见白光闪烁，红缨翻舞。许多敌人还没有辨清方向就见了阎王，剩下的残兵败将拼死顽抗，但在狭窄的地形上，根本排不成战斗队形。日军既没有地形、地物可以利用，火力优势又无法发挥，只得在路上像无头的苍蝇一样，东一头西一头来回瞎撞。

但日军的战斗力毕竟不容小觑，面对如此突然攻击，依然很快组织起小有规模的反击。有的滚进水沟里继续顽抗，有的趴在死马后边射击，有的则端起刺刀肉搏……

双方正杀得难解难分，一阵喊杀声自天而降，埋伏在申家山的第772团2营冲上来了。敌人完全失去了战斗力，除少数窜向东面的张庄和西面的神头村方向外，绝大部分都成了八路军的刀下鬼。

正当300多残敌逃向神头村之时，陈赓刚好由申家山下来，到了第772

团指挥所，对叶成焕说：

"绝不能让鬼子在村里站稳脚跟。村边是哪个排？"

"7连1排。"

"是蒲达义那个排吗？"

"是！"

蒲达义排一贯勇猛顽强，能打硬仗，曾多次受到陈赓的表扬。

陈赓点了点头，斩钉截铁地吼道：

"命令1排，不惜一切代价，把村子拿回来！"

20多名战士在蒲达义排长的率领下，一个猛冲，仅以伤亡5人的代价就把敌人赶出了村子，并用猛烈的火力毙伤几十个日本兵。

然而，力量毕竟悬殊太大。敌人一出村，马上又蜂拥上来，情况危急万分。千钧一发之际，叶成焕亲率8连赶到村里，巩固了阵地。

不甘失败的敌人又连续组织反扑，机枪、步枪、小炮，集中向村里扫射、轰击。双方在村口展开了空前激烈的拉锯战。

激战中，陈赓来到了神头村里，一边观察村外的情况，一边向冲过身边的战士们喊：

"快上，把敌人给我赶到山梁上去！"

旅长亲临战斗第一线的消息，立刻在部队中传开。叶成焕担心陈赓的安危，急得满头大汗。他知道此刻最好的办法只有一个：把敌人重新逼上山梁，彻底歼灭！

好个叶成焕，把盒子枪一举，大喊道：消灭敌人！冲啊！第一个杀向敌阵。战士们立即大喊着，如猛虎般不顾一切地扑向敌人……

枪声渐渐停息了。陈赓笑容满面地和叶成焕站在村口，见周希汉走过来，老远就喊：

"补充团，干得不错呀！"

周希汉把一架崭新的折叠镜箱照相机送到陈赓面前：

"旅长，这也是刚才缴的。"

"嗬，照相机，这是武器呀！"

陈赓接过了照相机，爱不释手地看着，高兴地说：

"我们可以用敌人送来的机子拍些照片，给报纸、杂志发表，让全中国、全世界人民都知道，这就是日本帝国主义侵略中国的下场！"

机子里装有现成胶片，陈赓兴致大发，便打开机匣，对准狼藉满地的日本旗和横七竖八的日军尸体，一连拍了好几张。

就在神头村激战之际，被伏击部队放过去的先头之敌，刚刚进入潞河村就被第771团全歼了。

佯攻黎城的第769

▶ 被击毙的日军士兵

团在完成"钓鱼"任务后主动撤离，城内的日军立即出动向神头岭疾进，企图援救被围之敌。当行至赵店村浊漳河畔时，突遭第771团特务连阻击。敌人见赵店桥已被烧毁，一面组织炮火掩护，一面抢修赵店桥。此时，特务连得知神头村围歼战胜利结束，便奉命撤出了战斗。

13点许，潞城日军一部乘2辆汽车驰援神头之敌，被第772团7连歼灭于神头村西南处。一个小时后，不甘心失败的日军100余人乘7辆汽车前来援救，结果又被第772团一部击毁汽车3辆。残敌见势不好，慌忙掉转车头，拖着4车死尸和惨叫的伤员逃回了潞城。

到16点，神头岭伏击战胜利结束，共歼日军1500余人，俘敌8人，毙伤和缴获骡马600余匹，缴获各种枪550余支，八路军仅伤亡240人。

此战是八路军继平型关、广阳伏击战之后进行的又一次较大规模的伏击战。刘伯承于1939年8月22日在《对目前战术的考察》一文中，把它作为"吸敌打援"一个极好的战例。

在这次伏击战中侥幸逃脱的日本《东亚日报》随军记者本多酒沼，曾写了一篇题为《脱险记》的报道，说神头岭战斗大伤"皇军"元气，八路军的灵活战术实在使人难以琢磨。

第108师团下元部队一个军官在《阵中日记》中写道：

> 据潞安兵站友部的情报，日前辎重受袭的原因是没有警戒而休息，计战死者290名，战伤者40名，失踪60名，纸币15万圆全部被夺去，108师团这样的损害是从来没有的。此外警备1小队也全灭了……潞安到黎城的道上，鲜血这边那边流着，我们的部队通过其间，真觉难过，禁不住流下滚滚的热泪。

神头岭，成了日军丧魂落魄的"伤心岭"。

11. 速伏急撤雷厉风行见作风
——响堂铺伏击战 (1938.3)

1938 年 3 月下旬，八路军第 129 师查明日军在邯（郸）长（治）公路上运输频繁，沿线警戒较前加强，并在东阳关增设了据点，驻有 150 余人。为了进一步破坏日军的交通运输线，打击向晋东南进攻之敌，第 129 师决定以 3 个主力团，在响堂铺一带设伏歼灭日军的运输车队，切断敌人的运输线。

邯长公路，东起平汉线上的邯郸，西至山西的长治，中经武安、涉县、其间黎城、潞城等地，横贯太行山脉，与临屯公路相连。黎城东阳关内外的一段公路，是日军第 108 师团重兵侵犯上党的后方交通线，黎城是重要的补给站。

响堂铺是邯长公路上的一个小村镇，位于河北涉县与山西黎城之间的东阳关附近，也是由河北进入山西、翻越太行山的咽喉。两侧均为山地，中间是一条长长的峡谷，依山顺谷建有一条简易的公路，路面是由鹅卵石和细沙铺成的，十分松软。公路以南尽是高山悬崖，地势险要，只需派少数部队据守，便可"一夫当关，万夫莫开"。公路以北则是极其复杂的山地，地形起伏，多条谷口，伸向公路，便于隐蔽埋伏和出击。

朱德指示第 129 师师长刘伯承、副师长徐向前：

"相机袭取黎城、潞城，占领东阳关，打击增援队。"

根据这一指示，徐向前决定在这段公路上以伏击战的手段，积极打击日

▶ 抗日战争时期的徐向前

军运输增援队，破坏敌后勤补给线，狠狠地打击日军的嚣张气焰。为此，徐向前派出侦察人员，对作战地域的敌情进行反复连续的侦察。结果发现在邯长公路黎（城）涉（县）段上，每天都有日军的汽车来往，运送兵员和军用物资，并查明了敌在近期将有180辆军车从黎城开往涉县的情报。

查明了敌情，摸准了去向、时间和掩护兵力后，徐向前亲自到沿途去选择伏击地域。从黎城到涉县，经东阳关、王后岭、上下弯、响堂铺、河头村、椿树岭、河南店等地。其中响堂铺附近的公路是沿河而行，路南陡，路北缓到河底的地形。

经过一番现地勘察，徐向前认为响堂铺南面高山多悬崖，北面是起伏地，可谓天然的伏击地点。因为伏击的目的是大量歼灭敌人，伏击的对象是敌人的汽车运输队。如果在这种蜿蜒于山间谷地，直到小河底狭窄的公路上组织伏击，我军居高临下，进退自如，而敌人则处于既无回旋余地，又无可依托招架的地形。

作战会议上，徐向前说：

"这是一个理想的伏击地，在路北设伏，便于隐蔽，又便于出击；而敌人退无后路，守无凭藉，且此居中，是东阳关和涉县两个敌人据点增援的最远距离。所以，在这种地形上，我们可以从南北两侧依托高地摆兵布阵，以南北两侧的夹击钳住敌车队长龙，东西两头拦堵住敌车队的头尾，就能让他一兵一车都无法通过。"

伏击地形选择好后，伏击日军汽车运输队的战斗定于 3 月 31 日。这时，又传来了刘伯承师长在神头岭指挥陈赓旅和第 769 团歼灭日军 1000 多人的胜利消息，这对参加伏击战的部队是一个极大的鼓舞。

3 月 26 日，徐向前和邓小平率刚从神头岭打了胜仗转移回来的陈赓旅从下良出发，向伏击地域机动。虽然连日小雨，山路还有些积雪，道路泥泞，春寒逼人，但战士们知道要伏击日军的运输车队，要给骄横狂妄的日军以沉重的打击，部队情绪高涨，斗志昂扬。

30 日晚，部队从秋树垣、马家峪、庙上村隐蔽向响堂铺地域开进。

徐向前命令各团：31 日拂晓前进入阵地，严密封锁消息，搞好隐蔽、伪装和防空；由干部组织好观察；以电话和确实的徒步通信保证联络畅通；机关有关部门准备好打扫战场、收集战利品和收容伤员。

31 日凌晨，部队进入伏击地域。徐向前的指挥所设在响堂铺路北的后狄村山坡上，具体部署为：

第 769 团在响堂铺以东，位于杨家山、江家庄一线，并派出小分队到公路以南隐蔽待机；第 771 团在响堂铺正面，位于宽漳、后宽漳一线，也派出小部队在公路以南埋伏，协同第 769 团派出的小部队；第 772 团位于师指挥所右后方的马家拐，并派出部队向东阳关附近和东北的苏家蛟游击警戒，准备阻击可能由黎城、东阳关来援之敌，掩护伏击部队右后方的安全。

陈赓的旅指挥所在第 771 团的阵地后面。第 769 团还抽出 4 个连的兵力前出到棒树岭、河南店之间，准备阻击可能由涉县来援之敌；另一个连进至杨家山以东的王堡，保障本团的左后方安全。

整个设伏阵地，多是背阴面，坑坑洼洼里积雪刚刚融化，但夜间又结冻了一层薄冰。战士们忍受着刺骨的寒冷，一动不动地隐蔽着。

天已大亮，部队依然在隐蔽待伏，公路上只有三五辆汽车开过去，就是不见汽车大队的影子。此时，部队上下都在等待着，等待得有些焦急。

突然，一阵急促的电话铃声使指挥所里的气氛立刻紧张起来。

电话是陈赓旅长打来的。他向徐向前副师长报告最新情况：

"第773团报告，东阳关之敌200余人进至马家峪；长宁东南高地有敌骑兵，向我侧后运动。"

陈赓判断，敌人可能发现了我设伏行动，企图从右翼侧击，截断我后路。由此请示徐向前：是不是把主力撤回到庙上村、鸭儿山去截击敌人？

▶ 1938年春，邓小平在山西黎城县向部队作战斗动员

对于这一突如其来的变故，徐向前处于两难的选择之中。

徐向前反复分析得出：如果是敌人发现了我设伏行动而将计就计，包抄后路，那是很危险的，这就必须马上撤出伏击阵地，放弃这次战斗另作他图；如果不是这样，敌人的行动是另有其他目的，或者只是一种巧合，那么我方急于撤出伏击阵地，就要失去一次有利的战机，失掉一次胜利的机会，那可就成了没打仗的败仗了。

徐向前又把分析和判断的范围扩大一些来思考，"料敌计险，必察远近，将之道也"。徐向前认真研究着地图，最后他果断地得出结论，此情报不可靠。如果敌人真的发现了我在此地组织伏击行动，绝不会只派这么一点兵力前来"打草惊蛇"或"自投罗网"，肯定会以大部队来围攻。所以，敌人很可能是另有他图。

于是，徐向前立即拿起电话指示陈赓：

"没有我的命令，原计划不得变更，部队不能动，要严密埋伏，不得暴露。情况先不要向下传。"

下达了命令以后，徐向前又对参谋人员讲：你们应该注意，在敌情没有完全搞清楚之前，不要向邓政委报告。我们在前面，不要向邓政委报告不明白、不确实的情况，给邓政委出难题。

然后，徐向前又派出参谋人员亲自到东阳关和苏家蛟方向去探听虚实。并反复叮嘱他们，一定要把情况搞确实，快去快回。

大约两个小时，侦察参谋返回到指挥部。警戒分队把情况真正搞清楚了，原来所看到的"敌骑兵"实际上是几头驮着重物的驴子，由老百姓赶着向北去了。

情况搞准了，徐向前心中有数了，部队的情绪稳住了。徐向前又要求所有参加伏击的各部队：打伏击一定要有耐心，一定要沉得住气，一定要准确分析判断情况，千万不要让错综复杂的战场情况所迷惑，更不要因判断的失误而导致行动的错误，那样将会使整个伏击战斗前功尽弃，或者会遭到敌人的算计而吃亏上当。

上午8点30分，日军180多辆汽车，掩护部队170余人，排着长龙式的队伍，由黎城经东阳关，径直朝响堂铺开来。由于车队是在谷底沙滩上通过，路面松软，车辆只能缓慢地爬行。

9点左右，车队的先头进入我设伏阵地。第771团指战员凝神静气，一辆一辆地数着通过的汽车。按作战计划，放过100辆给第769团打，其余80余辆留给第771团打。

当敌车队的先头一辆车进到小河底，最后一辆车也进入伏击区时，徐向前发出了攻击命令，两个团同时突然向敌开火。

顷刻间，步枪、机枪、迫击炮一齐开火，暴雨般地洒向敌车队。毫无戒备的日军被这突如其来的猛烈打击打得懵头转向，惊慌失措，汽车在山沟里像没头苍蝇一样乱冲乱撞，整个行军队形失去控制，混乱不堪。有的敌人在汽车上还来不及把迫击炮、机关枪架起来，就被火力消灭了。有的敌人躲到汽车底下妄图顽抗，立即被我火力压制得抬不起头了。

战士们根据汽车存在的弱点，首先集中火力先打汽车轮胎，打掉它的"腿"，叫它们跑不动，瘫痪在路上，以此把道路的两头先堵死。尔后又以火力、手榴弹射击和爆炸汽车油箱，以致起火烧汽车，使敌人无法利用车体做掩护负隅顽抗，同时也可以借"火势"向敌人攻击。

战斗突然发起后，整个行军编队被汽车的瘫痪和起火分隔成数段，使敌人无法协调和支援。伴随的护卫队分散乘载汽车，也被分割成数段，不易集中兵力火力，也不便指挥和配合，更难以形成有效的抵抗。激战中，部分日军分成几股向南山脚下逃窜，大部分被我预伏部队的机枪、手榴弹压回到大道上消灭得干干净净。

徐向前果断抓住战机，一声令下：向残敌发起冲击。埋伏了一夜的八路军战士，犹如猛虎下山一样冲入敌阵，以手榴弹、刺刀、梭镖和大刀片消灭了那些负隅顽抗的敌人。

经两个多小时的激战，八路军共毙伤日军森木少佐以下400多名。180多辆汽车东倒西歪，满目狼藉，全部被摧毁。日军第14师团山田辎重队两个汽车中队遇到了毁灭性的打击，其嚣张气焰消失殆尽。

就在战斗紧张激烈进行时，黎城及东阳关敌步骑兵400余人，附炮2门，向马家拐实施增援，企图解响堂铺被伏敌人之围。但当敌人接近响堂铺之前，就被预先设伏的第 772 团击溃，退至长碾及东阳关以北的高地两个要点，利用已筑成的坚固阵地及长城旧堡顽强抵抗。

随后，黎城敌人又出动 200 余人，携炮 4 门，会合退守东阳关的敌人在飞机 10 余架的掩护下，连续向第 772 团发动攻击，均被击退。

▶ 伏击战中击毁的日军汽车

敌退守东阳关后，再也不敢出城增援，仅以炮兵向我阵地乱轰。同时，涉县的敌军 400 余人，乘汽车倾巢出援，也被第 769 团在椿树岭以东阻击打退。

下午 5 时，日军出动了 10 多架飞机，对响堂铺地区实施了近 2 个小时的狂轰滥炸。但此时，徐向前已率领部队安全转移到秋树垣一带。

此战，八路军共缴获迫击炮 4 门，重机枪 2 挺，轻机枪 10 挺，长短枪 130 多支，弹药万余发。战后徐向前向八路军总部报告：

（一）敌森本及山田两汽车队及另一部共汽车 180 辆，每辆有押车兵 5 人，被我截击于响堂铺东西段，由 8 时 30 分接战，至 10 时 30 分，战斗全部解决。

（二）嗣敌由城黎增援600余人，附骑、炮兵，占领长凝附近高地，与第七七二团接战。涉县增援400余人，与第七六九团接战于椿树岭、河头村。14时，敌由东飞来重轰炸机12架助战，至18时，长凝之敌被我击退至东阳关两公里处，椿树岭之敌被我击退于河南店。黄昏后我撤至马家峪，莱家山、马家拐、小曲峻、佛堂沟地域，待机伏击或袭击向北活动之敌。

响堂铺伏击战，不仅沉重地打击了日军的嚣张气焰和狂妄野心，也使我党我军在群众中威信更加提高，给开辟晋东抗日根据地增强了信心，而且也策应了晋西和晋西北的作战，牵制了大量敌人，有力地配合了黄河两岸的防御作战，对开辟晋东南根据地具有重要意义。

为此，刘伯承曾当面赞扬徐向前：

"向前还是当年之勇，沉着果断！"

12. 母亲河畔构筑千里长城
——保卫黄河河防作战（1938.3－1939）

  1937 年 8 月 22 日，中共中央在陕北洛川召开政治局扩大会议，史称洛川会议。会议决定，八路军主力开赴华北抗日前线，建立敌后抗日根据地，党中央仍留在陕北，并抽调少数兵力组成八路军后方留守处。

  根据中央军委指示，八路军总部令第 115 师炮兵营、辎重营，第 120 师 359 旅 718 团，第 129 师 385 旅（欠 769 团），及第 120、第 129 师特务营、炮兵营、工兵营、辎重营，共 9000 余人，留守陕甘宁边区，归留守处指挥。

▶ 1938 年 7 月，八路军后方留守处第二次军政领导干部会议代表合影

同年12月,中央军委决定将留守处改为留守兵团,萧劲光任司令员兼政委,曹里怀任参谋长。留守部队统一整编为警备第1至第8团和第770团、骑兵营、独立营。同时,成立了边区保安司令部,下辖保安基干大队和各县保安队、警卫队等,并组织了大批不脱离生产的自卫军。到1938年春,留守兵团共有兵力15000余人,担负着保卫陕甘宁边区、保卫党中央的光荣任务。

陕甘宁边区是中共中央和中央军委所在地,八路军、新四军的指挥中枢和总后方。它东靠黄河、北起长城,西接六盘山脉,南临泾水。边区东面有一段黄河北起府谷,南至宜川,长约500公里,又称"千里河防",是边区通往各抗日根据地的要道,也是阻挡日军进犯边区的一道天然屏障。

太原失守后,日军兵分数路,直逼黄河东岸。1938年初,日军调集第110师团主力,配属第109师团、第26师团和独立第2、第4混成旅团等部,沿汾(阳)离(石)公路西犯,攻击宋家川等渡口,从东面严重威胁陕甘宁边区的安全。

军情如火。萧劲光立即召集留守兵团领导开会。在听取了日军各路兵力运动和调集情况后,萧劲光开口道:

"千里河防不单是一道天然屏障,也是我们陕甘宁边区与各抗日根据地之间的联系通道,保卫河防的重要性不言自明。做到知己知彼,方能百战不殆,今天召集大家来,就是讨论一下河防问题,参谋长,你先谈谈看。"

曹里怀显然已认真思考过这个问题,立即说道:

"我认为敌人进犯河防可能发生在三种情况:一是日军进攻西安时,以一支部队相策应,进犯河防;二是日军进攻大西北时,以一支兵马突破河防,进攻陕北;三是日军在山西进行'扫荡'时,侵犯河防,以切断陕甘宁边区与敌后各抗日根据地的联系。"

萧劲光连连点头:

"你分析得很对。保卫河防,以留守兵团这样较少的兵力,面对武器装

备和兵力上都占优势的敌人，固守确实有些困
难。但是，也有许多有利条件。"

说到这里，萧劲光略微停顿了一下，喝了
一口水，环视与会人员后，接着分析起来：

首先，地理上占有优势。黄河水深流急，
浪涛汹涌，古来就有天险之称，沿岸渡口少，
边区岸边多悬崖峭壁，对岸多土山，无法架桥，
利于我守而不利于敌攻，日军强渡决非易事。

其次，在黄河以东，晋西北、晋西南和晋

▶ 萧劲光在延安 (1940)

东南都有我军的主力和部分友军在打击敌人，
破坏敌人的进攻计划，阻止敌人西渡黄河，使敌人难以接近河防，即使接近
河防也有陷入腹背受击之虑。

再者，我们留守兵团由中央军委直接领导，有情况可以很快向党中央和
毛主席报告，及时得到指示，还有广大人民群众的支援。

具备了这些有利条件，只要保持高度警惕，指挥、部署得当，战术运用得法，
面对强敌，千里河防也将固若金汤。

一席话，有理有据，分析透彻，大家无不点头称是。

3月2日，毛泽东专门听取了固守河防的汇报。随后就巩固河防的部署向
林彪、聂荣臻、贺龙、萧克、关向应、刘伯承、徐向前、邓小平等人致电：

> 甲、敌之企图在一面攻陕北，一面攻潼关。现军渡、碛口之敌两
> 路猛攻，河防有被突破可能，绥德、延安紧急，威胁河东整个军队之
> 归路。
>
> 乙、目前部队在晋西北必须照贺萧关已定部署，以警六团对付进
> 攻河曲之敌，以一个旅攻击由五寨向临县进攻之敌，以一个旅星夜兼
> 程至离石以北，攻击碛口军渡两敌之背阻碍其渡河。此三部并须猛力

发动群众，巩固北段河防之一切未失渡口，保障后路。如敌突破河防攻绥德，须以一个旅渡河，配合河西部队消灭该敌，保卫延安。

丙、徐旅必须立即西移，归还一一五师建制，协同陈旅消灭当地之敌，猛力发动离石、中阳、石楼、永和、大宁、隰县、吉县、及整个吕梁山脉之民众，配合友军部队，巩固中段河防一切大小渡口，保障晋东南晋西南整个国军的归路。如潼关、西安危险，在山西国军主力转移之前，准备先以一一五师之一个旅渡河南进，为保卫西安而战。

丁、一二九师应位于同蒲以东，布置侧面阵地，破坏铁路，阻滞敌向潼关进攻，并策应林贺两师作战，如潼关、西安危急，蒋有另调晋境国军主力渡河，改任保卫西安之任务时，该师主力亦应准备西移，而留一部永久位于晋东南坚持游击战争。上述方针，政治局会议完全同意，望坚决执行。

为抗击日军进犯，保卫边区安全，中央军委任命萧劲光兼任河防总指挥，并对河防作出了具体部署：

警备第6团驻神府地区，守备葭县至贺家堡沿河渡口；警备第8团驻米脂，守备大会坪至枣林坪渡口；警备第3团驻清涧，守备河口至枣林坪（不含）等渡口；警备第4团驻守永坪地区，守备延水关、高家畔渡口；警备第5团驻延长，守备凉水岸至清水关渡口。

黄河河防是防御战，虽有黄河天堑，但仍需坚固的防御工事，不然难以抵御日军重型火力。因此，各河防部队依托河岸有利地形，在当地群众的支援下，日夜赶修，构筑起一道有相当纵深的坑道式防御工事。后来的河防战斗证明，由于工事坚固、隐蔽，大大减少了部队伤亡，并为河防部队消灭敌人创造了有利条件。

3月13日，日军第26师团2000余人，在10多架飞机的侦察和掩护下，南下至神府河防东岸，企图强渡黄河。

警备第6团团长王兆相沉着指挥，待大队日军密集半渡之时，猛烈射击敌船，并派出迂回部队渡过黄河，在东岸袭击日军侧后。日军终于支持不住，向兴县方向撤退。这次战斗，共毙伤敌140余人，缴获步枪十余枝和一些军用品，河防部队仅伤亡6人。通过这次战斗，"半渡而击"战法实际而有效，作为经验在河防部队中流传开来。

▶ 陕甘宁边区黄河防线上的八路军哨所

5月初，日军第109师团1个旅团，携炮30余门，经大武向军渡进犯，企图突破宋家川河防阵地，渡河西犯。10日晚，先头部队已经抵近离石城西北的王老婆山，后续部队仍源源不断跟进。

接到情报后，萧劲光陷入了沉思：3月神府河防一战，我军半渡出击取得胜利，军委给予了充分肯定，还要求留守兵团认真总结经验。然而此次敌人大举进犯，肯定是有计划有准备的，也一定会吸取上次失败的教训。孙子兵法上说：兵者，诡之道也。对，就给敌人来个先发制人，趁其行军劳顿、立

▶ 八路军留守兵团骑兵部队

足未稳之际，打它个措手不及。

想到此，萧劲光果断下令：

"给警备8团发报，让文年生带支部队，东渡黄河，注意隐蔽，等敌人到了岸边，乘其立足未稳，夜袭敌军。"

半夜时分，警备第8团主力在团长文年生的率领下，悄悄渡过黄河，向刚刚进到王老婆山的日军一个大队发起突然袭击。经数小时激战和白刃格斗，歼敌200余人，缴获步枪、机枪20余枝。黑暗中，日军遭到突然打击，惊魂不定，加之又摸不清八路军的底细，不敢恋战，掉头向东逃去。

1939年元旦刚过，晋西大宁、吉县、永和一带的日军2000余人，携炮十余门，兵分三路，向马头关、凉水岸、泥金滩推进。在占领三个据点后，即以飞机轰炸、扫射，大炮、机枪隔河向八路军河防部队猛烈射击，并发射毒瓦斯弹数十发。

河防部队成竹在胸,隐蔽待敌,抗击数日,使日军始终无法实施强渡。随后,河东八路军第115师独立支队和决死队、游击队,不断袭击日军辎重部队和增援部队,进行了有力的配合。日军被迫于4日晚开始向东撤退。河防机动部队乘胜东渡黄河,发起追击,歼敌一部,在收复大宁、吉县等地后安然撤回河西。此战共毙伤日军80余人,缴获步枪10余支,马数10匹。

战后,留守兵团召开了作战会议,对一年来河防战斗的情况进行了总结,交流了作战经验。曹里怀还写了《河防战斗的检讨》一文,刊登在《八路军军政杂志》第4期:

在战术方面,主要有两条:一条叫"半渡而击"。这是由在武器装备上敌优我劣的客观条件决定的。我方的主要火器是轻、重机枪,在敌人未达到我火力地带以前,要善于隐蔽,不过早开火,否则,既是拼无谓的消耗,又会暴露我方的火力点。待敌人进入我武器有效射程,就应最大限度地发挥全部火力,或击敌于对岸上船处,或击敌于航渡之中,或击敌于登陆之际,以达大量杀伤敌人的目的。我们能够实行这条战术,是因为有坚固、隐蔽的河防工事。再加上指战员的沉着、勇敢,能够顶住敌人大炮、飞机的狂轰滥炸。另一条叫"主动出击"。我们打的是防御战,但不是单纯防御,消极地等着挨打,是守不住也打不退敌人的进攻的。我们要善于选择时机,或于敌立足未稳之时,或于敌遭我火力打击处于混乱之际,派出精干得力的部队迂回渡过河东突击敌人的侧后,以配合正面的防御。这一条要奏效,及时准确地获得情报是个关键。在这方面,陕甘宁边区自卫军的配合起了很好的作用。

▶ 1955年被授予中将军衔的曹里怀

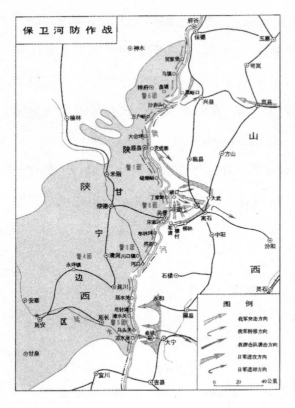

▶ 保卫河防作战示意图

他们不时派出小分队过河去侦察敌情，与河防部队派出的侦察人员一道，形成了一个严密、有效的情报网，使我河防指挥机关基本上做到了耳聪目明，能随时掌握敌人的情况。

在保卫河防的战斗中，担任河防任务的八路军留守兵团部队在陕甘宁边区和晋西北人民群众的大力支援下，在地方武装的有力配合下，贯彻执行积极防御的作战方针，机动灵活，沉着勇敢，进行大小战斗上百次，消灭日军800余人，保证了千里河防固若金汤。

抗战期间，日军始终未能越过黄河以东，踏入陕甘宁边区一步。

13. "脱手斩得小楼兰"
——卫冈战斗 (1938.6)

"七·七事变"爆发后，日本帝国主义发动了全面侵华战争。在关系到中华民族生死存亡的历史关头，中国共产党迅速作出反应，通电全国号召民众众志成城，共同抵抗外侮。

▶ 准备改编为新四军的浙南红军游击队

1937 年 8 月 22 日，国民党政府军事委员会发布命令，宣布红军主力改编为国民革命军第八路军，简称八路军。朱德任总指挥，彭德怀任副总指挥。下辖 3 个师，4.6 万人。10 月 21 日，又宣布将南方八省十三个地区坚持游击战争的红军和游击队，改编为国民革命军陆军新编第四军，简称新四军。北伐名将叶挺出任军长，项英任副军长。下辖 4 个支队，1 万余人。

　　遵照中共中央的指示，粟裕命令挺进师分散游击于浙南各地的游击队到浙江平阳北港山门街集结，正式改编为"国民革命军浙闽边抗日游击总队"，从而结束了艰苦卓绝的浙南三年游击战争。

　　1938 年 2 月上旬，日本侵略军大举进攻，步步紧逼，华中方面军为配合华北方面军进行徐州会战，打通南北联系，以第 3、第 9、第 13 师团由蚌埠地区沿津浦铁路北犯，敌后兵力比较薄弱。

　　据此，中共中央向新四军下达迅速向华中敌后进军，开展抗日游击战争的指示。新四军军部随即由南昌迁至皖南岩寺，各支队也奉命向皖南、皖中集结，准备向日军出击。

　　抗日救亡的革命使命在召唤中华民族的优秀儿女。

　　三月的浙南已是春光明媚，春意盎然。18 日清晨，粟裕率抗日游击总队 500 多名健儿，从平阳小镇山门街出发，奔赴皖南。

　　经过整整 1 个月的长途跋涉，4 月 18 日，粟裕率部顺利到达新四军军部所在地安徽省歙县岩寺，加入新四军的战斗序列，整编为新四军第 2 支队第 4 团第 3 营。粟裕任第 2 支队副司令员。

　　新四军主力集结完毕后，一面加紧整训，一面研究向敌后实施战略展开的问题。毕竟新四军面临的作战对手和作战环境都发生了很大的变化。新四军的前身红军游击队善于山地游击战，与国民党军打了十年内战，彼此都非常了解。如今新四军走出大山，在一个相对陌生的环境——平原水网地区，同陌生的敌人——装备优良的日本侵略军作战，不能说是一个轻而易举的转变。

4月24日，毛泽东致电中共中央军委新四军分会书记项英，指示新四军"主力开泾县、南陵一带，先派支队去溧水一带侦察"，并特别强调"须派电台及一有军事知识之人随去"。

　　接到电报后，叶挺、项英立即在鲍家村祠堂召开各支队领导会议，讨论组建先遣支队的问题。

　　经过一番激烈的讨论，会议决定从第1、第2、第3支队抽调部分团以下干部和侦察分队共400多人，组成先遣支队，尽快东进，实施战略侦察，摸清敌后情况。

　　一支仅有数百人的先遣队深入已经沦陷的江南侦察，在日军重兵控制的腹心地区活动，其困难之多、危险之大，是难以想象的。谁来完成这一重任呢？

　　叶挺把目光锁定在粟裕身上："经东南分局和军分会研究决定，军部任命你为先遣支队司令员。你立即组建部队，争取尽早出发。"

　　"是，保证完成任务！"

　　尽管粟裕刚到皖南几天，一路风尘尚未洗去，但在抗日救亡的民族大义面前，他毅然受命，再次担当起了抗日先遣的重任。

　　陈毅清楚粟裕肩负的使命艰巨，就把自己身边最得力的副官和测绘参谋都派到了先遣支队。粟裕十分感动：

▶ 在皖南岩寺集中的新四军部队

"陈毅同志把强兵能将都调来给我了。"

4月28日，正是江南草长莺飞时节，粟裕率领先遣支队誓师东进。

先遣支队向敌后开进愈深入，战争的气氛就愈紧张、愈浓烈。粟裕深知先遣支队的成败关系重大，时刻都要保持高度的警惕。

遵照中共中央关于创建以茅山为中心的苏南抗日根据地的指示，新四军向苏浙皖边挺进，广泛宣传抗日救国纲领，号召各阶层民众组织起来抗战，犹如黑暗中的一缕光明，照亮了江南人民。人们奔走相告，扶老携幼夹道欢迎，将希望寄托在英勇挺进的新四军身上。

但当时，江南老百姓对抗战胜利普遍缺乏信心，对新四军也缺乏深入了解，心中不免嘀咕："新四军好是好，可是队伍少，武器差，能打败日本鬼子吗？"

对此，粟裕认为：苏南的形势和民众的情绪已向先遣支队提出了一个责无旁贷的问题，那就是尽快打一个胜仗！因为江南百姓需要用胜利来激发抗日热情，鼓舞斗志；新四军指战员渴望用胜利来煞一煞日寇的嚣张气焰。

这些日子，粟裕一有空闲就对着作战地图凝思：新四军深入江南敌后的第一仗必须打胜，不许打败！这一仗怎样打，选在哪里打？

人们都知道粟裕爱看地图，但是许多人不知道其中的奥妙。有人问他："您天天看地图，这上面究竟有什么奥妙？"

粟裕回答："奥妙无穷啊！熟悉地图，熟悉地形，是军事指挥员的基本功。不谙地图，勿以为宿将。"

经过一番深思熟虑后，粟裕的目光渐渐停留在地图上一个叫"卫冈"的地方。

位于镇江西南30里的韦冈，是一片丘陵和小山地，这在水网密布的江南平原是不多见的。镇（江）句（容）公路从这里蜿蜒通过，是一个打伏击的好地方。经侦察，日军汽车南来北往，每天都有五六十辆，通行时间以上午8点至9点和下午4点前后最多。

恰好这时，先遣支队奉命到南京至镇江间的下蜀车站附近，执行成破坏铁路任务。下蜀与卫冈相距不远。

6月15日夜，粟裕率部顶风冒雨抵达下蜀。在当地民众的帮助下，一举破坏了下蜀车站附近的铁路和电线，尔后连夜撤到下蜀以南40里的东谢村休整。

在村边一片竹林里，粟裕召开了干部会，宣布在卫冈伏击日军车队的决定：副官处主任陈何龙带电台和勤杂人员留下隐蔽待命，他自己挑选八九十名精干的战斗人员去执行伏击任务。

▶ 指挥韦岗战斗的粟裕

"为了求得秘密，伏击队必须在夜间急行军出发，拂晓前进入伏击阵地，采取突然行动。"粟裕对大家提出了要求。

16日午夜，天正下着大雨，能见度极差，四周黑糊糊的一片。随着粟裕的一声令下，参战部队从下蜀后山出发，消失在茫茫雨夜中。次日凌晨到达了伏击地点卫冈以南的赣船山口。

雨还在下个不停，指战员身上的衣服早已全部湿透。粟裕进行了简短的战斗动员后，命令大家进入伏击阵地。

上午8点20分，从镇江方向传来了汽车的马达声。

不一会儿，第一辆日军汽车转过山隘，大摇大摆地驶进了伏击圈。

粟裕大喊一声："打！"

先遣支队机枪班迎头就是一个齐射。汽车歪歪扭扭地冲出公路，撞到了路边的岩石上，不动了。

也许是天正下着大雨，也许是公路弯道，后面的日军竟然没有发现前面

▶ 新四军行军在水网地带

的情况。大约过了几分钟，第二辆汽车仍旧毫无防范地驶进了伏击区。

等待它的是新四军仇恨的子弹。机枪、手榴弹一阵猛击后，汽车翻入公路北侧的水沟里。坐在驾驶室里的日军少佐土井当场毙命。

这时，又有三辆汽车接踵而至，车上大约有30余名日军。

粟裕命令战士们猛烈开火，第三辆和第四辆汽车也先后被击中，瘫在了弥漫的硝烟中。第五辆汽车见势不妙，一个急刹车，停在了新四军火力射程之外。日军跳下车，在公路两侧就地卧倒，以密集的火力负隅顽抗。

粟裕命令吹起冲锋号，指挥战士们冲下山坡，围歼残敌。

突然，日军大尉梅泽武四郎从车底猛地跳出，举起指挥刀向粟裕发疯般冲过来。

警卫员眼疾手快，抬手就是两枪。梅泽武四郎一个趔趄，栽倒在路旁的水沟里，为天皇效忠去了。

剩余的十几个日军见势不妙，架着伤兵，抬起死尸，爬上第五辆汽车，仓皇逃走了。

一场干净利落的伏击战只用了半个小时就胜利结束了。共击毁日军汽车4辆，击毙日军10余名，伤数十名，击毁汽车4辆，缴获长短枪10余枝，日钞 7000 余元，还有日军军旗、战刀及车上的大批军需物资。

　　这是新四军挺进江南的第一战。诚然，卫岗伏击战算不上一场大战斗，但在江南这个国民党军一溃千里的沦陷区，其影响却极为广泛，不仅打破了日军不可战胜的神话，而且极大地鼓舞了江南人民的抗战热情。

　　捷报传出，上海等地的各种报刊竞相报道，就连国民政府军事委员会也向新四军军部发了嘉奖电："叶军长：所属粟部，袭击卫冈，斩获颇多，殊堪嘉尚。"

　　粟裕兴奋之余，作诗一首：

> 韦岗战斗缴获的部分胜利品（图上文字为粟裕所题）

> 新编第四军，
> 先遣出江南。
> 卫岗斩土井，
> 处女奏凯还。

　　陈毅策马赶往东圩桥，一个卫冈战斗缴获品的展览会正在祠堂里举行：好家伙，清一色的日本货——日本膏药旗、日钞、日军指挥刀、大盖枪、钢盔、军大衣、皮鞋、望远镜……
一首七绝《卫冈初战》脱口而出：

> 故国旌旗到江南，
> 终夜惊呼敌胆寒；
> 镇江城下初遭遇，
> 脱手斩得小楼兰。

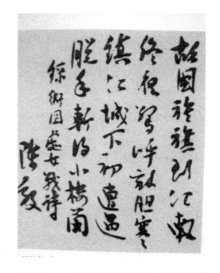

> 陈毅题词祝贺韦岗战斗

14.令敌军胆寒的白刃肉搏战
——町店战斗（1938.7）

1938年4月，八路军第115师第344旅在参加粉碎日军对晋东南地区的九路围攻后，来到了长治一带进行整训和扩兵。

就在整训工作搞得热火朝天并取得显著成绩的时候，国民党军第二战区副司令长官卫立煌决定准备反攻驻扎在侯马的日军。为配合友军行动，6月30日，第115师命令第344旅即日开赴阳城一带，寻机歼敌，打击由晋城开往侯马的敌人援军。

接受任务后，旅长徐海东、政委黄克诚亲率第687、第688团和新兵营组成的一个加强支队，从长治出发，一路南进，经高平县向阳城进军，于7月1日夜到达阳城以北的町店地区。

町店是阳城县的一座小镇，南北两面是山，一条不算宽的公路在两山之间沿町店东西向延伸。这里

▶ 八路军第344旅政治委员黄克诚（右）在五台山

地势险要，只要占据南北两面的山头，便可居高临下，杀它个人仰马翻。

部队刚刚宿营，旅部就接到师指挥所的一个通报：

日军第108师团的一个联队，将从晋城出发，路过町店去侯马，预计最近几天便会到达。

徐海东立即召开营以上干部会。会上，徐旅长强调说，日本侵略军自恃装备优良，必然骄横麻痹。我们要利用这一点，把工事构筑在距大路200米甚至100米处，隐藏在敌人的鼻子底下，打它个措手不及，并作出了具体部署：

第688团1营，沿土地庙、西冯庄、薛家岭到王家庄、沁河渡口一带伏击，以切断日军退路，阻击东路援兵；3营往西到山口，和晋豫边游击队配合，切断日军西进道路；2营在义城、柏山、柳沟一带修筑工事，准备正面伏击；新兵营1连驻窑堂，2连驻龙王、后岭，3连驻石旺沟、富家坪、山庄一带，待战斗打响后，迅速到五龙沟西山集结，准备增援第688团2营伏击敌人；第687团待命增援。

7月6日上午，烈日当头，把人烤得火辣辣的。青纱帐里，指战员们伏在潮湿的泥土上，目不转睛地注视着前方。

大约10点钟，负责正面观察的战士突然压低嗓门向第688团2营营长冯志湘报告：

"营长，你看，来了。"

冯志湘抬眼望去，敌人果然"大驾光临"了。只见约四五十辆汽车载着步兵，另有骑兵一部，气势汹汹地从晋城方向开来。

日军疏于防备，根本没有料到这里会有伏兵。因此当骑兵过后，汽车进入2营正面伏击路段时，竟停止前进、午休起来。因为天太热，有的鬼子钻到汽车底下睡大觉，有的鬼子坐在树荫下打盹儿，还有几个鬼子竟脱光了衣服跳到路边的河里洗起澡来。

冯志湘把手枪一挥，令全营利用地形、地物做掩护，迅速向敌人靠近。

500米，300米，100米，距离敌人越来越近了。

就在这时，在后边山头指挥位置上的徐海东一声令下，第687团2营率先向尾部敌人开火了。枪声、喊杀声顿时响成一片。

第688团2营指战员一跃而起，猛虎下山般冲入敌群。稍远一点的用枪打，距离近的用刺刀捅，用梭镖扎。

5连3排有个战士外号叫"傻大个"，平时不大说话，打起仗来也不吱声。只见他紧闭双唇，瞪大双眼，一梭镖就捅死一个敌人。一个鬼子从汽车底下钻出来，拼命到汽车上面去摸枪，"傻大个"赶上去，照他后背上就是一梭镖。这个日兵本大叫一声，倒在地下再也不动弹了。

最狼狈的要属那些正在河里洗澡的鬼子们。战斗打响后，一个个赤身裸体地往岸上爬。在前头的刚离开水面，就被八路军的刺刀捅死；后面的见事不妙，调过头来就往水里游。一阵枪声过后，一个个都葬身河中。

不过，缓过神来的日军倚仗精良的装备和武士道精神，开始疯狂反扑。

第688团边打边撤，在町店北边的松树岭上进行阻击。日军集中火力，用步枪、机枪、小钢炮等所有武器，一齐向八路军阵地开火。一时子弹横飞，沙石乱溅，强大的火力压得人抬不起头来。第688团利用山沟、田埂作掩护，狠狠地回击敌人。

6连连长郭本银素有"神枪手"之称，百米之内枪响靶落。此时，他隐蔽在一块大石头后面，不慌不忙，一下一下地扣动着扳机。随着10声清脆的枪响，10个敌人应声倒下。日军急红了眼，一个军官举着指挥刀，呀呀地驱赶着日本兵继续往上冲。

郭连长抬手又是一枪，只见那个军官晃动了下身子，栽倒在地，不动了。日本兵见自己的指挥官被打死了，便一股脑儿地退了下去。

就这样，敌人冲上来，被打下去；再冲上来，又被打下去。一直激战至下午7点，日军先后发动6次冲锋，始终没冲上阵地。

▶ 八路军第 115 师一部与日军作战

这时，一队人马从第 688 团 2 营的后侧飞速而来。冯志湘定睛一看，原来是第 687 团 2 营，跑在最前头的是营长蔡家永。只见他肩扛一枝崭新的 38 式大盖枪，腰里还挂着一束无柄手榴弹。显然，那是刚刚缴获的战利品。

"怎么样，老蔡，你那里打得不错吧！"冯志湘问道。

"不错，挺过瘾。"蔡营长抹了抹满是烟灰的脸，讲起了他们的战斗的情况。

原来，尾部敌人在 2 营的打击下，死伤严重，不得不向中间的敌人靠拢。"敌变我变"，蔡营长也率部赶到这里来了。

两个 2 营兵合一处，决定要大战一场：蔡营长带本营主力向右运动，5 连向左运动；冯志湘营继续负责正面反击。部署就绪，单等敌人再来送死。

突然，一发炮弹在不远处落下，炸起的石块、沙土呼啸着四处飞散。紧接着，一发发炮弹铺天盖地而来。

"娘的，有种就枪对枪、刀对刀地干，打炮算什么本事！"冯志湘他们真恨自己手里没有几门炮，不然也叫这些鬼子尝尝我们炮弹的滋味。

炮火一延伸，敌人又蜂拥而来。考虑到左、右两侧都有部署好的部队，冯志湘故意把敌人放得更近一些。

200 米，100 米，50 米，就在先头敌人距离不足 30 米时，冯志湘大喊一声：

"打!"一束束的手榴弹,雨点般地飞入敌阵。与此同时,两侧的部队也一齐开火。

顿时,机枪声、步枪声,连同手榴弹的爆炸声,响成一片。敌人被打得血肉横飞,如同无头苍蝇一般四下乱窜。就在冯志湘要下令反冲锋时,敌人的一发炮弹呼啸而来,正好落在掩体内。特派员何传州当场牺牲,冯志湘也负了伤。

望着何特派员那血肉模糊的身躯,冯志湘非常难过。后来,他在回忆录中写道:

> 平时,他总是默默无言地帮大家做各种事情,可牺牲前,连句遗言也没留下。大家牙齿咬得崩崩响,一颗颗预先打开保险盖的手榴弹,狠狠地向敌群砸去,随着"轰隆隆"的爆炸声,敌人又死伤一片。

激战至傍晚,驻沁水日军大举增援町店。

20点,八路军主动撤出战场。此战,共歼日军500余人,焚毁汽车20余辆,缴获军用物资一大批,迟滞了

▶ 八路军某部缴获日军的战利品

日军的增援行动,有力地策应了国民党军在侯马地区的作战。

15.日军难以驱散的噩梦
——北岳区反"二十五路围攻"(1938.9—11)

1938年9月,日本华北方面军司令官寺内寿一根据大本营"中攻武汉,南取广州,北围五台"的作战计划,调集第110、第26、第109师团和独立混成第2、第4旅团等部共5万兵力,自20日起,兵分25路,从四面八方开始向五台山区发动进攻。

此次出动的部队,几乎是清一色的日军,进攻的目标是晋察冀边区党、政、军领导机关驻地和八路军控制的县城,其作战方针是分进合击、逐步推进、步步为营、压缩包围,企图东西对进,南北夹击,一举歼灭八路军主力和领导机关于五台、阜平之间地区。

晋察冀抗日根据地一时战云密布。

此时,根据地军民已经有了近一年反围攻的锻炼,对于粉碎敌人新的围攻充满信心,并立即投入了各方面的认真准备。

政治上,广泛深入地进行思想政治动员,讲明反围攻的有利和不利条件,以坚定抗日军民反围攻斗争的胜利信心和防止轻敌麻痹思想;经济上,组织教育群众迅速收藏秋粮,实行彻底的空舍清野,不留可供敌人利用的资财,使敌难于立足;军事上,组织群众拆除可能为敌人利用的城墙围寨,破坏便于敌军机动的道路,做好战场准备。

聂荣臻等军区领导还分析了敌人这次围攻的特点,明确了各部队应采取

▶ 抗日战争时期，晋察冀八路军某部队向官兵宣传拥政爱民公约

的作战原则：首先使用小部队不断袭扰敌人，以消耗和疲惫敌人，相机选择有一利战机，集中兵力歼灭敌一股或一部；在敌人兵力占优势、我军不可能阻止其前进的情况下，以灵活的游击战与敌周旋，八路军主力则转入外线实行机动，对深入与据守边区内地的敌人，要连续猛烈袭扰，开展交通破袭战，打击它的运输补给，配合彻底的坚壁清野，以围困的办法逼退敌人；待敌人疲惫已极被迫撤退时，我军集中兵力，抓住敌撤退途中的有利战机，歼灭其一股或一部等等。

五台，是日军进攻的重点之一。

9 月 20 日，日军独立第 4 混成旅团大队长清水率部从正太铁路以北之盂县出发，渡过滹沱河，在飞机掩护下进攻五台东南的柏兰镇。当时，聂荣臻和晋察冀军区领导机关正在耿镇、石嘴附近的一条山沟里。第 2 军分区部队和军区学兵营负责掩护军区机关撤退。他们事先占据了有利地形，给日军以顽强阻击。

29 日晨，军区参谋长唐延杰指挥部队在牛道岭袭击日军，共歼灭日军清水大队长以下 400 余人。

击毙清水大队长之事，聂荣臻也是 20 天后从缴获敌人的报纸上得知的。

那天的日本《福冈日日新闻报》刊发了日本同盟社的一条电讯：

"山西肃清战中著有赫赫武勋的清水大佐战死。……而在这些将校的死亡之外，其兵士死伤的人数，更不在少数。"

那张报上还刊登了日军抬着装有清水尸体的棺材进五台县城的照片。聂荣臻后来回忆道：

这次围攻开始时，清水嚣张得很，一再扬言要占领五台，结果，刚到牛道岭，就丧了命。具有讽刺意味的是，这个发誓要攻占五台的家伙，被装进棺材，由他的部下抬着进入了五台城。敌人的画报还刊登了一幅"抬尸进五台"的照片，真是自己嘲笑自己！

30日，聂荣臻在一天之内连续向八路军总部和中共中央发出两份电文，如实反映困难的局面与要求：

我已无绝对把握击溃敌人一面，如勉强行之，将造成更不利之势，而以三万之众束缚于大荒山地，无食无住，且不能周旋。……五台很有可能失守，请速令第129师及第120师给我配合，若五台失守仍须积极配合我作战，否则我将处于最不利之地位。

10月2日，毛泽东、朱德，彭德怀等致电聂荣臻：

▶ 聂荣臻（右）与关向应在抗日前线

华北游击战的普遍发展，全国抗战的配合，目前敌仍不能集中绝对优势兵力进行周密的围攻计划。因此，应以各方动员起来争取战胜敌之围攻，但五台、阜平、灵丘、涞源及某些大乡镇一时期有被敌占去的可能。……相当地集中主力，于我有利的各种条件（敌人弱，地形有利）方面，准备待机……以小部队与敌进行极不规则的小战，迟阻和疲惫敌人，以相当有力部队转入敌之后方交通线，打击敌之运输……如敌无弱可乘，不便我主力集中打击或消灭敌时，待敌人进至利害循环变换线，即将主力转至敌后方，仍以小部队分途逐渐引敌深入，使敌疲惫疏忽扑空，待敌转移方向或退却时，给敌以突然的袭击或追击。

电报中，八路军总部还令第129师破坏正太路，积极尾击由正太路北进之敌；令第120师采取有力措施配合晋察冀军区作战。

阜平作为晋察冀边区的首府，自然是敌人围攻的重中之重。反围攻开始前，聂荣臻即将第1、第3军分区主力及冀中独立旅一部，布防于王快镇至阜平城之间的东、西庄一带，意在敌进攻时，沿线袭击、疲惫之，并寻机歼敌。

10月2日，由平汉路之定县、望都、保定等地出动之敌约六七千人，在占领曲阳、唐县、完县之后继续西进，其先头部队已进抵王快镇，并进窥阜平。

此时，晋察冀边区党政机关正在撤离阜平城，向龙泉关东北山沟转移。城内及城周围各村民众实行坚壁清野后，也分别向各山村疏散。

第二天，日军100多人向阜平以东的东、西庄进行试探性进攻。他们吸取以往孤军深入、横冲直撞的教训，这次并不急于前进，而是行动谨慎，步步为营，每推进三五公里，便停下来筑工事、修据点，以一部兵力展开前进，其余主力则采取阶梯队形跟进。因此，这股敌人在遭到八路军一部兵力打击后，便急忙撤回，龟缩进了王快据点。

6日，日军以巨大代价进占阜平，但得到的却是一座空城，找不到一粒粮、一口锅。他们虽然进入了根据地腹地，但聚歼八路军主力和领导机关的企图却未能得逞。

敌人在侵占五台、阜平后，即在根据地内加修道路，建立据点，企图以先分割、后"清剿"的手段，达到各个消灭八路军主力和领导机关、摧毁根据地的目的。

针对敌之企图，晋察冀军区遵照毛泽东、朱德等人指示，于10月7日决定以主力一部化整为零，以大队或营、连为单位，配合民兵游击队，开展广泛、分散的游击战，不断袭扰敌人，攻击或围困敌薄弱据点，使敌惶恐不安；而以主力深入敌之后方交通线上打击敌人，断敌交通补给，增加深入根据地腹地之敌的困难，使其难以立足。

21日，日军为打通曲阳、阜平间的交通运输线，分由两地出动约六千人的兵力，企图夹击消灭八路军。

八路军得到情报后迅速转移。日军不知情，竟于韩家峪相互对打起来。双方反复冲杀，大打出手。更有趣的

▶ 晋察冀军区司令员聂荣臻检阅部队

是，双方都发报呼叫飞机来助战。天亮时四架飞机临空，把他们的骑兵认做八路军，接连丢下数枚重磅炸弹，等他们发现是场误会时，已是死伤甚众。

26日，八路军第359旅717团、第1军分区3团趁夜袭入阜平县城。日军不明情况，在夜战中自相混战，死伤很多。

27日晨，日军在飞机掩护下，大量施放毒气，弃城东逃。八路军乘胜追歼逃敌，并炸毁石高崖隘口，断敌退路，残敌遂改路逃向曲阳、定县。日军花费巨大代价占据的阜平城，仅仅21天后就被八路军收复了。

28日，日军独立混成第2旅团长常冈宽治少将率200余人由广灵往灵丘视察、督战，途经邵家庄，被八路军第359旅伏击部队歼灭大部。

11月3日，侵占五台的日军第109师团500余人奔袭高洪口，返至滑石片地区。八路军第120师716团赶到滑石片两侧设伏，714团急行军到滑石片西北的南院村地区，选择有利地形，负责警戒五台县城方向，防止敌人增援，并准备截击从滑石片漏网向西逃窜的敌人。

▶ 晋察冀军区1938年秋季反围攻

716团与日军激战一夜,除几十名残敌绕到北边的灰窑沟逃出了伏击圈外,其余悉数被歼。

4日拂晓,714团赶到南院村附近,正巧遇上从滑石片逃出的几十名日军,立即以一个营跟踪追击。这时,由五台县城方向出动的一小股增援滑石片之敌,很快与几十名残敌会合。714团马上投入战斗,给予这股敌人迎头痛击。日军被打得狼狈不堪,扭头就往五台县城逃。714团紧紧追击,一直撵到五台县城城下。

清晨,彻夜的枪声停止了,太阳从东方升起,万道霞光照耀着滑石片四周的远山近村。恢复了宁静的山沟里,到处横七竖八地躺着日军的尸体和军马,毒瓦斯弹、烟幕弹、残刀断枪和军用给养品被扔得遍地皆是……

此战,八路军共毙伤日军500余人,俘敌20余人,缴获步枪300余枝,轻、重机枪30余挺,山炮、小炮6门,军马一百余匹,电台一部及其他军用物资一批。

聂荣臻在回忆录中自豪地写道:

> 在击破敌人多路围攻的48天中,边区军民进行了大小战斗一百多次,毙伤日军旅团长、大队长以下五千二百多名,还缴获了许多武器弹药和军用物资。日本侵略军"北围五台"的幻梦,落了个损兵折将的下场,最后不得不狼狈逃窜。

16. 平原地区首次反"围攻"作战的胜利
——冀中区粉碎五次"围攻"(1938.11-1939.3)

1938 年秋,日军华北方面军在围攻抗日根据地山岳地带屡屡遭到失败后,决定改变作战方针,首先肃清平原八路军及抗日根据地。

9 月,日军重新部署兵力:由华东调回的第 27 师团驻防北宁线廊坊、天津至唐山段和津浦线沧县以北各点及冀东地区;第 110 师团全部调平汉线北平至新乐段;第 26 师团及独立第 2 混成旅团,仍在平绥线及察南、雁北地区;独立第 3 混成旅团在同蒲路朔县以南至忻县段及五台、淳县、繁峙一带;独立第 4 混成旅团,担任正太线守备;独立第 9 混成旅团驻太原、榆次地区;独立第 15 混成旅团驻北平近郊及平古路沿线。

这样,日军共集中 3 个师团、6 个独立混成旅团 6.6 万多人,连同大量伪军,部署在晋察冀抗日根据地周围,伺机发动大规模的"扫荡"。

日军把进攻矛头直指冀中抗日根据地,企图全面控制冀中平原地区。

11 月 13 日,日伪军 6000 余人兵分五路,由天津、廊坊、北平、高碑店、徐水等地向大清河以北雄县、霸县、永新、新城、固安地区进行围攻,企图把大清河以北的抗日武装力量一举驱逐到大清河以南,或消灭在大清河以北地区。

八路军第 3 纵队兼冀中军区司令员吕正操、政委王平,采取以一部协同游击队和民兵在内线袭扰日伪军、大部转移到外线作战的方针,进行了艰苦

▶ 冀中军区指挥员在前线阵地上

卓绝的反围攻作战。具体部署是：第3分区第26、第27大队打击由天津附近之王庆坨镇经堂二里、胜芳进攻的一路日伪军；第3、第4军分区机关和其他部队相继打击其他各路日伪军。

第一次反围攻作战历时26天，冀中区部队共进行大小战斗29次，毙伤日伪军600余名，俘伪军1000余人。

不甘心失败的敌人，于12月21日调集1500余兵力，分三路由平汉铁路保定至定县一线出动，向潴龙河以西安国、博野、蠡县发动了对冀中抗日根据地的第二次围攻。

吕正操决定以第2军分区部队一部进行阻击、袭击、伏击，迟滞敌人，掩护该地区党政军机关安全转移至滹沱河、沙河之间地区。

第二次反围攻作战历时34天，至1939年1月24日结束，共毙伤日伪军300余人，击毁坦克1辆。

日伪军连续发动两次围攻，损兵折将，未能实现消灭冀中区抗日部队主力的企图，但敌人也并非一无所获，先后占据了雄县、霸县、安国、蠡县、博野等五座县城。冀中区斗争形势日益紧张。

为坚持华北平原敌后抗战、彻底粉碎敌人对冀中区的围攻，早在1938年11月24日，毛泽东即给八路军总部、晋察冀军区并第120师发出了《关于巩固冀中部队，坚持长期游击战争的指示》电报：

　　一、估计今后华北形势的进展，冀中区的中心任务是巩固现有武装部队，依靠群众力量，坚持长期游击战争。

　　二、为完成以上任务，做如下决定：第一，派程子华同志带一部分干部去冀中，子华任吕（正操）纵队政治委员，加强该部之正规化是目前中心任务；第二，决定贺（龙）、关（向应）率120师一部去冀中，争取扩大120师；第三，120师一部到冀中，可以推动和影响当地部队正规化的进程，冀中党应以极大力量帮助扩大120师，具体计划由关到五台与聂（荣臻）、彭（真）依据实际情况商酌办理；第四，贺、关到冀中后，吕（正操）部则归其指挥，惟建制系统仍属聂区管辖。

　　根据这一指示，12月20日，第120师师长贺龙下达了东进冀中的命令。22日，大雪纷飞，寒风凛冽，师直属队、教导团、第358旅第716团、独立第1支队主力从新乐以南越过平汉路，挺进冀中，执行巩固冀中，帮助冀中军区发展部队的任务。

▶ 八路军第120师主力挺进冀中途中跨过唐河

为了行动顺利，部队分成左、中、右三个纵队。贺龙率中央纵队强行军140里，越过平汉铁路，经过三天的连续行军，于1939年1月19日到达冀中腹心地区安平县西南的东西辽城、子文镇一带。

吕正操等冀中区党政军领导人在得知贺老总亲率120师主力挺进冀中后，心情无比的激动。半个多世纪后，吕正操还清楚地回忆起见到贺龙时的情景：

> 我和贺龙同志以前虽然未见过面，但是此次一见如故。他一见面就风趣地说："你吕正操这个司令官可不小呀，冀中的人口比陕甘宁还多两倍呢！"说的大家都笑了。

当晚，冀中区军民专门举行盛大的联欢大会，欢迎120师。联欢会开得很热烈。先是聚餐，用脸盆装满饭菜，放在空地上，围成许多圈子，热热闹闹吃起来。

黄昏时，120师战斗剧社和冀中军区独立第四支队剧团演出了节目。在冀中的一个日本人宫本幸一和刚从日军据点里逃出来的一个朝鲜族妇女，也登台唱了几支歌。掌声、口号声此起彼伏。

贺龙也即兴讲话：

> 日本鬼子有啥了不起，他不比谁高嘛！真正了不起的是毛泽东主席领导的八路军、老百姓。冀中人民拆城墙、挖道沟，改平原为山地，是个创举。现在我们有几万人马，几万支枪，还有这么多、这么好的老百姓，力量不小呀！只要我们军民团结，照着毛泽东主席说的去干，管他小鬼、大鬼，都能打败它！

随120师来冀中的青年作家沙汀，对当时的贺龙和吕正操，有这样一段记述：

贺龙，他在人丛中站着，挂着六轮子，军帽掀高一点，神气活像一个刚从火线上下来久经战斗的老兵。其次是吕正操，高个子，又瘦又黑，穿着相当整洁。他是继贺龙讲话之后，在联欢会上讲话的。他的讲话，是那么热情，对在冀中平原坚持抗日游击战争是那么坚决。

吕正操后来回忆说：

这天的会一直开到深夜才散。天气虽然很冷，但歌声、掌声、欢呼声，把会场搞得热气腾腾。真是强将鼓舞三军志，勇师振奋万人心。

为了隐蔽部队的动向和意图，八路军第120师进入冀中区后，对外使用了"亚洲部"的代号。第715团称"亚洲部第五团"，第716团称"亚洲部第六团"。后来，冀中老百姓就把两个团称作老八路"亚五"、"亚六"。

贺龙来得真是时候。120师主力刚刚到达冀中，日军就对冀中区发动了第三次更大规模的围攻。

1月25日，日军第27师团、第110师团和独立第8混成旅团各一部以及大批伪军共7000余人，分别从沧县、泊镇、唐官屯、保定、定县等地出动，向潴龙河与子牙河之间的河间、肃宁、任丘、大城地区合围，企图在潴龙河两岸聚歼冀中区党政军机关和部队。

贺龙立即与吕正操一起研究对策，详细分析了敌我双方的力量，明确指出：敌人这次来势很凶，要认真对付，但不能硬拼，应避其锋芒，与敌周旋于平原，然后相机集中兵力干掉它一部，最后歼其全部。

据此，吕正操率冀中区部队一部分别在子牙河以东和潴龙河以西地区牵制日伪军，贺龙率120师主力在群众游击战的掩护下，隐蔽于河间地区寻机歼敌。

1月31日，贺龙率师部从边寨村转移到东湾里，得到情报：占领河间城

▶ 转战在冀中地区的八路军一部

的日军第27师团的宫崎联队，经常以一部兵力出城抢粮、抓人，掩护修筑城防工事，企图巩固对河间的占领，进而进攻肃宁。

贺龙认为这是一个战机。日军侵入冀中以来，还没有遭到过沉重的打击，将骄兵狂，常常孤军出扰，应该抓住这个弱点，予以打击。于是，当即把第716团团长黄新廷、政委廖汉生找来，命令该团迅速前往曹家庄一带捕捉战机。贺龙指示黄、廖二人：这是120师进入冀中以来的第一仗，必须保证必胜，打出120师的威风来。

2月2日晨，日军宫崎联队及伪军各一部共200余名，沿通往肃宁的大道向西进犯。

当敌人行进至河间城西南曹家庄时，被早已埋伏在此地的第716团包围。716团乘敌立足未稳，迅猛发起攻击。激战至黄昏，河间、任丘方面的敌人前来增援，接应被包围的敌军。716团又一次出击，给日军以歼灭性打击，共歼日伪军150多人，并跟踪追击直到河间城下。

虽然初战告捷，但这毕竟是120师第一次在平原地区作战，一些干部战士还不善于利用田坎、沟道、树木、坟包等地形地物作掩护，而是挺直身子冲锋，结果全团伤亡 139 人，其中阵亡 48 人。

遭到重创的日军恼羞成怒，从任丘、献县等据点抽调兵力，集结河间，准备对八路军实施报复进攻。

4 日拂晓，日伪军步、骑、炮兵共 1000 余人，携山炮 5 门、迫击炮 6 门，借着天上飘着雪花和尚未完全消退的蒙蒙夜色，隐蔽地进至河间城西大曹村东约 5 公里的小刘庄。

天大亮后，日军开始炮击，尔后向大曹村进攻。

驻守该村的 716 团一部顽强抗击。这次战斗，比曹家庄战斗打得更为激烈。日军连续四次冲击都被打退了，遂施放起毒气。

阵地上毒烟弥漫呛得人流泪、咳嗽不止，令人窒息。当时八路军没有防毒面具，团长黄新廷、政委廖汉生用毛巾包住地上的积雪捂住鼻子，战士们也掏出手巾，有的放上雪，有的尿上尿，捂住口鼻，只管打。

716 团从上一次战斗中得到经验，预先设置了多层防御阵地。第一层是村外的小树林，第二层是村口，第三层是村里房沿。这次，只打到村口，就把敌人打退了。接着，部队在迫击炮准确有效地射击下实施反冲击，夺取了日军第一线的几处阵地，与敌形成对峙。

夜间 11 点，各营同时发起冲击，日军再也抵挡不住八路军的勇猛冲击，仓皇溃退，三营跟踪追击，把敌人追到河间城下。敌人紧闭城门不敢出战。

▶ 1955 年被授予中将军衔的黄新廷

这次战斗，716 团以伤亡 54 人代价，毙伤敌约 300 人，还打死一名日军大队长。

与此同时，冀中区部队在博野、蠡县地区开展袭扰作战，一度袭入博野县城内。遭受重创的日军被迫放弃进肃宁的计划，第三次围攻又以失败告终。

但是，敌人是不甘心失败的。仅仅过了5天，2月9日，日伪军3000余人在坦克、装甲车的配合下，分四路由博野、蠡县及安平、献县城，对安平、饶阳、深县、武强四县之间地区发动突然进攻，企图合击120师和冀中区党政军领导机关，并配合冀南作战。

此时，冀中区党政军机关和120师师部及直属队转移到武强县西北的唐旺、张法台、溪村一带。鉴于敌情严重，为防止落入日军合击之中，贺龙决定连夜向西转移到武强西北的任家庄、黄甫树和东西唐旺地区，静观待变。

贺龙判断，从敌人进攻速度来看，他们并不清楚冀中区指挥机关就在这里，否则进攻速度不会这么慢。因此应采取积极措施，在敌人尚未弄清楚情况前，摆脱敌人。就在这时，前方传来重要情报：日伪军2400余人在20多辆坦克、装甲车的掩护下，合围武强西北地区，现已南越沧石路，进抵护驾池。

于是，贺龙果断决定，不再南移，就地备战。因为日军此次行动主要目标在冀南，如果我们再过沧石路，将会陷入他们与冀南日军的合围。日军匆忙过沧石路，说明并未发现我们，但我们必须作最坏的准备。

贺龙一面下令师部和冀中军区迅速组织力量，准备应战；一面急电由大青山开来冀中刚刚到达安平县以西苦水、中央地区的715团星夜南下与师部靠拢。

10日拂晓，由博野、蠡县出动的一路日伪军600余人从邹村向张法台方向发起进攻。为掩护领导机关，王尚荣团长率第715团一夜行军百余里，急进至深县邢家庄，从侧后猛烈袭击日伪军。由安平出动的一路日伪军400余人立即从王村前进增援。

715团素来打仗勇猛，激战整日，连续击退了日伪军的四次冲击，歼敌130余人。傍晚，715团主动撤出战斗，向东转移，与师部靠拢。

日伪军急于增援冀南敌军，匆匆过了沧石路。当夜，贺龙率师部向滹沱河以北肃宁县东南的东湾里、窝北村一带转移。冀中军区党政军机关在吕正操、程子华的率领下安全转移至邻近东湾里的尹家庄。

在此期间，第120师政治委员关向应也从晋察冀边区来到冀中。根据中共中央北方局的意见，由贺龙、关向应、周士第、甘泗淇、吕正操、程子华、孙志远、王平、黄敬组成冀中区军政委员会（贺龙任书记），统一领导冀中区党政军民工作。为了统一军事指挥，成立了以贺龙为总指挥、吕正操为副总指挥、关向应为政治委员的冀中区总指挥部。

这时，师侦察连报告：2月下旬以来，驻河间的日军第27师团第3联队的吉田大队每天都派出不足200人的兵力，到城周围村镇抓夫抢粮。日军的行动很有规律，一般是单日出西门，双日出东门。

▶ 贺龙、周士第、关向应、甘泗淇（右起）在前线阵地上

贺龙认为这是个机会，可以打一次伏击。

2月28日夜，黄新廷、廖汉生率716团从窝北镇夜行军进至距河间城仅4公里的黑马张庄，隐蔽起来。

3月1日晨7点，果然有120余名日军从河间西门出外巡逻，进至黑马张庄。

由于接连遭受重创，日军再也不敢像过去那样大摇大摆地进村搜索，其先头40余人在离村子百米外就停了下来，后面的70多人也相距500米停止前进，十分谨慎小心，进行观察。

此刻的黑马张庄，家家户户屋顶上的小烟筒炊烟缭绕，村头处有三两个老百姓在拾粪，完全是一派宁静的田园晨景。其实这正是八路军迷惑、引诱敌人的布置，连那几个拾粪人也是716团便衣侦察员化装的。

日军观察了好一阵子，看不出有什么异常，于是进到村子边上集合。

就在这时，716团的一个便衣侦察员沉不住气了，扔掉粪叉、粪筐，大喊起来：

"敌人来了，为什么还不打！"

日军猛然一惊，冲他开了一枪。枪声响过，埋伏在这里的3营即猛烈开火，手榴弹和机关枪、步枪子弹从房上房下、屋里屋外同时打向敌人，当场就打倒了一大片。见村子里打了起来，敌后续部队立即向村南侧击，却被埋伏在那里的2营迎头痛击。

两股日军慌乱中退到一片坟地里，继续顽抗，结果又被716团迫击炮连猛揍一顿。战斗打响后，河间城内的日军连续三次增兵，使黑马张庄的兵力

▶ 八路军缴获的部分战利品

达到 450 余人。

为配合 716 团作战，吕正操、程子华冀中区第 30 大队奉命佯攻河间城，迫使日军两面应付。

激战至黄昏，716 团发起猛烈攻击，日军支持不住，狼狈逃回河间城。日军作战素来讲究不丢死尸，这回却丢下 30 多具尸体，逃跑了。

此战，共歼日军 130 余人，缴获轻重机枪、短枪、步枪 60 余支，各种子弹、炮弹 7000 多发，还有毒瓦斯、防毒面具、军毯、自行车等物资。这是 120 师进入冀中 1 个月内取得的第四次战斗的胜利，连同曹家庄、大曹村、邢家庄三次战斗，被称作"四战四捷"，从而稳定了冀中的斗争形势，振奋了冀中军民的抗日精神。

冀中群众亲眼目睹了 120 师英勇奋战、痛击日寇，无比高兴，主动支援。从此，贺龙师长的名字和老八路"亚五"、"亚六"的声威，在冀中大地上传开了。

日军大为震惊，恐慌至极。据当时缴获的日军文件称：

"贺将军此来，对北支之威胁更非昔比。尤其直接威胁平津，不容坐视。必须立即覆灭其势，以确立永久之治。"

3 月 18 日，日军第 27 师团和第 110 师团各一部，连同伪军共 9000 余人，在 2 个坦克连和 4 架飞机的配合下，分别由高阳、雄县、大城、献县、饶阳、安平、藁城等地出动，对冀中发动了第五次围攻。

此次，敌人企图四面合击任丘、肃宁、文安、大城之间地区，妄想围歼 120 师及冀中区党政军领导机关。日伪军先以一部兵力合击领导机关比较集中的肃宁东南窝北镇一带。

当敌人即将进到合击点的时候，八路军以小部队在肃宁西南的南礼岗和东南的窝北镇、饶阳东北的吕汉、献县以西的张村等地牵制迷惑敌人，主力于 19 日夜跳出了包围圈，转移到河间东北的卧佛堂一带。敌人扑了空，随即

▶ 第 129 师某部在冀中地区进行训练

占领了肃宁县城。

23 日，敌人调整兵力，由河间、任丘、沙河桥、大城等地分路出动，一路北进，控制了河间、任丘一线，从西面压迫八路军；一路向东北直扑卧佛堂。

这时，八路军指挥机关和主力再次处在敌人攻击的中心。当晚，冀中军区以一部兵力在大尚屯、卧佛堂西北、齐会村西南和东南牵制、迷惑敌人，掩护 120 师直属队、第 716 团、冀中军区独立第 5 支队等部，向西越过古洋河，转到任丘西北的青塔、天门口一线；冀中军区机关及特务团，向东南越过子牙河再折向南，插到献县东北牛诸寺附近；第 715 团和冀中军区独立第 4 支队一部，向北转移到吕公堡、梁召一带。各部队分散转移后，连续向敌人侧背袭击，消耗和疲惫敌人。

日伪军屡次合围扑空后，虽然占了几座县城，却始终没有找到八路军指挥机关和主力部队，反而又损失了六七百人，只得灰溜溜地向河间、沧县、衡水撤退。

在贺龙等人的领导下，八路军第 120 师主力和冀中军区部队接连取得了五次反围攻的胜利，进行大小战斗 116 次，以伤亡 1200 余人的代价，毙伤日伪军 5900 余人，取得了平原地区连续反围攻作战的经验，增强了坚持平原游击战的信心。

17. 八分钟的夜幕奇袭
——官徒门战斗 (1939.1)

　　1938 年 10 月 25 日，武汉失陷，标志着抗日战争由战略防御阶段逐步进入战略相持阶段。

　　武汉会战后，日军一面停止了正面战场的进攻，加紧对国民党政府的诱降；一面把重点转向华北、华中战场，专心对付共产党领导的八路军、新四军等抗日武装。蒋介石虽说表面上放弃了"攘外必先安内"的反动政策，但其限共、溶共、灭共之心不死，因此在消极抗日的同时又企图妥协谋和，实行既联共又反共的两面政策。日本侵略者与国民党当局在反共这个交叉点上找到了共同语言。一时间，国民党大批将领率部投敌，大搞"曲线救国"。

　　挺进敌后的江南新四军处于日军、伪军和国民党顽固派夹击的复杂形势之中。

　　江南是日军侵华的指挥部所在地，战略地位极其重要，且人口众多、物产丰富，是军需、给养的补给基地。日军是决不容许新四军扎根在这片沃土的。1939 年初，日军开始在南京、镇江、芜湖三角地带进一步增强兵力，采用攻守并用的战术，深入重要集镇，构筑"梅花桩"式的据点，对新四军挺进江南初期创建的茅山根据地进行了大规模的"扫荡"。

　　当初，国民党把新四军放在日军统治力量最强、交通最便利、作战最困难的条件下开展游击战争，虽有牵制日军、配合正面战场的需要，但其主要

▶ 新四军第2支队举行抗日誓师大会

意图还是妄想假借日军之手削弱乃至消灭新四军。然而蒋介石万万没有想到，新四军不仅没有被消弱，反倒在江南站稳了脚跟，不断发展壮大。于是，国民党第三战区抛出了"画地为牢"的毒计，规定江南新四军只能在江宁、句容、丹阳、镇江、当涂、芜湖一带活动，其实质就是为了限制新四军发展壮大。

江南新四军的处境愈发严峻。正如粟裕所形容的："党内外，敌友我，矛盾重重相交错"。

为了打破日军的分割、封锁和分区"扫荡"，争取更主动的局面，粟裕决定选择薄弱之敌或孤立据点实施攻击作战。奇袭官陡门据点，是新四军挺进江南敌后在抗战史上谱写的光辉一章。

官陡门据点位于安徽芜湖近郊日军飞机场外围的扁担河两岸，街道建在河两岸的堤埂上，长不过百米，全是砖瓦房屋，驻有伪军300余人。

粟裕决心亲率第2支队第3团，采取远程奔袭，出其不意地拔掉这个据点。

对这一作战计划，多数同志们认为过于冒险，胜算不大，心里都替粟裕捏了一把冷汗。有的同志则发表了不同意见，认为这个计划不可行。理由有三：

其一，官陡门据点四周河沟交叉，河上只有约1米宽的木板桥贯通，敌人在据点周围设有三层铁丝网和掩蔽工事，可谓易守难攻。

其二，官陡门据点地理位置独特，距铁路不过3里远，离机场也只有6里。南面8里的永安桥、北面10里的年陡均有日伪军驻守的据点。一旦官陡门有风吹草动，敌人必会从西、南、北三面据点派出增援部队，半小时内就可以赶到。从芜湖机场起飞的敌机不到两分钟即可飞临官陡门上空，实施空中支援。

其三，进攻官陡门据点的路线只有两条，不仅要通过几条深不可徒涉的河流，而且必经敌人重兵把守的青山、黄池据点。

粟裕向大家耐心解释：

"过去的三年游击战争是在交通不便的山区打的，而现在我们是在交通发达的平原、水网地区同敌人作战。这就要求我们更加速战速决，必须采取突然的、短促的像闪电一样的突击，打他个措手不及，让他没有还手的工夫。"

说到这里，粟裕作了个形象的比喻：

"我们要像鹰抓兔子式的才行。战斗行动一定要非常迅速，一旦短时间内无法解决战斗，而敌人的增援又快，就必须果断撤出战斗，坚决摆脱敌人，以减少不必要的损失。"

大家纷纷点头表示赞同。

粟裕接着说：

"兵法云：出敌不意，攻敌不备。敌人认为最安全的地方，往往就是最麻痹大意的地方，看似固若金汤的据点，实则疏于防守、不堪一击。敌人绝对料想不到我们会远途奔袭四周有重兵猬集的官陡门据点。只要我们计划周密，行动果断，就一定会成功的！"

善于出奇谋、用奇兵、建奇功的粟裕，这次要在敌人的心脏地带导演一幕出奇制胜的活剧。

1月18日清晨，新四军第2支队司令部驻地狸头桥。狂暴的北风夹杂着豆粒大的雨点从丹阳湖边阵阵袭来。

粟裕作了简短的动员后，就率领部队轻装出发了。为不暴露行踪，部队在冒雨北进50里后停止行动，隐蔽宿营。

19日上午，部队继续在原地休整。下午，粟裕组织部队悄悄上船，突然转向西开，在敌人的眼皮底下偷偷渡过丹阳湖。部队翻过湖西岸的堤埂后，立即换乘早已预备好的几只装肥料的货船，继续隐蔽西进，于午夜时分到达预定地点集结，整装待命。这里距官陡门还有近80里的路程。

20日下午5点，粟裕带领部队冒着凛冽的寒风继续向西疾进。晚8点，按战前部署，掩护部队从南、北两面向青山和黄池的敌人据点隐蔽前进，以保护攻击部队的侧翼安全；攻击部队继续向官陡门搜索前进。

▶ 待命出发的新四军第2支队

21日子夜2点，攻击部队行进至离官陡门约20里的地方。这时一个棘手的问题摆在了粟裕面前。

前方有一条河由于水深需要乘船摆渡。如果走水路，敌人很可能已经封锁渡船，部队会因找不到船而无法过河。如果走陆路，就会多绕10里路。部队已经连续行军近9个小时，人困马乏，十分疲劳。一旦不能在天亮前赶到官陡门发起攻击并结束战斗，就会前功尽弃，甚至还会陷于增援之敌的重兵包围中。

粟裕当机立断，还是走陆路。他命令部队克服疲劳、克服困难、克服饥寒，发扬连续持久的战斗精神，跑步前进。

为节省时间，部队饿着肚子在黑夜中急行军。他们巧妙地通过了敌人的头道桥据点，于4点许神不知鬼不觉地抵达距官陡门约4里路的王石桥。

按照预定作战方案，粟裕率攻击部队主力冲过桥，从西向东打；另一部沿河东岸北进，实施夹击。

凌晨4点正是江南冬日黎明前最黑暗、最阴冷的时刻。据点里的敌人正躺在暖暖的被窝里睡大觉，做着升官发财的美梦。

突然，急促刺耳的铃声划破了寂静的夜空。

原来，粟裕带领攻击部队顺利通过了前两道铁丝网，距敌人的据点已不足30米了。在他们排除障碍、通过最后一道铁丝网时，不小心碰响了铁丝网上的留铃。

粟裕果断命令部队出击。顿时，各种兵器齐发，枪声、手榴弹爆炸声、冲锋号声和"缴枪不杀"的呐喊声响成一片。接着，东岸部队的机枪也打响了。

▶ 新四军第2支队第3团奔袭官陡门后，部队参战人员胜利归来后合影

攻击部队迅速突破铁丝网和其他障碍物，冲进据点。从睡梦中惊醒的敌人还没有弄清到底发生了什么事，就被打得人仰马翻，甚至有的敌人刚从被窝里钻出来，没等穿好衣服，就稀里糊涂地当了俘虏。

趁着敌人惊慌失措之际，粟裕指挥部队一鼓作气，冲到河边，夺取了小木桥，占领了敌指挥部。伪军残部乘夜暗四处逃窜。

整个战斗只用了短短的 8 分钟，连同清扫战场才总共用时 20 分钟。当周围的敌人明白过来，纷纷向官陡门据点增援时，粟裕早已率领部队押着俘虏，带着战利品安全撤走了。

奇袭官陡门，新四军大获全胜，以轻伤 2 人的微小代价，歼敌 300 余人，其中俘敌 57 人，还缴获了一大批枪支弹药。

粟裕指挥游击战的美名在江南广为传颂。国民党军第三战区对他的指挥艺术佩服得五体投地，专门请他去讲授游击战的经验。

面对台下昔日兵戎相见、拼得你死我活，如今在民族存亡关头携手共御外侮的国军将领们，粟裕滔滔不绝，从战法、战术动作到打击对象和目标选择，一连讲了几个小时，既有理论又有战例，生动活泼，通俗深刻。

国军将领们赞不绝口，纷纷表示：听了粟司令的课，真是受益匪浅。

一位曾参与围剿过红军的川军师长颇为感慨：

"粟司令，从前我对你们共产党的军队是有点瞧不起的。可是今天听了你的报告，我才知道你们的水平太高了。共产党里有你这样的人，难怪立于不败之地！以后还请多多关照。"

粟裕指挥敌后游击战神出鬼没，打得敌人胆战心惊。

日军气急败坏又无可奈何地说：

"新四军是个神，你打他时一个也没有，他打你时都出来了。"

18. 平原歼灭战的重大胜利
——齐会歼灭战（1939.4）

1939 年 4 月，正是清明时节，冀中平原春光明媚。

八路军第 120 师自年初挺进冀中以来，和冀中军区部队一起连续打破了日军的第 3、第 4、第 5 次围攻。然而冀中的局势却依然是相当严峻的。敌人依仗优势的军力，侵占了冀中区的全部县城和主要集镇，气焰十分嚣张。

▶ 八路军第 120 师挺进冀中涉渡黄河

冀中平原上，敌人据点林立，炮楼密布，各据点之间相距不过一二十公里，八路军回旋地区大大缩小。日军到处拼凑伪政权，推行"治安肃正"，以据点为依托，经常出来抢粮食、抓民夫，胁迫群众平道沟、修马路，不时集结兵力，梳篦拉网，进行"扫荡"作战，企图在青纱帐起来之前消灭八路军，或将八路军逐出平原，以确保其占领的平、津等要地和津浦、平汉等铁路运输线的安全。

4月18日，第120师师率独立第2旅（辖第4、第5、第716团）转移至河间东北坞家村、卧佛堂、齐会、郭官屯地区，与独立第1旅（辖第1、第2、第3、第715团）会合，休整待机。

20日，日军第27师团的吉田大队800余人和伪军数50人，分乘汽车50余辆，携山炮两门，以及满载弹药、给养的大车80余辆，浩浩荡荡，由沧州开到河间县城。

吉田大队进驻河间，是跟随八路军行踪而来的。但他的情报不甚准确，以为八路军在该地区不过两千左右的兵力，装备简陋，弹药奇缺。于是，吉田决定出兵"扫荡"，打八路军一个措手不及。

不过，与八路军交手一年多，吉田也明白这支部队与不堪一击的国民党军队不同，不仅作战勇猛，而且出奇得顽强。另外，吉田还知道眼前的对手是贺龙指挥的八路军120师一部，肯定更加难对付。于是在出发之前，他特意命令部下尽量多携带弹药。各种炮弹、手榴弹、掷弹筒，满满装了几十辆大车，仅山炮炮弹就带了420多发。这在当时日军的"扫荡"作战，是一个很大的数量。就连日军士兵也感到惊讶：

"扫荡作战中，就数这次携带的弹药多得出奇。"

22日，八路军第120师召开各旅、团首长和师直营级以上干部会议，部署整训工作。当晚在师部驻地召开联欢大会，贺龙师长、关向应政委、周士第参谋长等领导都来到会场，与官兵同乐。

联欢大会正开的热闹，侦察员气喘吁吁地跑来报告：吉田大队已进驻三十里铺，离120师不到15公里。

联欢大会立即变成了战斗动员大会。贺龙说：

"同志们！为了巩固和发展冀中抗日根据地，这三个月来，我们各部队并肩作战，密切配合，取得了一连串的胜利。同志们连续行军打仗，都很疲劳了，原想让大家休息一下，但敌人不让我们休息，现在已经送上门来了，怎么办呀？"

说到这里，贺龙扫视全场，挥动右手，斩钉截铁地说：

"既然敌人把礼物送上门来，能不收下吗？本来今天晚上叫战斗剧社给同志们演几个小戏，现在就不演了，各部队立即带回。大家辛苦一下，熬个夜，把工事修好，隐蔽待机，听命令行动。我们要在冀中平原打一个漂亮仗，等战斗胜利以后，再来开一次祝捷大会！"

▶ 贺龙在会议上讲话

简短的战斗动员结束后，贺龙、关向应、周士第等人立即回到指挥部，分析敌人攻击方向，是由西向东，还是由北向南？最后判断：向东可能性较大。因为向东距八路军领导机关驻地路线最短，同时可以得到西北方向任丘、北面吕公堡、南面沙河桥、东北方向等敌的策应配合，对八路军形成四面围攻的态势。

当时，黄新廷的第716团位于全师的最西面。敌人如果向东进犯，716团

▶ 冀中军区武装工作队向敌占区进发

首当其冲。根据以上分析判断，贺龙、关向应作出周密部署：

以第716团正面交战，视战斗发展情况，以主力断敌退路，尔后合围攻歼；以少量兵力警戒各据点之敌，阻敌增援，保证主力攻歼的成功。

贺龙等人对此次大举来犯的吉田大队并不陌生，此前也曾交过手，知道这股敌人兵员充实，老兵多，火力强，弹药足，战术技术好，官兵信奉法西斯主义，有武士道精神，即使在失利的情况下，仍十分顽固，宁死不降；而我军武器装备差，弹药又不充足，火力远逊于敌人。因此决定采取白天固守，夜间反击，连续包围，不断杀伤，最后歼灭的基本战法。

一切部署完毕后，贺龙又特别叮嘱黄新廷：敌人如果向东进犯，你们"亚六"（八路军第120师进入冀中区后，对外使用了"亚洲部"的代号。第715团称"亚洲部第五团"，第716团称"亚洲部第六团"。后来，冀中老百姓就把两个团称作老八路"亚五"、"亚六"）首当其冲。你们团是打头阵的，白天一定要守住，紧紧抓住敌人，大量杀伤、消耗、疲惫敌人，夜间要坚决果断地反击；敌人如果逃跑（敌不善夜战，通常天黑就收兵），就与兄弟部队协同，包围歼灭敌人。

23日拂晓，日军由三十里铺大举东进，在占领南、北齐曹后，在炮火的掩护下，向齐会村发起猛攻。

齐会，是冀中平原上一个十分普通的村庄，有四五百户人家。村里有一条南北大街，两旁是住房和小巷。街东是一片较坚固的砖房。村四周有通往各村的交通沟，村南有一座小石桥，桥下一片大坑，水比较深，除村东地形平坦外，其他三面都有许多坟地、树林和楞坎，地形较复杂，利于固守。

驻守齐会村的是第716团第3营。指战员们早已动员群众疏散，在村内外构筑了防御工事。村口和沿街的门户都已堵死，墙上开了射击孔，房顶上垒了掩体，作好了战斗准备。

战斗打响后，3营被日军包围在村内，与驻小店的团部联络中断。营长王祥发根据原定方案指挥全营，英勇奋战，顽强抗击，待敌人冲到阵地前五六十米时，以猛烈火力并结合反冲击大量杀伤敌人。

日军猛攻数次均未得逞，恼羞成怒，随即施放毒气，焚烧房屋。3营官兵沉着应战，与敌逐街逐院争夺，最后退守到村东一角，仍死死拖住敌人，以待主力于黄昏时展开全线出击。

黄新廷见3营形势危急，为实现师首长制定的调集主力围歼日军之部署，命令第1营和第2营主力对敌实施反包围，第7连火速由东南增援第3营。

上午，7连成功地突破日军包围圈，杀入齐会村，增强了村内坚守力量，并形成内外夹击态势。

激战大半天，日军在顽强的八路军面前毫无办法，进攻屡屡受挫，吉田大队长下令集中炮火，猛轰齐会村，并向

▶ 八路军第120师的机枪阵地

北面的大朱村发射毒气弹。

此时，贺龙正在大朱村指挥战斗。突然，日军打过来几发毒瓦斯弹，有的就在贺龙附近爆炸了。顿时，毒气弥漫。贺龙与120师司令部的20余人都中了毒。一时间，头晕目眩，呼吸困难，泪流满面。医务人员赶来抢救，要求贺龙立即离开。

▶ 八路军第 120 师前沿部队冒着毒气向日军进攻

贺龙坚决不同意，向医务人员摆了摆手。休息片刻后，又起身继续指挥作战。命令黄新廷指挥第 716 团第 1、第 2 营在天黑后，与村内第 3 营相配合，对日军实施内外夹击；命令独 1 旅第 715 团和第 2 团第 1 营去齐会西南的留古寺、东西宝车设伏，防止敌人南逃；命令独 2 旅第 4 团到齐会以西的张家庄、四公子村阻敌西逃，第 5 团第 1 营警戒任丘方向。其余部队作为预备队并警戒周围其他日军据点。这样，就布置好了一张歼灭吉田大队的天罗地网。

下午，独 2 旅第 5 团在麻家坞地区击退由任丘增援的日军 300 余人，冀中军区第 27 大队在大广安击退由大城增援的日军 200 余人，地方游击队牵制了由吕分堡增援的日伪军 100 余人。这样，进攻齐会的日军吉田大队完全陷入了孤立无援的境地。

晚 8 点，第 715 团第 1、第 2 营由齐会村东北，第 716 团第 3 营及第 715 团第 7 连由村中，同时向敌人发起攻击。

日军据守部分房屋及村沿工事顽抗。战斗十分激烈，村内村外一片火海。王祥发营长身负重伤，腿被敌人打断。以"猛虎"著称的第6连连长余志杰在突击敌机枪阵地时中弹，被打出肠子。但他解下绑腿缠住肚子，继续冲锋，直到第二次腹部受伤，才被送下火线。

腹背受攻的日军死伤惨重，再也坚持不住了，遂向南逃窜。24日拂晓，当日军逃到马村附近时，遭到埋伏在那里的第715团猛烈打击，即仓皇掉头向东北方向逃窜。

贺龙下令第715团和3团对日军紧追不舍实施第二次包围，从三面展开攻击。日军只得向东逃进一个叫找子营的村庄，以少数兵力依托村街房舍阻击八路军，掩护大部向南留路猛攻，企图继续向东突围。不料，正撞上从郭官屯赶来的独1旅第3团，又遭到一阵迎头痛击。

为阻敌逃跑，第3团一连粉碎了日军9次冲击，伤亡很大。战斗呈白热化，团政委朱吉昆3次负伤不下火线，最后身中数弹，英勇牺牲。日军多次拼死突围夺路不成，逃窜至找子营与南留路的树林道沟，一面焚尸，一面作最后的挣扎。

贺龙当即调整部署，决定昼围夜攻。黄昏时分，第715团第1营由张曹，第3团第1营自南留路，第2团第2营自北留路，同时向被围日军残部发起总攻击。

日军被歼一部，余部退缩到南留路西

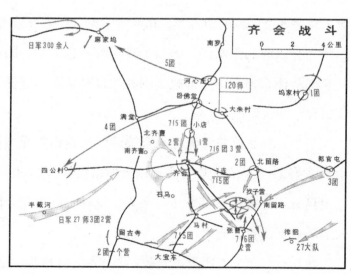

▶ 齐会战斗示意图

南的张家坟地。这时已是25日凌晨，日军为突出重围，集中兵力、火力，猛攻第716团第2营的张曹村阵地，企图打开缺口，向南逃跑。但未能得逞。

天亮后，日军再次攻击南留路，但仍无功而返。此时，经过几天的连续战斗，日军只剩下不足百人，粮弹告罄，彻底丧失了反扑能力，只得固守待援。

黄昏时，大风骤起，沙土飞扬，天空一片昏暗，伸手不见五指。残余日军趁机突围南窜。第715团马上尾随追击20余里，歼残敌一部。仅剩下40多敌人，如丧家之犬般逃进了河间以东的沙河据点。

值得一提的是，在这场战斗中，有一位外国人参加，并为战斗的胜利做出了贡献。他就是伟大的国际主义战士诺尔曼·白求恩。

白求恩到冀中后，一直随第120师行动。战前，他跑到师部向贺龙要任务。

"你和医疗队就和师部在一起吧？"贺老总非常关注白求恩的安全。

白求恩严肃地说：

"我们是医疗队，得靠前呀！八路军战士们需要我们和他们在一起。"

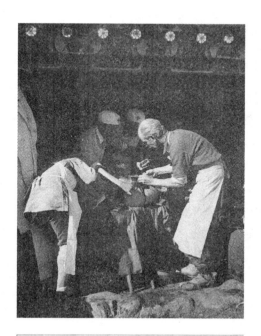

▶ 白求恩为八路军伤员进行手术

贺龙听了，高兴得笑了，同意了白求恩的要求，并专门派人通知各部队：告诉战士们，白求恩大夫就在你们身旁，和你们在一起战斗！

战斗打响后，在离齐会村不远的一座小庙里，白求恩开设了战场包扎所，连续69个小时不停的工作，给115名伤员做了手术。在给王祥发营长、徐志杰连长等重伤员做手术时，白求恩感叹道：

"毛泽东的战士了不起！"

战斗结束后，120师向八路军总部报告：

是役，经 3 昼夜连续作战，敌伤亡 700 余，死尸除焚烧者外，我得遗尸 100 余具，生俘日军 7 名，缴获掷弹筒 3 具，山炮架 1 个，炮弹 40 余箱，防毒面具 70 余具，毒瓦斯 10 余筒，望远镜 2 架，子弹万余发。

为什么没有缴获枪支呢？原来，日军被围困在张家坟地时，感到末日来临，便将一部分枪支砸毁，大部分武器挖坑埋于日军尸体之下。当时八路军未能发现，所以，报告上没有提到枪支和两门山炮。也算是中国华北抗日战场上一大奇闻吧。

5 月 1 日，国民党第二战区副司令长官卫立煌给蒋介石发电：

冀中，河间敌 27 师团之渡左进联队二千余，附伪军一部，养晚向东北之齐会进犯。经我贺师长亲率 358 旅主力迎战，敌利用大量毒气顽强抵抗。经梗、敬、有三昼夜之激战，卒将顽寇击溃，毙伤敌七八百（遗尸二百余具），生俘日兵二十余，缴获轻机枪十余挺、步枪二百余支、炮弹四十余箱、毒瓦斯十余箱、大车五十余辆，军品至黔。我靡战于毒气迷雾中，中毒贺师长（经解救现尚不能言语）以下官兵五百余，死亡营、连长及旅政治部副主任以下官兵七百余。

贺龙师长亲临前线指挥作战，中毒负伤，党中央十分关注，中共中央书记处于 3 日致电贺龙：

电讯传来，惊悉在此次河间战斗中，你亲临炮火，冲锋杀敌，致中毒负伤，其他指战员同志亦多中毒者，我们无任系念。尚望安心治疗，为革命保重。同时，请代中央向一切受伤指战员同志致亲切慰问之意。

26 日，中共中央机关报《新中华报》以《华北新胜利与贺师长光荣负伤》为题发表社论：

河间一役，我贺师英勇杀敌，战况剧烈空前，我方斩获极众，获得极大胜利。消息传来，全国振奋。不但给了敌人"扫荡"计划以有力回击，增加在敌后活动的其他游击队胜利的信心，并以事实揭破了部分别有用心的顽固分子对八路军的造谣中伤、恶意宣传的鬼计。……我贺师长

▶ 贺龙与萧劲光、张经武

更于河间战斗中，亲率全体官兵，英勇出入敌阵地，冒烈毒焰，击溃顽敌，虽不幸中毒负伤，但这是光荣伟大的，是为了国家民族的利益，证明了共产党员坚定不移的奋斗意志，英勇牺牲的伟大精神，是抗日前线的民族英雄。

齐会战斗是120师在冀中平原上进行的一次规模较大的成功的战斗，揭穿了国民党顽固派对八路军"游而不击"的恶意中伤。蒋介石也不得不承认八路军战功卓著，分别致电阎锡山、朱德及贺龙，表彰120师。

在致朱德的电报中说：

"俭申电悉，贺师长杀敌致果，奋不顾身，殊堪嘉奖！除宣战绩外，希转电慰勉为要。"

在致贺龙的电报中说：

"贺师长，贵恙至深，系念。兹发医疗费3000元，由总部承领转给，以资疗养，特电慰问，并祝健康。"

19. "名将之花"凋谢在太行山上
——黄土岭战役（1939.11）

1939年10月下旬，日军华北方面军调集第110、第26师团和独立混成第2、第3、第8旅团各一部，共2万余人，分多路对晋察冀抗日根据地北岳区进行大规模的"扫荡"。

11月初，日军独立混成第2旅团独立步兵第1大队主力1000余人，在大队长辻村宪吉大佐率领下，准备兵分三路向晋察冀军区第1分区所属的银坊镇、走马骚、灰堡等地区"扫荡"。

晋察冀军区第1分区司令员兼政委杨成武得知这一情报后，立即向聂荣臻报告，准备利用白石口至雁宿岩的峡谷，伏击日军。聂荣臻同意这一作战计划，决心以第1分区、第3分区及第120师一部歼灭敌人。

11月2日，辻村宪吉亲率日军两个步兵中队、一个炮兵中队和部分伪军共600余人，由涞源城出动，向南进犯。

3日清晨，天刚蒙蒙亮，日军进至雁宿岩，即遭八路军部队伏击，全部被歼。辻村大佐重伤被俘，拒医而死。

聂荣臻针对日军每遭歼灭必急于进行报复

▶ 1955年被授予上将军衔的杨成武

性"扫荡"的特点,指示杨成武,立即将部队撤离战场,隐蔽于适当的位置,待机再战。

果然不出聂荣臻所料。日军独立第2混成旅团旅团长阿部规秀中将听到辻村大佐全军覆没的战报后,气得七窍生烟,暴跳如雷,决定亲自率队"讨伐",以挽回"皇军"的颜面。

52岁的阿部规秀是接替去年被八路军击毙的常冈少将,出任独立第2混成旅团旅团长的。该部在日军中堪称精锐,而阿部规秀在日本军界被誉为精通山地战的"名将之花",任伪"蒙疆团驻屯军总司令",又是擅长运用新战术的"俊才"。他骄野成性、轻狂自负,积极致力于对八路军实施野蛮刁钻的"山地讨伐的进攻战术"研究,深得上司赏识。在对抗日根据地实施冬季大"扫荡"的组织和指挥中,阿部规秀竭尽所能地施展其所谓的"俊才"天华。

日军的旅团长一般由少将出任,中将则可荣膺师团长之职了。阿部规秀是上月才被晋升为中将军衔的,并担任北线进攻晋察冀抗日根据地的总指挥。

辻村大队被歼,使阿部规秀在刚刚晋衔之后如同挨了八路军一记响亮的耳光,大为丢脸。为了报复,4日晨,阿部规秀亲自率精锐之师独立步兵第2、第4大队1500余人,乘着上百辆汽车,向南越过内长城,翻过白石口,气势汹汹直奔雁宿岩扑来,进行"扫荡"。其作战方案是:走辻村的老路,以小部分兵力在雁宿岩诱使八路军伏击,而后用主力进行反伏击,企图歼灭晋察冀军区第1分区主力。

阿部规秀狂妄自大,根本看不起装备简陋的八路军。临行前,他在留给女儿的一封家信中是这样写的:

爸爸从今天起去南方战斗!回来的日子是十一月十三四日,虽然不是什么大战斗,但也将是一场相当的战斗。八时三十分乘汽车向涞源城出发了！我们打仗的时候是最悠闲而且是最有趣的，支那已经逐渐衰弱下去了，再使一把劲就会投降……圣战还要继续，我们必须战斗。那么再见。

聂荣臻决定采取"一逗二让三围攻"的计策，杀日军一个下马威。他指示杨成武，统一指挥第1、第3、第25团，游击第3支队，第3军分区第2团，第120师特务团等部，共6个团的兵力，在民兵的配合下，先用游击队将敌人诱至银坊，使敌扑空，将主力隐蔽在黄土岭附近，准备围歼敌人。

日军刚过白石口，即遭小股游击队的伏击。随后，游击队节节引诱，向银坊撤退，一路上打打停停，停停打打。直到银坊，阿部规秀既没有消灭掉这支游击队，也没有找到八路军的主力。

为发泄辻村被歼的仇恨，阿部规秀下令放火焚烧民房。顷刻间，银坊上空浓烟滚滚，火光冲天。

4日夜，阿部规秀率部到达雁宿崖村。5日拂晓，日军进至张家坟一带，游击第3支队、第1团各以一部节节抗击，诱敌深入；第25团、游击第3支队各一部前出至涞源城东五回岭、浮图峪，城西灰堡、石佛袭扰和迷惑日军。

阿部规秀不敢怠慢，立即率队追击。可是他一上路，游击队一反昨天的打法，就不再袭扰，这使阿部规秀的神经更加紧张。经过一天的"爬山游行"，虽然很平安，但他和他的士兵都疲乏极了。于是，他下令在司各庄一带宿营，大肆烧杀抢掠。

6日，日军在游击队的诱击下，于黄昏时分进抵黄土岭。

杨成武决心在黄土岭东北上庄子至寨头之间狭谷伏击日军，遂命第1团及第25团一部并加强第1军分区炮兵连占领寨头东南、西南高地；第3团占领上庄子东南高地；第2团占领黄土岭东北高地；特务团由神南庄北进，从黄土岭东南方向加入战斗。

当夜，阿部规秀发现黄土岭西北方向有八路军部队活动，感到有被围歼的危险，遂决定天亮后率部向上庄子、寨头方向边侦察边交替掩护运动，企图避开八路军主力，绕道返回涞源城。

7日清晨，黄土岭地区阴雨绵绵、浓雾缭绕，整个战场笼罩着神秘的气氛。阿部规秀率部冒雨出发了，先头部队携重机枪和轻机枪数挺，十分警觉地先占领路侧小高地，而后示意大队跟进。中午12点，日军先头部队已接近黄土岭东部。下午3点，日军全部离开黄土岭，陆续进入峡谷中的小路。

阿部规秀满以为自己的这招"金蝉脱壳"之计很成功，却始终没有发现早已埋伏在两侧高地的数千八路军主力。

见日军已经完全进入包围圈，杨成武下令发起围攻。第1、第25团迎头拦击，第2、第3团与特务团从南、西、北三个方向进行合击包围，猛烈攻击。

日军猝不及防，很快就被压迫到仅2公里长、百十米宽的山沟里。轻重机枪清脆的哒哒声和迫击炮咚咚的爆炸声响成一片，打得山沟里的敌人人仰马翻，尸横遍地。

阿部规秀此时也慌了手脚。面对八路军四面包围，这位"山地战专家"无计可施，只得命令收拢残部，抢占上庄子东北高地，企图集中力量，向东猛扑寨头阵地，杀出一条生路。但遭到第1、第25团的顽强阻击，无法前进。无奈之下，阿部规秀又命令后卫部队向黄土岭方向突破，以图西逃。谁知第2、第3团及特务团如铁钳般牢牢地封住袋口。日军连接发起两次冲锋，均告失败。

突围不成，阿部规秀急忙召集官佐在黄土岭至上庄子之间的一个小院子里研究逃生办法。但他做梦也没有想到，这一切恰好被八路军第1团团长陈正湘通过望远镜看得清清楚楚。

陈正湘后来回忆说，当时他正在用望远镜观察敌军，突然发现在教场南山根部的一个小山包上，几个日军军官举着望远镜向我军阵地观察，在距小山头近百米的独立小院内，腰挎战刀的日军军官进进出出。

战斗经验丰富的陈正湘立即判断这是日军的观察所和指挥所，便急令分区炮兵连长杨九秤率部迅速上山，在团指挥所左侧展开，隐蔽构筑阵地。

杨九秤目测距离后报告：

"直线距离约800米，在有效射程之内，保证打好！"

随着陈正湘一声令下，4发炮弹呼啸而出，像长了眼睛似地钻进小院里爆炸。顷刻间小山包上的敌人抱着死尸和伤员下山去，独立小院的敌人跑进跑出，异常慌乱。

据日军的回忆文章叙述：射向阿部规秀的4发炮弹极有章法，第一发测距，第二发打远，第三发打近，阿部的幕僚们都是战斗经验丰富的家伙，已经预料到第4发炮弹会很有威胁，只是没想到八路军会打得那样准，正砸在这一群人脑袋顶上开花！

▶ 八路军迫击炮连炮击日军

日军指挥部遭受炮击，使敌人恐慌异常，拼命向黄土岭突围。在八路军勇猛痛击下，经过数小时激战，日军被歼过半，攻势顿挫、战法大乱，不得不收缩兵力固守待援。当晚，被八路军压制在上庄附近狭谷底部的日军残部连续突围十余次，均告失败。

黄土岭战斗打响后，为解救阿部规秀，驻涞源、蔚县、易县、满城、唐县、完县的日军第110、第26师团及独立混成第2旅团余部纷纷出动增援。但均遭到各县区游击队的袭扰和牵制，行动迟缓。

8日晨，5架日军飞机向被围日军空投粮食弹药和七八个军官。8点左右，

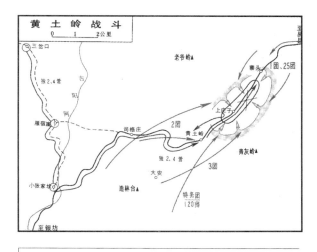

▶ 黄土岭战斗示意图

日军在飞机掩护下向上庄西北突围。八路军第1团和第25团一部果敢插上,将突围日军拦腰切断,并包围了被阻截在上庄子的200余名日军。大约有400名日军突围到上庄子西北高地,继续向司各庄方向逃窜。

第3、第2团分从左右翼展开迂回追击。特务团也及时杀到,从左翼投入战斗,与逃跑日军展开激战。一时间,枪声如同山呼海啸般地轰响着。

鉴于日军援军正分路向黄土岭合击,其先头部队仅距战场数公里,为避免遭敌包围,在给予突围日军再次杀伤后,八路军主动撤出战斗。

黄土岭战斗,八路军以伤亡540人的代价,毙伤日军精锐之独立混成第2旅团900余人,缴获火炮5门,长短枪几百支,还有200多辆满载军用品的骡马车。可惜的是,有两三门炮因为来不及搬运,只好埋在黄土岭河滩里了。

当时,八路军并不知道击毙了日军中将阿部规秀。数日之后,才从敌人广播和报纸上获悉:

"日军蒙疆驻屯军司令兼第二独立混成旅团旅团长、黄土岭战斗的日军最高指挥官——阿部规秀中将中炮身亡!"

据称,日军华北方面军司令官多田骏在接到阿部规秀被击毙的战报后,呆呆地坐了半天,最后哀叹道:名将之花凋谢在太行山上。

击毙日军中将指挥官,在华北战场还是第一次,在中国人民的抗战史上也是第一次,极大振奋了全国抗战军民的热情。八路军总部和全国各地友军、抗日团体、著名人士,纷纷来电祝贺。全国各大报纸,纷纷报道黄土岭战斗胜利的消息。

12月30日，毛泽东和王稼祥给聂荣臻等发来嘉奖电：

　　　　二十七日电悉，中央各同志闻之极慰，望坚持奋斗，百折不回，再接再厉，保存此全国光荣、全党光荣的根据地。祝你们健康。

蒋介石也致电朱德：

　　朱总司令：

　　据敌皓日播音，敌辻村部队本月江日向冀西涞源进犯……支日，阿部中将率部驰援，复陷我重围，阿部中将当场毙命。等语。足见我官兵杀敌英勇，殊堪奖慰。希饬将上项战斗经过及出力官兵详查具报，以凭奖赏，为要。

　　　　　　　　　　　　　　　　　　　　　中正
　　　　　　　　　　　　　　　　　　　　　二十八年十二月

▶ 抗日战争时期的延安

　　参加黄土岭战斗的八路军各部队听到这个喜讯后，立刻着手寻找阿部规秀的遗物。当天就找到了穿在一名战士身上的镶着两颗金星领章的阿部规秀的黄呢子大衣。很快，一把嵌有银菊花（据说是阿部家族的族徽）的指挥刀也被找到了。

　　后来，军分区把这些战利品送到了军区，军区又派人送到延安……

20. 国民党第一次反共高潮的彻底粉碎
——磁武涉林战役 (1940.3)

1938 年 10 月武汉沦陷，标志着抗日战争由战略防御进入战略相持阶段。

此时，日军一面加紧对国民党诱降，一面把重点转向解放区战场；而蒋介石虽说已放弃了"攘外必先安内"的反对政策，但溶共、灭共之心不死，因此，在消极抗日的同时又企图妥协谋和，实行既联共又反共的两面政策。这样，日本侵略者与国民党当局在反共这个交叉点上便找到了共同语言。国民党大批将领率部投敌，一时间，降将如毛，降官如潮，大搞"曲线救国"，其实质就是反共。

1939 年 1 月，国民党五届五中全会公然制定了"溶共、限共、防共、反共"的反动方针。紧接着又秘密颁布了《共产党问题处置办法》等多项旨在限制和迫害共产党的政策措施，致使反共乌云四处翻滚，军事磨擦屡有发生。仅 1939 年，陕甘宁边区的反共"磨擦"就达 150 余起。这期间，国民党顽固派在山东博山太河镇、河北深县、河南确山竹沟镇、湖南平江和湖北新集等地，发动武装袭击，制造了一系列流血惨案。

"风起于青萍之末"。国民党制造的一系列流血惨案和武装"磨擦"，预示着更大规模的反共逆流即将掀起。

1939 年 11 月，国民党六中全会进一步确定了将政治限共为主转为以军事限共为主的方针，抗战以来第一次反共高潮随之而起。

▶ 中国共产党领导的山西青年抗敌决死队之一部

12月上旬，阎锡山在晋西地区发动十二月事变，袭击由共产党领导的山西新军，其中央系军队胡宗南部又袭占陕甘宁边区的镇原、宁县等城。随后，国民党当局又调集正规军、地方武装十余万人，大肆进犯华北各抗日根据地。

在忍无可忍的情况下，中共中央为维护抗日民族统一战线，指示八路军对国民党顽固派军队的猖狂进攻，采取"人不犯我，我不犯人；人若犯我，我必犯人"的原则和"有理、有利、有节"的斗争策略，开展自卫斗争，狠狠教训国民党顽固派。

至1940年初，八路军的自卫反击取得了成效，在西北巩固了陕甘宁边区，在山西迫使阎锡山部停止军事冲突；在冀南、冀鲁豫边等地痛击了勾结日军、破坏抗战的国民党军第39集团军等部。

然而，国民党顽固派是不甘心失败的。在连遭失败后，蒋介石于1940年2月初，令占据磁县、武安、涉县和清丰等地区的朱怀冰和石友三等部再次向太行、冀南地区的八路军进攻，同时令第41、第71军由黄河以南渡河北上，向太行山南部开进，协同朱怀冰、石友三等部，企图夺取太行、冀南抗日根据地。

国民党军第97军军长朱怀冰是个一贯反共、破坏抗日统一战线的"磨擦专家"。1939年12月初，朱怀冰率部进至冀西，抢占要点，包围压迫八路军第129师青年纵队、冀西游击队等部，摧残抗日政权，反动气焰十分嚣张。

一天，朱怀冰来到八路军总部，气势汹汹地要朱德把太岳、太（行山）南一带让给他，并理直气壮地说：

"这是蒋介石的命令，军令、政令必须统一，八路军应执行这个命令。"

朱德淡然一笑，回答：

"你们抗日，我们也抗日，为什么我们建立的根据地要让给你们？委员长这个命令是行不通的。"

"你不执行此命令，就休怪我们动武！"朱怀冰似乎忘记了在跟谁说话。

为团结朱怀冰部，八路军副总司令彭德怀和第129师师长刘伯承，先后亲赴冀西，一再劝说冀察战区总司令鹿钟麟和朱怀冰，要以民族大局为重，和八路军真诚团结、枪口对外、共同抗日。同时表明八路军的严正立场，劝其停止搞磨擦，一致对外。

但朱怀冰等人置若罔闻，依然我行我素，指使国民党别动第4纵队侯如墉部和河北民军乔明礼部，向驻赞皇地区的八路军平汉抗日游击纵队发动进攻。

八路军第129师第385旅主力、冀西游击队及冀中部队遂进行自卫反击，重创侯、乔两部。朱怀冰自觉孤军难保，心虚胆怯，率部与鹿钟麟一起南撤至磁县、武安、涉县地区。

2月中旬，国民党顽固派军队在反共军事进攻的不利形势下，又调集兵力，向太行、冀南等抗日根据地发动了更大规模的进攻。

▶ 朱德（右）与彭德怀在山西省武乡县王家裕

朱怀冰卷土重来，再次充当反共急先锋，率部进攻太行抗日根据地，即在武涉公路以南、漳河以北，层层筑堡挖沟，用以封锁八路军、截断交通补给，抢夺粮食及军需品，大肆摧残抗日群众团体，杀害抗日政府干部和民众。仅在白土、池上一带，就活埋抗日民众数十人。

尤其是2月18日，朱怀冰突然以两个团的兵力向八路军驻磁县以西北贾壁、大湾村之抗日先遣支队第1大队及青年纵队第2团进攻，打死打伤100余人。

八路军为顾全大局、团结抗战，一忍再忍，一让再让。朱德、彭德怀致电国民党当局，呼吁消除磨擦，团结对敌。然而，朱怀冰视八路军软弱可欺，一再侵袭，得寸进尺，猖狂至极。

为彻底粉碎朱怀冰部的猖狂进攻，八路军总部决定由刘伯承师长、邓小平政委指挥，并调晋察冀军区南进支队和冀中警备旅进入太行区，配合第129师反击朱怀冰部的进攻。

2月下旬，朱怀冰第97军所属2个师共8000余人已远离太行山南部顽军主力，突出于磁县、武安、涉县地区。其中，第94师系国民党嫡系部队，装备较好，分布于泽布交、崔炉至岭底、十布槽、贾壁一带；新编第24师原系东北军，装备较差，位于石泊镇以南张家庄、禅房至台华、关防、东西达城地区；军属补充团分布于两师接合部之庙庄、南坡、桃花山及前后李家；军部在东西花园。

此时，国民党冀察战区总部位于林县以北、任村集以东地区。总司令鹿钟麟因在过去多次搞磨擦中连续失败，以及国民党已撤其河北省主席职务，对搞磨擦不再积极；而驻磁县、林县地区策应朱怀冰部进攻的新编第5军军长孙殿英，为保存和发展实力，暗中采取观望态度。

针对顽军部署，刘伯承、邓小平决定抓住朱怀冰部孤立无援的时机，利用国民党军队之间的矛盾，争取鹿钟麟、孙殿英两部中立，于3月初在平汉路以东部队打击石友三部的同时，集中平汉路以西13个团的兵力打击朱怀冰部。

刘伯承在战前部署任务时，再三强调打蛇要打"七寸"，集中力量打击朱怀冰这个反共急先锋，而且要集中力量打击朱怀冰的第94师与军直属队，争取新24师不参战。具体作战部署是：

青年纵队第1、第2、第3团，晋察冀军区挺进支队第1、第5团，冀中警备旅第1、第2团共7个团组成中央队，于战前进至石泊镇、冶陶镇、固义等地后，由北向南，分别在新24师与第94师接合部之庙庄、西姣、南坡及新24师前沿之前后何家坡，迅速消灭其第1线部队，突入关防、岭底，尔后向东突击，消灭朱怀冰之军部及第94师，尽力争取新24师不参战，如争取不成一并消灭。独立支队、师特务团和第386旅新编第1团一部组成右翼队，于战前进至杨耳庄后，由西南向东北进攻，首先占领并扼守南王庄、齐家岭，尔后分兵伸向北王庄、南北两岔口，突击可能向西南逃窜之顽军。先遣支队第1大队为左翼队，位于贾壁东南地区，由东南向西北攻击朱怀冰部之右侧背，防止顽军向东南逃窜，并派出部队向彭城、和村、伯延镇等地之敌进行游击侦察。独立游击支队为别动支队，位于漳河以南，首先破坏许家滩、南北阳城渡口浮桥，然后在漳河南岸古城至观台间，选择隘路要点，堵击可能南逃之顽军，并监视孙殿英部。另由八路军第2纵队指挥第115师第344旅、第129师第385旅、新编第1旅、山西青年抗敌决死第3纵队等部，在壶关、陵川地区，牵制长治以南的国民党军。

3月4日黄昏，参战各部队进入预定集结地区。5日凌晨，反击作战打响了。

邓小平随中央队前进，直接指挥整个战役。第129师参谋长李达负责指挥中央队。中央队的青年纵队由冶陶经鞍子岭向南，进攻由第97军补充团守备的庙庄、西岐、南坡、1420.5高地、1361高地、桃花山及前后李家、前后牧牛池阵地。

在青年纵队发起进攻的同时，晋察冀军区挺进支队司令员陈正湘、政委

▶ 八路军第 129 师某部为反击国民党顽军举行战前干部动员大会

刘道生率领第 1、第 5 团，由石泊镇经王金庄、刘家庄向南，进攻前后何家、禅房、青阳山等地的新 24 师第 70 团。

在进抵刘家庄后，挺进支队参谋长晨光遵照邓小平的指示，亲自去和新 24 师谈判，以争取该部中立，让开前进道路。

晨光对第 70 团崔团长恳切相劝：

"我们都是东北人，东北人要以张学良将军为榜样，要热爱祖国，热爱东北，热爱家乡的父老兄弟姐妹。东北军要和八路军联合起来打日军，打回老家去，不要跟国民党顽固派干祸国殃民、破坏抗战的事情。这次八路军反击国民党顽军朱怀冰的进攻，完全是为了自卫。希望你们以抗日为重、以前途为重，保持中立，让开道路。"

谈判从 5 日凌晨 2 点起一直持续到拂晓，但第 70 团就是不明确表态。晨光感到该团已被反动军官控制，对谈判毫无诚意。

这时，青年纵队已向顽军补充团右翼纵深发起数次猛烈攻击，第 1 团攻下 8 座碉堡，第 2 团攻下 5 座碉堡，但未能突破顽军的碉堡群。为增加中央突击力量，李达决定冀中警备旅向顽军补充团的左翼立即展开进攻，并决定挺进支队仍不要发起对新24师的攻击,再给他们一次选择的机会: 是欢迎谈判、保持中立,还是拒绝谈判、妄图顽抗。

冀中警备旅在王长江旅长、旷伏兆政委率领下,迅速抵进到顽军补充团占据的山脚下,投入战斗。恰好友邻部队1门机关炮运上了警备旅阵地,李达即令该炮归警备旅指挥。王长江、旷伏兆让该炮试射两发看看效果。不想这门口径27毫米的家伙威力并不很大,但声音很响,一炸一个火球,把碉堡里的顽军吓得钻出来乱爬乱藏。炮停后,顽军又钻回碉堡。

王长江、旷伏兆观察到这个情况,立即令各团以营、连为单位,将顽军分割包围、各个击破。待各团部署完毕,营、连迅速穿插,进到预定地点之后,王长江、旷伏兆集中迫击炮连和机关炮连,向当面仍在凭碉堡固守的顽军进行炮火急袭,战场上一片烟雾火海。战士们乘顽军钻出碉堡东躲西藏之机,猛扑上去,一阵冲杀,顽军碉堡一个一个被迅速攻克。

天渐渐亮了,战斗仍在继续。青年纵队司令员徐深吉带着副司令员易良品和政治部主任吴富善到前沿观察,发现顽军碉堡大多在山顶端,山高坡陡,易守难攻。同时还发现第1团右侧由北向南有一条山梁子,山脊上有少量碉堡,两侧没有工事,可以避开碉堡两侧山坡迂回,直达牧牛池附近的最高山上。

徐深吉当即命令第1团政委王贵德指挥1营由山梁迂回上去,直插顽军补充团团部所在地牧牛池村,打乱顽军的指挥机关,造成前后夹击当面顽军的态势。

开始,顽军只注意到正面的攻击部队,没有发现从侧后方包抄上来的部队。当发觉八路军已插向牧牛池时,顽军阵地全面动摇,有的钻出碉堡狼狈逃窜,有的从碉堡里举起白旗缴枪投降。不多时,青年纵队和警备旅将顽军50余座碉堡全部攻占了,歼顽军补充团大部,残余顽军向牧牛池东南逃跑。

此时,晨光仍在与第70团进行谈判,陈述其利害,希望他们能翻然悔悟。但直到7点,还是没有谈判成功。新24师70团不仅不让开道路,反而变本加厉,从碉堡内向外射击。

陈正湘、刘道生及时向李达并邓小平报告了上述情况。邓小平、李达立即命令对第70团发起攻击。

挺进支队第1团在张家庄村西，第5团在张家庄东北，同时发起攻击。战至午后，将第70团据守的40余座碉堡全部攻占，俘顽军100余人，余部向关防、两岔口撤退。至此，古台、牧牛池以北顽军碉堡100余座及全部村庄、高地均被八路军攻占。

当晚22点，中央队主力会合于前后牧牛池，一部进至古台，一部继续向刘家坡、苏家攻击前进。第97军主力在中央队沉重打击下，退集于南北两岔口、东西花园、南北贾壁一带。

在中央队进攻时，左、右翼两队也似两把利剑，直刺顽军的左右胸。

左翼队在晋冀豫军区副司令员兼晋冀豫边游击纵队司令员王树声指挥下，于4日下午由固镇出发，当夜以两个连进到崔炉西南新庄、马庄、天并一带，袭扰该地第94师部队，主力进至张尔庄东南山地，阻止顽军向东南逃窜。

右翼队在386旅参谋长周希汉和独立支队司令员桂干生指挥下，由杨耳庄出发，途经河西岸孙殿英部驻地。周希汉会见该部军官，说明这次反击是由于朱怀冰部不断向八路军进攻引起的，并要求孙殿英部让开道路。

孙殿英部见八路军力量强大，又鉴于他们和朱怀冰部之间存在矛盾，便立即让开道路。

当右翼队进至峪门口时，迅速将国民党军冀察游击第2纵队第4支队700余人击溃，攻占南王庄、齐家岭，歼灭第97军1个营。

顽军2000余人凭借老爷山、天保寨（北王庄以南）据守，并连续发起三次反扑，企图夺取齐家岭，均被击溃。因天保寨、老爷山地势险恶，不易攻取，右翼队仍以主力扼守齐家岭，一部顺河向甘泉、北王庄推进，兜击顽军，防止其从西南方向逃窜。

6日拂晓，中央队主力由苏家庄经刘家庄向杨家堂、南北贾壁突击，与顽军第94师、军部独立团展开激战，缴获炮4门、轻重机枪13挺、步枪200余支，俘顽军200余人。

左翼支队亦由东南向张二庄、青碗、南北贾壁、陶泉突击，占领30余座碉堡阵地，击溃陶泉方面之顽军，并将池上、张二庄青碗、南北贾壁占领。

清晨，中央队主力和左翼队同时向朱怀冰军部及94师发起了迅雷不及掩耳之势的猛烈攻击。朱怀冰根本没有料到八路军这样迅速直捣他的心脏，搞得措手不及。顽军在南北两面猛烈夹击下，溃不成军，遗弃全部辎重及后方机关，在南北阳城、许家滩抢渡漳河后，向林县方向逃窜。

为坚决将顽军歼灭在林县、科泉之线以北地区，不给顽军以喘息的机会，邓小平命令除左翼支队留在漳河以北，肃清残敌，打扫战场外，其余部队立即分成三路展开猛烈追击。以挺进支队、警备旅由两岔口、北王庄经东西达城、古城、任村集向林县猛追，首先控制林县城及合涧镇，随即向东横击，向北兜击。青年纵队由南北贾壁经东西交口、东西岭等地渡漳河，向磊口、科泉猛追，控制磊口、科泉后，随即向西横击，向北兜击。右翼队主力全部轻装，由台家口、小王村渡过漳河，直插芦家寨、燕科、东西岗等顽军必经地区，阻滞顽军南逃。

7日拂晓，右翼队第386旅新1团3营营长张成宽率

▶ 八路军某部在阵地上严阵以待

领突击队协同独立支队1团抢渡漳河，迅速占领芦家寨北面山头，发现山下黑压压一片乱喊乱叫的人群，遂抓了几个俘虏查问，原来是逃窜至此的顽军正在集结。张成宽迅速将这一情况报告旅参谋长周希汉和独立支队司令员桂干生。

周、桂立即命令2个连在山头掩护，另5个连分路直插山下，冲乱打散顽军。战士们犹如猛虎下山，直向山下冲去。数千顽军在八路军的突然打击下，惊慌失措，人仰马翻，遗弃的武器比比皆是，散守于芦家寨、东西岗附近各山头。乘顽军四散逃窜时，右翼队迅速抢占了芦家寨南面山头，堵住了顽军南逃之路。

此时，中央队挺进支队第1、第5团和冀中警备旅正昼夜兼程，向林县方向追击溃逃的顽军。8日拂晓前，第1团追至姚村以北2.5公里处，1营拦住了由左翼山上跑下来的一股顽军，猛打猛冲。经过短兵相交，在2营的配合下，1营俘虏500余人。

当团长宋玉琳、政委朱遵斌从俘虏口供里获知前面还有大批顽军后，即令1、2营将俘虏交给团部临时俘虏收容所，迅速向南追击。

追至姚村以南、孝子庄西侧时，2营遇到一支形迹可疑的队伍。他们虽佩戴着新5军符号，并自称是孙殿英的部队，但个个衣衫不整，神情慌张。

根据上级介绍的孙殿英的部署位置及俘虏的口供，这一带没有孙殿英的部队。宋玉琳团长果断命令2营立即将这股队伍包围起来，勒令缴械投降。这股人被缴械后，才承认他们是朱怀冰的部队，本想冒用新5军番号，蒙混过关，不料还是被八路军识破了。

这时，姚村东南、孝子庄东北方向传来激烈的枪声和手榴弹爆炸声。陈正湘估计是3营在左后方遇到了大股顽军，就立即令宋玉琳率1、2营增援3营。

当1、2营赶到3营正在战斗的丘陵地带，听说是堵住了朱怀冰的军部，都异常兴奋。宋团长重新部署，令3营从左面迂回，1营从正面攻击，直插纵深，采用内外夹击、分割包围的战术向顽军发起攻击。

此时，挺进支队第5团、冀中警备旅也都相继赶到，投入战斗。激战至11点，

▶ 八路军某部在行军中

歼顽军近3000人，还抓到了朱怀冰的三姨太。

这个可怜的三姨太战战栗栗地哀求不要杀她，并说在她昏头昏脑、东躲西藏中把孩子丢了，请求八路军帮她找孩子。1团3营教导员高诗荣立即令几名战士分头到附近山沟里寻找，终于找到了孩子。

歼灭这股顽军后，挺进支队和警备旅由孝子庄、大河头继续向东进行横击、向北进行兜击。青年纵队由东交门和西岭之间渡过漳河向顽军猛追。

15点，青年纵队主力到达顽军侧后林县东北之魏家庄及南北卷，第1团立即攻下西卷以西高地，第3团同时也攻下马家山村及以东高地，残余顽军向西逃跑。

司令员徐深吉和政委易良品命令第1、第3团紧追乘势由东向西横击顽军，与由西向东横击顽军的挺进支队、警备旅密切配合向北突击。

正在追击中，从第1团左侧插上来一支队伍，有数百人之多，突然停在路边不走了。这时已是傍晚时分，天黑沉沉的，吴承忠团长看不清楚，便问是哪个部队。

对方回答：2营。

吴承忠还以为是自己2营掉队的人，就大声批评道：

"2营在前面追击敌人去了，你们还不快赶上去，停在这里干什么？"

还是政委王贵德比较细心，走前两步，影影绰绰地看到对方有戴大盖帽的，便机警地回转身拉了拉吴承忠的衣服。吴团长立刻明白了，是逃跑的顽军。

形势万分危急。顽军是一个营的部队，而第1团的部队都在向前追击，吴承忠和王贵德身边只有几个警卫员。

好个吴承忠，临危不乱，向身边的警卫员耳语了几句，要他立即去叫特务连赶上来。警卫员见顽军就在眼前，担心首长安全，不肯离开。吴承忠猛推警卫员一把，警卫员才急忙离去。

为了稳住这股敌人，吴承忠一边示意王贵德和警卫员做好战斗准备，一边又开始继续"批评"起来：

"你们都是干什么吃的，磨磨蹭蹭的，像个小脚女人……"

顽军2营早就被八路军打怕了，当受到吴承忠"批评"时，已感到末日来临。想跑，可四周全是八路军的部队，又能跑到哪里去呀。

正在进退两难、动摇不定时，特务连跑步上来了，连长大喊一声：

"同志们！抓俘虏呀！"

战士们接着一齐高喊：缴枪不杀！

顽军2营官兵束手就擒。

经整日激战，在八路军东西两面夹击下，朱怀冰第97军军部、第94师、新24师、冀察游击第2纵队夏维礼部及新2师金宪章部大部被歼，余部经横水、科泉南逃，在林县以南、临淇以北的南马卷地区，又被八路军独立游击支队截击，最后仅剩2000余人逃入修武县境内。

3月9日，国民党第一战区司令长官卫立煌出面请求八路军停止追击，表

▶ 八路军某部召开祝捷大会

示愿意谈判。中共中央为了使斗争适可而止，遂命令停止追击朱怀冰残部，并提出休战。

此役仅用 4 天时间，迅速、干脆地歼灭了朱怀冰第 97 军及其他反动武装万余人，其中活捉朱怀冰部第 94 师参谋长蒋希文、鹿钟麟部参谋长王斌、武安自卫军军长胡象乾等以下官兵 8000 余人，缴获步枪 4000 余支、轻重机枪110 余挺、炮 5 门，将冀西和武安、涉县、磁县地区之国民党顽军全部驱逐。

3 月中旬，八路军主动后撤至漳河以北，随后与国民党第一战区驻山西南部地区的部队达成了停止武装冲突的协议，以临（汾）屯（留）公路和长治、平顺、磁县之线为界，该线以南为国民党军驻区，以北为八路军驻区。

为表示不愿扩大武装冲突的诚意，八路军在对俘虏进行教育后，分批交还给了朱怀冰、鹿钟麟等部，并派人把他们的家眷送了回去。这种正义行动，得到了广大中间势力的同情和支持，进一步孤立了顽固势力，最终彻底粉碎了国民党顽固派发动的第一次反共高潮。

21. 青天霹雳太行头
——百团大战（1940.8-12）

青天霹雳太行头，

万里阴霾一鼓收。

英帅朱彭筹此役，

竟扶危局定神州。

这是刊登在 1940 年的《八路军军政杂志》上一首赞颂百团大战的七言诗。

百团大战，是八路军在抗日战争中参战兵力最多、规模最大、时间最长、战果最为卓著的一次大战役，导致这次战役的发动原因是与当时的国际和国内形势有一定的联系。

1940 年是国际法西斯力量全盛的一年。

在欧洲，德国战车横扫丹麦、挪威、比利时、卢森堡和荷兰，世界强国法国也只抵抗了 6 个星期，便向纳粹竖起了白旗，欧洲反法西斯斗争步入低潮。在亚洲，日本决心乘德国法西斯军队在西欧和北欧迅猛推进，美国尚未完成战略，西方诸国无力东顾之机，积极实行"南下"政策，攫取英、美、法、荷等国在东南亚和西南太平洋的殖民地，以早日实现"大东亚共荣圈"。

为放手南进，日本妄想迅速解决中国问题，使中国成为其"南进"的后方基地。为此，一面加紧对国民党政府的军事讹诈，扬言要"南取昆

▶ 百团大战纪念碑

明，中攻重庆，北夺西安"；一面加紧进行政治诱降，汪伪政权在日本人的一手扶植下粉墨登场，日蒋媾和谈判也在紧锣密鼓的进行着。一时间，妥协与投降的乌云笼罩在中国的上空。而在华北，日军疯狂推行"肃正建设计划"和"以铁路为柱，公路为链，碉堡为锁"、企图分割各抗日根据地的"囚笼政策"，八路军面临着严峻的考验。

为粉碎敌人的"囚笼政策"，争取华北战局更有利的发展，并影响全国的抗战局势，配合正面国民党军作战，以消除国民党妥协投降的危险，争取时局好转，八路军总部决定发起一场破袭华北日军占领的交通线和据点的大规模战略性进攻战役。

1940 年 7 月 22 日，八路军总司令朱德、副总司令彭德怀等发布《战役预备命令》，规定以不少于 22 个团的兵力，大举破袭正太铁路。同时要求对同蒲、平汉、津浦、北宁、德石等铁路及华北一些主要公路线，也开展广泛的破击，以配合正太路破袭战。

正太铁路，东起石家庄，西至太原，横越太行山，是连接平汉、同蒲铁路的纽带，也是日军在华北的重要战略运输线之一。为保卫这条运输线，日军在正太铁路沿线驻有重兵，为独立混成第4旅团全部和独立混成第8、第9旅团各一部。

8月8日，朱德、彭德怀等正式发布作战命令，规定：晋察冀军区破击正太铁路石家庄至阳泉段；第129师破击正太铁路阳泉至榆次段；第120师破击平遥以北的同蒲铁路和汾阳离石公路，并以重兵置于阳曲南北地区，阻击日军向正太铁路增援。命令要求八路军参战各部在破击交通线的同时，相机收复日军占领的据点。

▶ 八路军和民兵破击正太铁路

当时，日军在这些地区和据点共驻有3个师团、5个独立混成旅团以及2个联队、10个大队等，共计20余万人，另有飞机150架和伪军15万人。八路军参战兵力为晋察冀军区36个团，第129师和决死第1、第3纵队及总部直属共42个团，第120师和决死第2、第4纵队共27个团，总计为105个团，约27万人，"百团大战"也由此而得名。

8月20日20点，一颗颗红色信号弹腾空而起，各方八路健儿如猛虎下山，英勇地冲向敌人的车站、据点。霎那间，雷鸣般的枪炮声、爆炸声响彻在整个正太路，震撼了华北大地。

战役首先在娘子关打响。

娘子关，太行山咽口，三晋门户，号称"天下第九关"。自 1937 年 10 月被日军占领，至今已有 3 年。这里山势陡峭，易守难攻。

当夜，晋察冀军区在司令员兼政委聂荣臻的指挥下，以 18 个步兵团、1 个骑兵团又 2 个骑兵营、5 个游击支队，在部分炮兵和工兵配合下，组成左、中、右三个纵队，分别向正太铁路东段日军独立混成第 8 旅团大部和独立混成第 4 旅团一部展开攻击。其中，右纵队主攻娘子关。

战斗开始后，日军据险顽抗。经过 3 个小时的反复冲杀，八路军终于啃下了这块硬骨头，收复娘子关。尔后，破坏了娘子关以东的桥梁和通信线路。

与此同时，向娘子关至微水段进攻的中央纵队，连克蔡庄、地都、北峪、南峪等日军据点，并破坏两座桥梁。其中，争夺井陉煤矿的战斗最为激烈。

井陉煤矿与开滦、中兴煤矿并称日占华北三大煤矿，此处不仅煤质好，而且年产 200 余万吨。日军对矿区一直严加保护，派其精锐独立混成第 8 旅团的一个大队在此驻防，并在矿外筑起了高墙、碉堡，四周还架设电网。八路军担任主攻的是晋察冀军区赫赫有名的红军团——"老三团"。

22 点，总攻开始。很快，"老三团"占领了矿区，并在矿工的支援下，破坏了矿区的主要设施，致使其停产半年之久，日军损失达 1 亿日元。

23 日，因石家庄方向的日军大举增援，加之连日降雨，河水泛滥，严重妨碍作战行动，晋察冀军区部队遂转移兵力，对铁路、桥梁、隧道实施全面破击。

在晋察冀军区发起破袭战的同时，8 月 20 日晚，第 129 师在师长刘伯承、政治委员邓小平指挥下，以 8 个团、8 个独立营的兵力，组成左翼破击队、右翼破击队和中央纵队，对正太铁路西段日军独立混成第 4 旅大部和独立混成第 9 旅一部展开猛烈攻击；另以 2 个团会同平定、辽县、榆社等地方武装，分别对平辽、榆辽公路进行破击，并牵制各点守敌，保障主力侧后的安全。

左翼破击队一部进攻芦家庄，连克碉堡 4 座，歼日军 80 余人；右翼破击

队一部攻击桑掌和铁炉沟等据点，歼日军 130 余人。

21 日，第 129 师为阻止日军从侧背攻击破路部队，命令预备队一部抢占阳泉西南 4 公里处的狮垴山高地。

从 23 日起，阳泉日军在飞机支援下，并使用化学武器，不断向狮垴山猛攻。第 129 师阻击部队英勇奋战，坚守六天六夜，歼日军 400 余人，保障了破击部队翼侧的安全。

经数日激战，第 129 师控制了正太铁路西段除阳泉、寿阳以外的大部分据点及火车站，严重破坏了该段的路轨、桥梁、隧道，使正太铁路西段陷于瘫痪。第 120 师也在师长贺龙、政治委员关向应指挥下，以 20 个团的兵力破击同蒲铁路北段和铁路以西一些主要公路，并攻占阳方口、康家会、丰润村等据点，歼日伪军 800 余人，切断了同蒲铁路北段和忻县至静乐、汾阳至离石等公路。为配合正太铁路和同蒲铁路北段的破击战，第 129 师和晋察冀军区还令所属部队出动 50 多个团的兵力，在游击队和民兵的配合下，对平汉、平绥、北宁、同蒲、白晋、津浦、德石等铁路线和一些主要公路，以及日军占领的许多据点，进行了广泛的破击和袭击。　　八路军主力同时从各个方向对正太路等交通要道展开大规模的破袭战，日军极为恐慌，急忙从白晋铁路、同蒲铁路南段抽调第 36、第 37、第 41 师各一部，配合独立混成第 4、第 9 旅向八路军第 129 师反击；从冀中、冀南抽调约 5000 人的兵力，配合独立混成第 8 旅向晋察冀军区部队反击。

9月2日，日军合击正太铁路南侧的安丰、马坊地区。八路军第129师以4个团的兵力英勇抗击，毙伤日军200余人。6日，第129师第386旅和决死队第1纵队各两个团于榆社西北双峰地区包围日军1个大队，击毙400余人，打破了日军的合击。

为策应第129师作战，晋察冀军区以4个团向正太铁路北侧盂县地区的日军出击，迫使正太铁路南侧的日军北援。同时，第120师对同蒲铁路忻县至太原段的破击，也有力地牵制了日军对正太铁路的增援。

截止到9月10日，正太铁路沿线铁轨、车站、桥梁、涵洞等均被破坏，同蒲、平汉、德石、白晋等铁路以及主要公路亦被截断，日军华北主要交通线全部陷入瘫痪。百团大战第一阶段——交通破击战胜利结束。

由于八路军突然而猛烈地破击日军占领的交通命脉，使日军联络中断，到处被动挨打，陷入一片慌乱之中。汉奸、伪军更是惶恐不安。沦陷区人民则异常振奋，自发地支援八路军作战。

9月16日，为进一步扩大战果，八路军总部发出第二阶段作战命令：第120师主力对同蒲铁路北段宁武至轩岗段进行彻底破坏，再次切断同蒲铁路北段的交通；晋察冀军区主力破击涞源至灵丘公路，并夺取涞源、灵丘县城；第129

▶ 抗日战争中八路军前方政治部举办百团大战图片展览

师重点破击榆社至辽县公路，收复榆社、辽县。

八路军转入战役的第二阶段——攻坚战，继续破坏日军交通线，重点攻占交通线两侧及深入抗日根据地的日伪军据点。

22日，晋察冀军区以8个团、3个游击支队、2个独立营组成左翼队、右翼队和预备队，发起涞灵战役，进攻日军独立混成第2旅和第26师及伪军各一部。

▶ 八路军第129师某部攻入榆社日军指挥部

右翼队重点攻击涞源县城。但由于八路军缺乏攻坚器材，守城日军负隅顽抗，并施放毒气。经通宵激战，未能得手。23日，右翼队转为攻击涞源外围日军据点。激战至24日夜，日军外围堡垒全部被拔除，但守城日军仍凭借坚固城防，继续死守。至26日，八路军相继攻占三甲村、东团堡等10余处据点。28日，3000余日军由张家口增援，进抵涞源城。为避免遭敌合击，右翼队遂转移兵力于灵丘、浑源方向，协同左翼队先后攻占了南坡头、抢风岭、青磁窑等日军据点。

10月9日，驻大同日军出动1000余人前来增援。晋察冀军区遂主动退出战斗，结束了涞灵战役。此役共歼灭日伪军1000余人。

在晋西北，八路军第129师以第386旅和决死队第1纵队两个团组成左翼队，以第385旅组成右翼队，于9月23日发起榆辽战役，向驻守榆辽公路的日军独立混成第4旅展开攻击。

至 30 日，左翼队经过艰苦奋战，攻占榆社县城，歼日军 400 余人。右翼队攻占榆辽公路上的小岭底、石匣等日军据点后，准备协同新编第 10 旅进攻辽县。不料，驻和顺、武乡的日军同时出援，第 129 师遂决定停止攻城，转移兵力于红崖头、官地垴地区伏击由武乡出援的日军。第 385 旅在向伏击地域开进途中，与日军援兵 600 余人遭遇，经 15 小时激战，日军虽被消灭过半，但余部依托有利地形进行顽抗，双方形成对峙。同时由和顺出援的日军突破新编第 10 旅狼牙山阻击部队阵地。为避免遭受过大伤亡，第 129 师主动撤出战斗，榆社复为日军占领。此役共歼日军近 1000 人。

在冀南，八路军第 120 师为配合涞灵、榆辽地区的作战，对同蒲铁路北段再次进行大规模的破袭，切断了该线交通。第 129 师所属冀南军区以 12 个团的兵力，对日军正在修筑的德石铁路和邯济铁路以及一些重要公路线，进行了破击，共歼日伪军 1700 余人。

在冀中，冀中军区部队于 10 月 1 日发起任河大肃战役。至 12 日，在任丘、河间、肃宁等地攻克日伪军据点 29 处，破坏公路 150 公里，歼日伪军 1500 余人。

第二阶段作战，八路军攻克日伪军据点多处，平毁了部分封锁沟、墙，打击了伪政权组织，进一步扩大了抗日根据地。华北日军遭到八路军连续重创后，深感八路军对其威胁的严重性，为稳定局势，巩固占领区，遂调集重兵，从 10 月 6 日起，先后对华北各抗日根据地进行大规模的报复"扫荡"，百团大战遂转入第三阶段——反"扫荡"。

10 月 6 日，沁县、襄垣日军在榆社、辽县日军的配合下，以近万人的兵力，对中共中央北方局、八路军总部等领导机关所在的太行抗日根据地榆社、辽县、武乡、黎城间地区进行连续"扫荡"。

19 日，八路军总部下达反"扫荡"作战命令，要求各部队与地方党政机关和广大群众密切配合，广泛开展游击战，坚决消灭进犯之敌，粉碎日军的"扫荡"。

10 月下旬，在彭德怀的直接指挥下，八路军第 129 师第 385、第 386 旅和新编第10旅主力及决死队第1纵队2个团于山西武乡关家垴地区，将日军第36师团冈崎大队500余人包围，歼其400余人，并给武乡、辽县增援之敌以沉重杀伤，

▶ 八路军第129师部队在反"扫荡"中缴获的日军野炮

极大地打击了日军的嚣张气焰。

从10月13日起，日伪军以万余人"扫荡"平西抗日根据地。11月9日，日军又以万余人"扫荡"北岳抗日根据地，并占领了晋察冀军区领导机关所在地阜平。平西和北岳抗日军民以内外线相配合，广泛开展游击战，连续伏击、袭击日军后方交通线，迫使日军大部撤退。

从11月17日起，日军约7000人"扫荡"太岳区。第129师所属太岳军区将主力编成沁东、沁西两个支队，在游击队和民兵的配合下，在沁河两岸活动，寻机打击日军。至27日，歼日军近300人，迫使其于12月5日撤退。

在华北大地，在太行山区，到处燃烧着反"扫荡"的烽火。八路军不顾连续作战的疲劳，采取灵活机动的战术与敌周旋，历时两个月，分别迫敌收缩和退却，反"扫荡"取得重大胜利。

12月5日，八路军总部宣布，百团大战正式结束。

在历时三个半月的百团大战中，八路军在地方武装和广大人民群众的紧密配合下，共作战1824次，毙伤日军2万余人、伪军5000余人，俘日军280余人、伪军1.8万余人，拔除据点2900多个，破坏铁路470余公里、公路

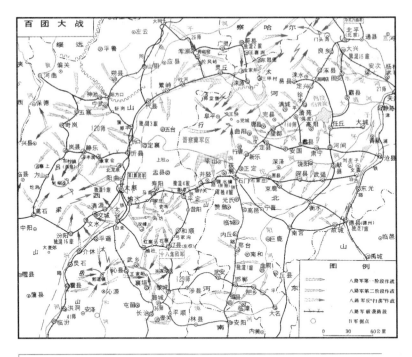

▶ 百团大战示意图

1500 余公里，缴获各种枪枝 5800 余支，各种炮 50 余门。同时，八路军也付出了伤亡 1.7 万余人的重大代价。

日军在遭受打击后惊呼："对华北应有再认识"，并从华中正面战场抽调 2 个师团加强华北方面军，对华北各抗日根据地进行更大规模的报复作战。

百团大战在世界反法西斯战争处于低潮、中国抗战面临困难、妥协投降空气甚浓的形势下，八路军在华北地区发动的一次规模最大、持续时间最长的带战略性的进攻战役，严重地破坏了日军在华北的主要交通线，收复了被日军占领的部分地区，沉重地打击了华北日军，牵制了日军对西北、西南大后方的进攻，打乱了日军侵华部署，有力地支援了国民党正面战场。

捷报传来，举国上下一片欢腾；在弥漫着悲观气氛的大后方，八路军的胜利犹如春雷炸响，使军心民气为之一振。就连蒋介石也不得不致电朱德、彭德怀，"贵部窥此良机，断然出击，予敌甚大打击，特电嘉奖！"

百团大战，是规模空前的进攻战，是中国抗战以来前所未有的，既便是在世界范围内，也可称上是反法西斯阵营中最先发起的战役大反攻。

百团大战，无疑是中国"抗战史中最光荣的一页"！

22. 嚣张跋扈韩德勤黄桥兵溃
——黄桥战役（1940.9-10）

●连遭两记闷棍，冷欣气急败坏地说："粟裕真厉害，我们上了大当，吃了大亏"

1938 年 10 月武汉沦陷，标志着抗日战争由战略防御进入战略相持阶段。

日军一面停止了正面战场的进攻，加紧对国民党政府的诱降；一面把重点转向华北、华中战场，专心对付共产党领导的八路军、新四军等抗日武装。蒋介石虽说表面上放弃了"攘外必先安内"的反对政策，但其限共、溶共、灭共之心不死，因此在消极抗日的同时又企图妥协谋和，实行既联共又反共的两面政策。

于是，日本侵略者与国民党当局在反共这个交叉点上找到了共同语言。国民党大批将领率部投敌。一时间，降将如毛，降官如潮，大搞"曲线救国"，其实质就是反共。

挺进敌后的江南新四军处于日军、伪军和国民党顽固派夹击的复杂形势之中，处境愈发严峻。正如粟裕所形容的："党内外，敌友我，矛盾重重相交错"。

为加强统一领导，集中力量打破敌顽夹击，新四军军部决定将第1、第2支队的领导机关合并。1939 年 11 月 7 日，新四军江南指挥部在江苏溧阳水西村正式成立。陈毅任指挥，粟裕任副指挥。

▶ 1939年，新四军第2支队部队领导人合影（左三为粟裕）

自此，陈毅、粟裕二人开始了令后人津津乐道的"陈离不开粟、粟离不开陈"的亲密合作。

陈毅恢弘大度，卓有远见，对粟裕更是知人善任，把指挥重任全盘交给他，让他尽情施展；作为陈毅的助手和下级，粟裕非常敬重年长自己6岁的陈毅，也没有辜负陈毅的厚望，把军事才能发挥得淋漓尽致。二人合作可谓珠联璧合，相得益彰。

几乎在新四军江南指挥部成立的同时，国民党六中全会进一步确定了将政治限共为主转为以军事限共为主的方针，抗战以来第一次反共高潮随之而起。

面对日益严峻的江南局势，周恩来同新四军领导人商定了"向北发展、向东作战、向南巩固"的战略方针。

陈毅、粟裕非常拥护这一战略方针，认为苏北地区盛产粮、棉、盐等战略物资，拥有2000多万人口，具有极其特殊的战略地位，是侵华日军、国民党顽固派和新四军三种力量的必争之地。这里既是控制日寇沿长江进出的重要翼侧，又是连接新四军与八路军的纽带。苏北的抗日局面打开以后，向南可以和江南新四军、抗日游击部队相呼应，扼制长江下游，直接威胁南京的日本侵略军总部和汪精卫伪政府；向北、向西发展，可以与山东、淮南、淮北抗日根据地相连接，直通华北、中原。

但江南新四军正处于日、伪、顽势力的夹击之中。尤其是国民党第三战区抛出"画地为牢"的毒计，规定江南新四军只能在江宁、句容、丹阳、镇江、当涂、芜湖一带活动，其实质就是为了限制新四军发展壮大。如何冲破国民党当局的束缚，实现"向北发展"呢？陈毅、粟裕二人一时也没有想出什么好计策来。

恰在这时，一个千载难逢的良机出现了。

苏北地方实力派、鲁苏皖边区游击总指挥李明扬，通过他的同乡、国民党第三战区副司令长官兼第 25 军军长王敬久，搞到了 10 万发子弹。王敬久要李明扬自己派人去取。因为途中要通过日军的重重封锁线，李明扬苦思冥想后，就给陈毅写了一封亲笔信，请新四军帮忙。

11 月 11 日，陈毅接到了李明扬的求援信，不禁喜上眉梢，连忙找来粟裕。

粟裕看过信后，兴奋地一拍桌子，大声说："好啊，来得正是时候！我们何不将计就计，由卢胜、陶勇率领第 4 团团部和第 2 营，担任护送弹药的任务，乘机渡江北上。"

"妙计，妙计！看来，李明扬这个忙我们是一定要帮的！"陈毅哈哈大笑。

没过几天，弹药顺利地送到了李明扬的手中。负责押运的新四军部队自然就顺理成章地渡江北上，进入苏皖边区，与先前渡江北上的梅嘉生支队会师，合编为苏皖支队。不久他们又与活动在淮南的八路军第 5 支队取得了联系。

陈毅、粟裕联手走出"向北发展"的关键一步棋后，紧接着又走出了另一步妙棋。

叶飞率领老六团由苏南开到扬中，与管文蔚部合编为新四军挺进纵队，然后渡江北上，在扬州、六合、泰州地区开展游击战。这样，大江两岸的苏南、苏中、淮南三面联通，互为犄角，造成了新四军足跨长江两岸、随时可向苏北发展的有利态势。

对新四军北上和八路军南下，远在陪都重庆的蒋委员长如坐针毡。在他看来，皖南新四军处在国民党第三战区顾祝同的重兵包围之中，"如瓮中之鳖，手到擒来"，而陈毅、粟裕指挥的江南新四军虽身处敌后，却"如海滨之鱼，稍纵即逝"。一旦新四军北上与南下八路军携起手来，共同经营华中，后果不堪设想。于是，蒋介石密令第三、第五战区和鲁苏战区的国民党军队，截断新四军与八路军的南北联系，使新四军陷于皖南、苏南狭窄地区，然后再乘机拔掉这个眼中钉。

▶ 新四军一部在行军中

1940 年 6 月，大江南北上空，反共风云密布。

顾祝同、冷欣、韩德勤、李品仙等国民党顽固派已摆好了从南、北、西三面向新四军进攻的阵势。国民党第一游击区副总指挥、第 63 师师长冷欣对新四军江南指挥部早就虎视眈眈、跃跃欲试，国民党江苏省政府主席兼苏鲁战区副总司令韩德勤也已切断了江上交通线，步步进逼北渡长江的新四军部队。

粟裕敏锐地感到形势紧迫，危机四伏，是最后抉择的时刻了。他向陈毅直抒己见：江南新四军如再不渡江北上，必将深陷冷欣的重兵包围之中。

6 月 15 日，陈毅一面让粟裕筹划部队北移事项，一面急电中共中央和新四军军部，称"我决心布置移往苏北"。

狡猾的冷欣察觉到江南新四军有渡江北上的意图后，立即连夜调集 2 个团赶来堵截。

18 日，当顽军行至茅山脚下的西塔山附近时，被早已在此守候多时的粟裕率部迎头痛击，狼狈而逃。

好戏还没有结束。

不甘心失败的冷欣重整旗鼓，掩军杀来。

粟裕胸有成竹，巧施"金蝉脱壳"之计，引诱前来"扫荡"的日军和顽军交上了火。黑夜里，双方都误以为对方是新四军。结果，迫击炮、掷弹筒、重机枪统统派上了用场，热火朝天地打了起来。激战了几个小时后，才发觉上了当。

一连吃了粟裕两记闷棍，冷欣又气又怕，连声说："粟裕真厉害，我们上了大当，吃了大亏。"

7月8日，陈毅、粟裕率新四军江南指挥部主力渡过运河，越过沪宁线，顺利到达长江北岸的塘头地区。

●许多年后，新中国的电影工作者将东进黄桥的故事搬上了银幕

1940年7月12日，新四军江南指挥部改称苏北指挥部，陈毅、粟裕分任正副指挥，下辖第1、第2、第3纵队，共9个团，7000余人。

当时在苏北斗争形势错综复杂。日本侵略军的力量最大，占领了长江北岸及运河沿线各县城和要镇。其次是时任国民党江苏省政府主席、素有"磨擦专家"之称的韩德勤，控制着东台、兴化、阜宁及广大乡村。此人是典型的顽固派，从

▶ 新四军苏北指挥部指挥陈毅和副指挥粟裕在一起

不抗日，一向反共，自诩拥兵 10 万，视新四军苏北部队为心腹大患，欲除之而后快。再次就是李明扬、李长江部，控制着泰州和如皋以南地区。此外，还有驻曲塘一带的税警总团陈泰运部。李、陈属地方实力派，深受韩德勤的排挤和歧视，政治态度也与韩有差异，存在着一定的矛盾。

陈毅、粟裕认为，新四军力量还很弱小，仅开辟了吴家桥小片地区，要想在苏北站稳脚跟，执行中共中央关于独立自主开辟苏北、发展华中敌后抗战的战略任务，迟早会与韩德勤兵戎相见，一决雌雄。因此，争取李、陈等地方实力派保持中立，便成为新四军在苏北斗争的关键。经反复研究，二人制订了"联李、击敌、反韩"的斗争策略。

接下来，陈毅、粟裕又作出东进黄桥、开辟以黄桥为中心的抗日根据地的重大决定。

进军黄桥，必经李明扬、李长江防区。陈毅、粟裕研究决定同"二李"谈判，明确告诉他们，新四军东进后，把每个月能收税 5 万元的吴家桥地区让给"二李"。作为交换条件，"二李"协助新四军东进。

大凡出色的政治家、军事家都很清楚：在外交上没有永远的敌人，也没有永远的朋友，只有永远的利害关系。因此，取得外交的成功，对自身的生存和发展都是至关重要的。

陈毅，这位新中国成立后的第二任外交部长，就是一位天才的外交家。他深知在错综复杂的苏北政治棋局中，韩德勤并不是万能的。由地方实力派和政治掮客排列组合成的万千世界，联合也好，结盟也罢，无时不在变化之中。以"二李"为代表的地方实力派担心韩德勤一旦过于强大，自己的地盘被吞掉，财路就会丧失。对他们而言，无论是韩德勤还是新四军变得过于强大都是他们所不愿意看到的。如果和新四军搞交易可以捞到好处，他们又何乐而不为呢？何况他们中间有些人也很爱国，对共产党、新四军的抗日主张表示欢迎。

陈毅把准了"二李"的脉搏，在随后的谈判中，显示出高超的外交才能。

"二李"的工作终于做通了。

但粟裕深知，进军黄桥不会是一帆风顺的。前面还有两个对手：驻守曲塘的税警总团陈泰运部和占据黄桥的保安第4旅何克谦部。陈泰运属争取势力，至少在与韩德勤大战前要尽可能地争取；何克谦一贯勾结日伪，积极反共，鱼肉百姓，必须狠狠打击，消灭他，而后新四军才能进驻黄桥。

对此，陈毅表示赞同："陈泰运与韩德勤矛盾较大，属中间派。何克谦作恶多端，人称杀人魔王。对他俩要一个打、一个拉，区别对待。"

7月25日，陈毅、粟裕率部东进，顺利通过"二李"防区，向黄桥挺进。

正密切窥视着新四军苏北指挥部一举一动的韩德勤，一面打电话质问李明扬、李长江为何不阻拦；一面命令何克谦由黄桥及其以南地区向北攻击，陈泰运由曲塘南下至北新街一带，妄图南北夹击，消灭新四军于运动中。

粟裕率已进至北新街以南的部队突然调头向北，以迅雷不及掩耳之势向陈泰运部发起攻击。

没费多大力气，新四军便击溃了陈泰运的2个团，歼灭1个多营。为促使陈泰运抗日，按事先商定的策略，陈毅、粟裕下令把俘虏的官兵全部释放，归还了缴获的武器，并叫他们回去告诉陈泰

▶ 陈毅、粟裕率领部队向黄桥开进

运，不要再受韩德勤的利用，制造反共磨擦，今后只要不打内战就可相安无事。

接下来，粟裕集中全力对付何克谦的保安第4旅，亲自指挥王必成第2纵队攻击黄桥以北及东北的蒋垛、古溪、营溪，叶飞第1纵队攻占搬经镇，切断何克谦的退路，陶勇第3纵队从南面攻击黄桥。

27日夜，第2纵包围营溪，随即发起猛攻。何克谦率部负隅顽抗。

粟裕冒着枪林弹雨，亲临前线指挥。战斗中，随行的两名参谋被敌人的冷枪击中。粟裕处险地而不慌，依然坚毅沉着，指挥若定。

激战至29日凌晨，新四军歼灭何克谦部近2000人，胜利占领黄桥镇。

紧接着，陈毅、粟裕马不停蹄，以黄桥为中心，分兵打击附近的日伪据点，将黄桥周围东西百余里，南北七八十里内的敌伪和顽军一扫而光。

在东进黄桥的斗争中，陈毅、粟裕把同顽固派争夺中间派的策略思想运用于军事，把政治仗同军事仗巧妙地结合起来。许多年后，新中国的电影工作者将这段故事搬上了银幕，拍摄了脍炙人口的影片——《东进序曲》。

顺利攻占黄桥，是实现建立大黄桥根据地战略目标的第一步，也是非常关键的一步。但陈毅、粟裕并没有沉浸在胜利的喜悦中，因为他们早已预料到一场恶战即将在黄桥打响。

●"磨擦专家"韩德勤要把陈毅、粟裕赶下长江，却不承想"赔了夫人又折兵"

▶ 新四军苏北指挥部旧址——海安广福寺

1940年8月，为策应新四军发展苏北，八路军第5纵队东进淮(阴)海(州)地区，形成南北配合、打开苏北抗战局面的有利态势。

虽说此时，新四军苏北指挥部建立了以黄桥为中心的抗日根据地，但就整个苏北全局而言，依然没有站稳脚跟。

韩德勤视苏北新四军为心腹大患，妄图采取"先南后北"的方针，集中兵力进攻黄桥，消灭立足未稳的新四军苏北部队，然后移兵北上，歼击南下的八路军第5纵队黄克诚部。

针对韩德勤的反共阴谋，中共中央公开提出"韩不攻陈，黄不攻韩；韩若攻陈，黄必攻韩"的严重警告。同时，陈毅、粟裕指挥新四军苏北部队坚持有理、有利、有节的自卫立场，在八路军第5纵队的配合下，积极进行迎战准备。

一切尽在陈毅、粟裕的预料之中。

8月21日，韩德勤下达了向黄桥地区新四军进攻的作战命令。以李明扬、李长江、陈泰运等部为右路军，集结于姜堰地区；以第89军第117师、独立第6旅、保安第1旅为左路军，集结于曲塘、吴家集、海安地区。要求在各部于8月30日集结完毕，9月2日起开始攻击前进。

为了把"二李一陈"拖上反共战车，韩德勤特地任命李明扬为进剿军总指挥，李守维、李长江为副总指挥，陈泰运为右翼副指挥官。

敌重兵压境，粟裕从容应战。对从各方收集来的情报分析后，粟裕认为："此次，韩德勤部虽倾力来犯，但其右翼为'二李一陈'部队，我党早就对他们做了大量耐心细致的统战工作，而他们也不甘心充当韩德勤搞内战的炮灰，对我们新四军的进攻不过是虚张声势，这样右翼等于无翼。左翼是韩德勤的嫡系主力，但也只有7个团的兵力，并不是很难对付的。"

陈毅连连点头："好啊，我们还是集中力量专门对付左翼顽军，好好教训教训这位不知天高地厚的韩主席。但要明令部队必须坚持不先放第一枪的原则。这是战场纪律，更是斗争策略。"

9月5日，保安第1旅占领营溪。第117师也打到古溪北面，随即猛攻古溪。

人不犯我，我不犯人；人若犯我，我必犯人。

陈毅、粟裕决定逐步收缩，诱敌左翼深入，然后集中兵力进行分割围歼。当夜，新四军第1纵队出击营溪，一举击溃敌先头部队保1旅2个团。接着第2、第3纵队从古溪正面出击。

韩军一看势头不妙，即以一部兵力以强大火力掩护主力迅速缩回曲塘、海安。新四军反击得手。

保1旅是新四军的争取对象。大战还在后头，陈毅、粟裕绝不放过争取任何可能争取的力量，下令释放俘虏的保1旅副旅长以下1500余人，并发还了缴获的枪支。

此举在苏北各保安部队中影响甚大，尤其是保1旅旅长薛承宗深为陈毅、粟裕不计前嫌的义举所震动，表示今后再也不把枪口对向新四军。在后来的黄桥决战中，保1旅果然信守诺言，保持了中立。

营溪反顽是新四军与韩德勤在军事上的首次正面交锋。韩德勤领教了新四军的厉害，便改变了手法，采用堡垒政策，步步为营，缩踞水网地区暂不出击。同时命令张少华率保安第9旅进驻原税警总团防地姜堰，严密封锁新四军粮食来源，并挟制"二李一陈"，企图把新四军压缩在沿江狭小地区，再勾结日伪合击。

姜堰是运河上的重镇，四通八达，素有"金姜堰，银曲塘"之说，地理位置十分重要，是周围有名的粮、棉、盐、油物资的主要集散地。姜堰一卡住，运盐河以南黄桥地区的生活必需品马上就会发生困难。

韩德勤的这一招确实狠毒，妄想卡住新四军的脖子，困死、饿死陈毅、粟裕。

在权衡利弊后，粟裕认为新四军要摆脱眼下的困境，就必须首先打下姜堰。

韩德勤在姜堰驻有保安第9旅等部6个团，旅长张少华依托姜堰南面的运盐河，构筑了以36个碉堡为核心的防御工事，并加设了电网，以求固守。而粟裕手中的全部兵力加起来不过9个团，以9个团对据堡固守的6个团实施攻坚，取胜虽有把握，伤亡势必不小。

孙子曰：十则围之，五则攻之。粟裕决定采用调虎离山之计将驻姜堰的顽军部队调走一部分。他命令一个纵队东进佯攻海安，乒乒乓乓打得很激烈，并威胁如皋、海门、启东。

自诩精于谋略的韩德勤果然再次中计，像听从粟裕的命令一样乖乖地把姜堰驻军4个团调往海安等地，只留下2个团驻防。

9个团对2个团。粟裕稳操胜券。

为了一击成功，迅速结束战斗，粟裕决定擒贼先擒王，采用"孙悟空钻进铁扇公主肚皮里去"的战术，挑选两个排的精兵组成"勇敢队"，担任突击任务，在

▶ 新四军苏北部队一部整装待发

碉堡与碉堡的间隙中穿越，直捣敌人指挥中枢——保9旅司令部，然后再由里向外打，实施内外夹攻。

这一战法果然收到了奇效。

9月13日，粟裕以第2、第3纵队围攻姜堰，第1纵队在白米、马沟一带打援。仅一昼夜就结束战斗，攻克了姜堰，歼保9旅1000余人，缴获一大批军用物资。张少华只带了少数残部逃回江南。

打开姜堰，粮源畅通，新四军声威大振。

为保持政治上的优势和进一步争取上层人士，陈毅、粟裕张驰有度，再次呼吁韩德勤停止内战、团结抗日。

然而，韩德勤反共是铁了心的，提出要以新四军退出姜堰作为和谈的先决条件。在他看来，新四军用鲜血换来的"金姜堰"是决不会轻易退出的；如果不退，他就可以此为借口向新四军发动更大规模的进攻。

有道是：聪明反被聪明误。这一次，韩德勤的如意算盘打错了。

陈毅、粟裕对韩德勤的阴谋洞察无遗，让新四军退出姜堰，只不过是他的托词罢了。为顾全团结抗日的大局，也为进一步争取"二李一陈"，陈毅、粟裕答应了韩德勤提出的条件，决定撤出姜堰，并送了个大人情给"二李一陈"。

"二李"得知他们将从新四军手中接防姜堰，白捡到"金姜堰"，自然是喜出望外，当即派部队接管姜堰。陈泰运也从新四军那里得到100多条枪。"二李一陈"皆大欢喜，深感新四军讲信誉重情义，向陈毅、粟裕保证，如果韩德勤再进攻新四军，他们决不参战，并答应给新四军提供情报。

韩德勤"赔了夫人又折兵"，不仅什么也没有捞到，反而加深了与"二李一陈"的矛盾。

许多年后，粟裕回忆这段尖锐复杂的斗争时说：

> 我军自攻取黄桥到让出姜堰，把军事仗与政治仗、自主的原则与以退为进的策略结合得十分巧妙。……让出姜堰，对我是"一举三得"，既揭露了韩德勤积极反共、破坏抗战的罪恶阴谋，在政治上赢得了社会各阶层的极大同情，造成我党我军完全有理的地位；又加深了苏北国民党军队内部派系之间的矛盾；还使我适时集中了兵力，在军事上对付韩硕的进攻处于有利地位。

9月30日，新四军信守诺言，全部退出姜堰。就在这天，韩德勤电令所属各部"务集中力量"，对新四军"包围而歼灭之"。

看来，韩德勤不把陈毅、粟裕"赶下长江"是绝不肯善罢甘休的。

●先打弱敌是我军一贯的作战原则，粟裕却一反常规，首战选中了战斗力最强的翁达旅

"狼总是要吃人的"。粟裕经常告诫身边的同志要看清韩德勤的反动本质。

果然，自恃兵多粮足、装备精良的韩德勤，视新四军退出姜堰为胆怯，调集26个团3万余人，分三路大举进犯黄桥。

山雨欲来风满楼，黑云压城城欲摧。粟裕清醒地意识到，即将来临的黄桥之战，将是新四军在苏北进行的一场前所未有的大战、恶战。

黄桥地处靖江、如皋、泰州、泰兴四县之间，北有通扬河，南临是长江。如果建立起以黄桥为中心的根据地，向南可控制南通、如皋、海门、启东等地，进而与我江南部队相呼应，控制长江通道，威胁日寇，并切断大江南北国民党顽固派的联系。如果失掉黄桥，新四军就没有周旋的余地了，而且对民心、士气必将产生极为不利的影响。粟裕非常清楚，这一仗必须打，而且一定要打好。

决战不可避免，敌军重兵压境，仗该怎样打呢？

陈毅、粟裕立即召开各纵队首长会议。叶飞、王必成、陶勇等一个个驰骋疆场、勇冠三军的将领们围桌而坐，屏神凝气，神情专注地听粟裕分析当前敌情：

韩德勤此次进犯黄桥的具体部署是：中路是顽军主力，以韩嫡系部队第89军、

▶ 新四军进行战前动员

独立第 6 旅组成，共 1.5 万余人，从海安、曲塘一线进攻黄桥北面及东面地区。右路是"二李一陈"的部队，左路由第 1、第 5、第 6、第 9、第 10 保安旅组成，掩护主力两翼，进攻黄桥以西及东南地区。

而苏北新四军部队总共才 3 个纵队 7000 多人，战斗部队不过 5000 人，兵力处于绝对的劣势。但新四军也有优势。

首先是地利。黄桥北面、东面是通扬运河，南边是长江，西南有一条从泰州到口岸的通江运河，周围有如皋、泰兴、靖江等日军据点。这个地区河多、桥多、路窄，对于顽军山炮、野炮之类的重武器，可谓是天然的障碍。顽军审犯不易，逃跑更难。相反，黄桥周围的旱地，高秆作物半割半留，既便于伏兵隐蔽，又利于迂回突击。

其次是人和。新四军进驻黄桥两个月，根据地各方面的建设开展得有声有色、扎实深入，群众情绪高涨，积极支持和拥护新四军。

据此，粟裕决定集中兵力，采取诱敌深入、各个击破的战法，于运动中歼击韩部。命令陶勇第 3 纵队坚守黄桥；叶飞第 1 纵队、王必成第 2 纵队分别隐蔽集结于黄桥西北的顾高庄、横巷桥一带，待机出击；第 2 纵队派出 2 个营实行运动防御，诱敌深入。陈毅的指挥部设在严徐庄；粟裕的前线指挥部设在黄桥，实施战场指挥。

对这套作战方案，有同志提出了不同看法，认为太过冒险。因为第 1、第 2 纵队兵力比较充足，第 3 纵队则不足 2000 人。以实力最弱的部队防守敌人重点进攻的黄桥，能否坚守得住。而守住黄桥又是整个战役的关键。

粟裕点点头，解释说："俗话说，好钢用在刀刃上。在敌众我寡的情况下，我们只有把第 1、第 2 纵队用于突击方向，才能做到集中最大兵力，歼灭敌人。"

这是粟裕指挥苏北新四军作战以来最大胆也是最得力的一招。

粟裕这样部署有他极深的用意。处处军情火急，处处需要兵力，他承受了前所未有过的压力。尤其是黄桥方向以常人想象不到的极少兵力担任守卫。

但想到第3纵队是自己亲手带起来的部队，粟裕深信这支部队能够经得起考验和胜任正面阻击任务。

陶勇刷地站起身来，郑重地说："我们3纵有破釜沉舟的决心，不惜一切牺牲，誓死保卫黄桥。即使打到只剩下一个班，我甘心当班长，一定坚持到最后胜利！"

叶飞、王必成不约而同地站起身来，表示"就是拼了老命，也要完成任务！"

沧海横流，方显出英雄本色。古往今来，在决战场上，没有这种气魄是压不倒对手的。

首战对象的选择，将极大影响战役进程，甚至关系到整个黄桥战局的成败。粟裕对韩德勤三路大军方方面面作了分析对比，把首歼目标锁定在韩德勤的主力独立第6旅翁达部上。

▶ 陈毅、粟裕到达黄桥指挥作战

粟裕用兵的最大特点，是深思熟虑，刚敢果断，在谋略上出奇谋，用奇兵，建奇功。

选择独6旅为首歼对象，在兵家眼中是一奇谋。

独6旅是韩德勤手中的一张王牌。全旅3000多人，装配清一色的"中正式"79步枪，每个步兵连还配有9挺崭新的捷克式机枪，齐装满员，战斗力很强，军官也大都是军校科班毕业，号称"梅兰芳"式部队。

韩德勤早在"围剿"中央根据地时就和红军交过手，略知我军一贯的作战原则是先打弱敌，后打强敌。因此，做梦也不会想到粟裕首战会拿独6旅开刀。

孙子云："善用兵者，无不正，无不奇，使敌莫测。故正亦胜，奇亦胜"。

战争的实践告诉我们，反常用兵并非违反战争的客观规律，恰恰是适应战争的特殊规律。出奇制胜，常常被视为险招，也确实具有风险性。要做到似险而非险，必须使自己的行动建立在对敌我双方情况科学分析的基础上。历代军事名家都是反常行险的行家。粟裕就是这种善于反常用兵、出奇制胜的行家里手。

对此，陈毅连声叫好，称赞说："首歼独6旅是一招奇兵！整个作战计划处处都是奇兵！只有这样打才能解决问题。"

部署既定，全军上下斗志昂扬，紧张地进行战斗准备。

黄桥地区的人民群众也掀起了支前高潮，组成救护站、担架队待命行动，家家更是烧水、磨面、烙饼。仅黄桥镇就有60多个烧饼炉为前线烘制烧饼，并由此诞生了广为流传的《黄桥烧饼之歌》：

黄桥烧饼黄又黄哟，
黄桥烧饼慰劳忙哟。
烧饼要用热火烤啊，
军队要靠老百姓帮，
同志们呀吃个饱，
多打胜仗多缴枪。
……………………

▶ 黄桥人民日夜赶做烧饼慰劳新四军

●粟裕不无幽默地对陶勇说："狠狠地打，这样韩主席就输得连裤子也要送进当铺喽！"

10月1日，韩德勤下达了进攻黄桥的命令。

天公不作美。部队出发不久，便大雨滂沱。道路泥泞，顽军行动十分困难，根本不是在走，而是在"滚"，官兵们个个浑身泥污，走走停停，停停走走，百十来里路竟走了两天。

对粟裕来说，这可是场及时雨，为更周密布兵，建立稳固的防御阵线，赢得了宝贵时间。

黄桥决战，新四军不仅占据了地利、人和，又赢得了天时。

此时，按照既定的作战部署，第1、第2纵队已经展开。粟裕与陶勇冒着瓢泼大雨来到黄桥东门，检查工事构筑。

鉴于兵力严重不足，粟裕只能突出重点，对黄桥的防御作机动部署。黄桥周围全长约4里，粟裕决定西边、南边不派部队，由后勤、伙夫担负警戒，北门只放一个班，其余兵力全部集中在东门。

韩德勤做梦也没有想到，粟裕在黄桥镇给他摆了一个空城计。

3日，雨过天晴。

第89军军长李守维下令所部攻击前进。次日凌晨4点，第33师向黄桥东门发起了猛烈进攻。

随着黄桥决战帷幕的拉开，苏北各种政治势力一下子都被吸引到黄桥这块弹丸之地上来：李明扬宣布"谢绝会客"，中止了和新四军方面代表见面，日夜询问战况；陈泰运则派人埋伏在通扬运河大堤上监视黄桥；泰兴日军侦探进到黄桥以西十五六里的石梅观战；周围伪军据点中的汉奸们也密切关注着黄桥的风云变化。

一时间，在以黄桥为中心的苏北战场上，出现了一幕两方对阵、多方围观的奇局。

此时在黄桥，战斗渐渐步入高潮。

4日上午11点，第33师发动第一次总攻。

顽军的进攻十分疯狂，枪声炮声震耳欲聋。李守维妄想首轮总攻便将新四军黄桥防线彻底冲垮，竟一次投入3个多团的兵力。

▶ 黄桥敌军一部向新四军投降

顽军用猛烈的炮火掩护部队向黄桥东门猛攻，新四军的防御工事大部被摧毁。第3纵队伤亡很大，战斗异常紧张激烈。

突然有人来报，东北方面围墙被打塌，顽军在尘土硝烟中突进了东门。

黄桥如果失守，后果不堪设想。

危急关头，第3纵队司令员陶勇、参谋长张震东把上衣一脱，操起马刀，带领部队冲杀出去，拼死血战，硬是将顽军杀出东门。

顽军的首轮总攻被挫败了。

此时，独6旅尚未登场。原来，翁达有自己的如意算盘，他是要等新四军主力在黄桥以东和李守维拼得两败俱伤时，再率部直插北门，夺得头功。所以故意放慢进攻的步伐。翁达骑在马上，越想越美，摇头晃脑地哼起了小调。

翁达高兴地未免太早了。

下午3点，姗姗来迟的翁达率领他的"梅兰芳式"部队终于"登台表演"了，向黄桥攻击前进，前锋已抵黄桥以北五六里处。

粟裕决定采用"黄鼠狼吃蛇"的战法，歼灭独6旅。随着粟裕一声令下，第1纵队的战士勇猛出击，犹如四把钢刀，将独6旅切成数段。首歼旅部和后卫团，迫使其先头团回援，然后以一部从侧翼迂回敌后，乘势形成合围。

战局的发展果如粟裕所料。激战3个小时，独6旅全军覆没。

现实就是这样残酷无情。翁达无论如何也想不到，他的独6旅会败得这么快，败得这么惨，首次"演出"就成了"绝唱"。望着部下横尸遍野，翁中将长叹数声后，举枪自杀，带着一个永远也解不开的谜到另外一个世界去了。

粟裕善于"出奇谋，用奇兵"，此次排兵布阵更是奇中见奇。翁达便栽在了粟裕的"奇"上。

独6旅既灭，顽军主力第89军完全暴露和孤立了。

第89军是韩德勤赖以横行苏北的主要军事支柱，人多武器好，是顽军在苏北最有战斗力的主力之一。

军长李守维预感大势不妙，急将主力集结在黄桥东北一线，企图最后猛

▶ 黄桥战役中缴获的迫击炮

扑黄桥或固守待援。但第89军已成瓮中之鳖，插翅难逃了。

午夜，第2纵队经八字桥直插分界，切断了第89军的退路。随后，第1、第2、第3纵队三路夹击，将第89军主力分割包围于黄桥东北地区。粟裕决定5日下午对包围之敌实施总攻。

战场情况瞬息万变。就在此时，粟裕得到情报：顽军增援部队约8个团已进至黄桥东北不远的地方。

粟裕果断应变，决定提前发起总攻。但当时苏北新四军通讯装备落后，各纵队没有电台，提前总攻的命令已经来不及下达了。粟裕急中生智，想出了一个妙计：命令第3纵队以小部队向黄桥以东之敌佯攻，引起敌人回击，造成浓密的枪声，以此作为同第1、第2纵队的联络信号。

在战场上枪声就是命令。

5日中午，围攻歼第89军的战斗打响了。第1纵队听到枪声迅速南下，第4团首先攻击其军部，第1团主力随后勇猛出击。第2纵队则立即西进。

这时，粟裕总算松了一口气，命令第3纵队全部出击，并不无幽默地对陶勇说："王必成的第2纵队已插到如黄公路分界一带，切断了顽军退路。你们纵队趁顽军混乱时，从黄桥东门及其两侧地区全线出击，配合王必成聚歼第33师，狠狠地打，这样韩主席就输得连裤子也要送进当铺喽！"

新四军各纵队紧缩包围，奋勇冲杀。

战争就是这样富有戏剧性。第33师昨日还在猛攻黄桥，气焰嚣张，不可一世。仅过了一天就已毫无斗志，溃不成军了。

李守维见回天无术，丢下部队，妄图渡河逃窜。慌乱中失足落水，急呼救命。无奈部下只顾各自逃命，无人肯出手相救。可怜这位堂堂的国军中将军长竟溺死于八尺沟河中。

顽军失去指挥，陷入极度混乱之中。激战至6日清晨，第89军大部被歼，只有少数残部突出重围。第33师师长孙启人被俘后，沮丧地说："不　长官，我看过《霸王别姬》的戏，有十面埋伏，四面楚歌，我今天尝到的滋味，比那还要严重得多！"

为扩大战果，粟裕下达了追击命令，要求各部不顾疲劳，不惜一切牺牲，不重缴获，乘胜追击，连克海安、东台。

与此同时，八路军第5纵队由涟水东进，攻占阜宁、东沟、益林，歼韩部保安旅一部后，直下盐城。10月11日，新四军第2纵队前锋与八路军第5纵队先头部队，在东台以北的白驹镇胜利会师。

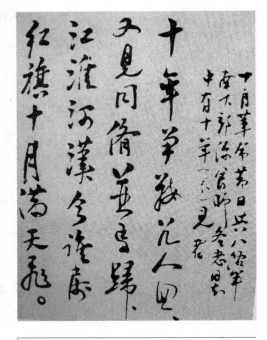

▶ 陈毅题写的祝贺黄桥战役胜利的诗

韩德勤见前线主力几乎全军覆没，率残部千余人犹如惊弓之鸟向老巢兴化狼狈逃窜。陈兵运粮河东西之线的左路军各保安旅团更是树倒猢狲散，争相逃命。企图坐收渔利的李明扬、李长江部和陈泰运部亦随之撤退。黄桥战役胜利结束。

黄桥决战，新四军以少胜多，以弱克强，共歼韩德勤部1.1万余人。战后，陈毅诗兴大发，慷慨赋诗：

> 十年征战几人回，
> 又见同侪并马归。
> 江淮河汉今谁属？
> 红旗十月满天飞。

23. 讨伐李长江
——泰州战役 (1941.2)

国民党顽固派发动的第一次反共高潮被打退后，蒋介石见在华北占不得半点便宜，转而将"磨擦"的重心移向华中，发动了第二次反共高潮。

第二次反共高潮的发动与国际形势密切相关。1940 年 4 月，德军进占法国。日本与德、意缔结军事同盟，以便从中国战场抽兵南进，为此加紧了对蒋介石的诱降。英、美则一改以牺牲中国利益换取日本妥协的绥靖政策，加紧拉拢蒋介石以遏制日本。而苏联也希望中国政府能坚持抗战，并继续提供缓助。这使蒋介石顿感身价倍增，加之在黄桥一役中吃了大亏，便急于趁此良机掀起反共高潮，报一箭之仇。

当时华中新四军的形势十分严峻：西面和西北面有国民党第 5 战区李品仙部、第 31 集团军汤恩伯部，南面有第 3 战区顾祝同、冷欣部，东面苏北有鲁苏战区韩德勤部。淮北、皖东根据地不断受到国民党顽军攻击，在皖南的军部更处于被包围状态，形势艰难。

1940 年 10 月 19 日，蒋介石指使何应钦、白崇禧发出"皓电"，强令黄河以南的八路军、新四军在一个月内撤到黄河以北指定地域，从此揭开了第二次反共高潮的序幕。

11 月 9 日，朱德、彭德怀、叶挺、项英发出"佳电"，据理驳斥了"皓电"的无理要求，但为顾全抗战大局，同意将江南的新四军部队撤到长江以北，

▶ 突破重围的新四军部队一部

并请"宽以限期"。14日，国民党军秘密拟定了"黄河以南剿灭共军作战计划"。12月7日，计划得到了蒋介石的批准。次日，何、白发出"齐电"，令黄河以南之八路军、新四军全部开赴河北，以此制造进攻借口。

这时，蒋介石也从幕后跳到前台，于9日亲自颁布命令，限令八路军、新四军北移。10日，他密令顾祝同"对江南匪部，应按照前定计划，妥为部署……，应立即将其解决，勿再宽容"。据此，顾祝同命战区副司令长官兼第32集团军总司令上官云相指挥7个师8万余人，从东、南、西三面围堵皖南新四军。

此时，国共两党关系急剧恶化，皖南的军事冲突已箭在弦上。

1941年1月4日晚，皖南新四军军部及其所属部队9000余人，从泾县云岭出发绕道北上。6日，当行至茂林地区时，突遭国民党大军堵截，随即陷入重重包围。新四军将士被迫反击，经7昼夜血战，终因弹尽粮绝，除2000余人分批突围外，其余大部牺牲，一部被俘。军长叶挺为保全部队在与国民党军谈判时被扣，副军长项英、参谋长周子昆突围后遭叛徒杀害，政治部主任袁国平在突围时壮烈牺牲。这就是震惊中外的"皖南事变"。

事变发生后，中共中央立即决定在政治上采取攻势，军事上采取守势，对国民党反共倒行逆施进行针锋相对的斗争。

1月18日，中共中央发言人发表讲话，揭露了皖南事变的真相和国民党翦除异己的罪恶阴谋。20日，刘少奇代表华中指挥部向中央提出重建军部的建议，以反击国民党顽固派破坏抗战统一战线、反共反人民的罪恶行径，并为新军部提出了合适的人选。当日，中共中央军委发布重建新四军军部的命令，任命陈毅为代理军长，刘少奇为政治委员。

28日，重建的新四军军部在苏北盐城成立。随后将华中部队统一整编为7个师，并决定各师范围各为一个战略区。

新四军苏北指挥部所属部队改编为第1师，所辖第1、第2、第3纵队依次改编为第1、第2、第3旅，负责苏中战略区。粟裕临危受命，出任师长。这是他第一次独立担负一个战略区的领导和指挥重任，深感肩上的担子分量很重。

1月17日，粟裕从盐城出发奔赴东台二里桥，着手组建新四军第1师。

为迅速组建新四军新的指挥机关，原苏北指挥部的干部绝大多数分配到新四军军部，分配到第1师的人员，连同粟裕本人一共只有24人。

临行前，陈毅关切地问："怎么样，人太少了吧？"

▶ 位于江苏盐城的新四军重建军部纪念塔

"好男不吃分家饭嘛！请军长放心，哪里有群众，哪里有敌人，哪里就有我们的发展。"粟裕爽朗地回答。

陈毅欣慰地连声说"好"。作为粟裕多年的老上级，陈毅十分了解他，也相信他有能力把苏中战略区经营好。

苏中位于长江以北，京杭大运河以东，北起盐城斗龙港，东临黄海，地扼京沪咽喉，控制长江下游北侧航道，面积约2.3万平方千米，有800多万人口，自古便是"鱼米之乡"，物产丰富。

粟裕认为，苏中是侵华日军的重要物资供应地，与苏南唇齿相依，毗邻国际都市上海，还是我党和新四军连接国内外反法西斯力量的桥梁，直接威胁日伪统治中心南京。同时，苏中根据地是华东抗日根据地的重要组成部分，是华中的东南前哨，又是向苏浙皖边区和闽浙赣边区发展的重要依托，而且新四军在苏中所能控制的人力财力，在华中各战略区中占首位。因此，苏中一直是日本侵略军、国民党顽固派和新四军的必争之地。当时苏中呈现三种政权并存、势力犬牙交错的复杂局面。新四军处于日伪军和国民党顽固派的夹击之中，决定了未来的斗争必将是尖锐激烈的。

新四军新军部的成立，对日军是个巨大的威胁。刚刚进入1941年，苏中地区的斗争形势急转直下。日军乘"皖南事变"和新四军重建之机，将战斗力较强的第11、第12、第17等3个独立混成旅团，在扬州、高邮、南通、如皋等地集结，加强苏中沿江和运河沿线兵力，准备对盐（城）阜（宁）华中抗日根据地进行"扫荡"，妄图消灭这一地区的新四军和八路军，以实现其全面占领苏北和苏中的战略目的。

与此同时，在苏中的国民党军队也打着"曲线救国"的旗号，纷纷叛国投敌。整个苏中地区的日军猛增至5个步兵大队、1个特种兵大队，5600余人；伪军更是多达13个师、3个旅，3.7万余人。

1月中旬，日军第12独立混成旅团（即南浦旅团）一部和大批伪军共

3000 余人，由泰兴进占黄桥镇，并加紧威胁利诱国民党鲁苏皖边区游击军副总指挥李长江投降。

李长江是当时苏中最大也是最具有影响力的地方实力派，拥有 7 个纵队 1.5 万余人。粟裕为团结李长江共同抗日，对其做了大量的争取工作。然而，李长江执迷不悟，铁心要做汉奸。

1 月 28 日，陈毅亲自南下赴东台。一是代表中原局和新四军领导人出席苏北临时行政公署的成立大会，二是要和粟裕研究反投降的具体部署。陈毅到达东台后，在苏北临时行政公署成立大会上发表了演说。大会刚刚闭幕，就收到了刘少奇发来的急电，说日军以 5 个师团大举向河南进攻，同时命令 3 个独立混成旅团，在李长江投敌后趁势大规模的"扫荡"。国民党顽固派 20 万反共军队进攻华中的部署已被打乱，望速返盐城，共商大计。

陈毅看完电报后，立即前去二里桥苏北指挥部和粟裕进行研究，制定了周密的作战方案，将主力部队隐蔽集结在海安至姜堰的地域内，加强侦察、监视，随时准备投入讨逆战斗。

2 月 8 日，陈毅返回军部，与刘少奇研究分析了新四军面临的严峻形势：

日军 3 个独立混成旅团已经调至苏中沿江和运河沿线，并且侵占

▶ 1941 年，刘少奇（右）在新四军军直干部会议上

了黄桥镇，企图在策动李长江投降后，进攻海安、东台等地；国民党的汤恩伯部对豫苏皖边区的进攻迫在眉睫；韩德勤部纠集盘踞在洪泽湖的顽匪，窃据了皖北根据地，并准备在日伪军发动进攻时，以其在苏北的残部从背后袭击中共抗日部队。决定在李长江尚未公开投敌前夕，仍尽量争取；同时把李长江可能公开投敌以及勾结日伪向新四军进攻的阴谋，向根据地军民进行公示，并进行反投降斗争的动员。并据此作出部署：第4师抵抗汤恩伯部的进犯；第2师主力抗击李品仙部进犯；第3师在盐阜、淮海区监视韩德勤部；第1师主力在苏中适当地点隐蔽集结，在对李长江争取无效时，即坚决发起讨伐战役。

2月13日，泰州城头飘起了太阳旗。李长江率手下6个纵队共1万多人公开投敌，被委任为伪军"第一集团军总司令"。尔后，李明扬率千余人离开泰州，继续以鲁苏皖边境游击总指挥的名义，活动于泰州以北唐家甸子一带。

李长江是江苏的地头蛇，抗战以来一直受韩德勤的歧视、排斥，早想"改换门庭"。汪精卫在准备筹建伪政府时，就曾亲笔致函劝降。1940年3月，李长江曾派代表到上海与汪精卫谈判投降条件。同年10月，汪精卫又派廖斌前往泰州对李长江进行劝降。当年廖斌任国民党江苏省民政厅厅长时，李长江是省保安处第4团团长，素有往来。廖斌经过三个多月的劝降活动，终于使李长江率部投敌，当了汉奸。

当日，华中新四军八路军总指挥部就李长江率部投敌应迅速解决致电陈毅、粟裕：

"此贼不除，后祸甚多，望集中全力迅速解决之。"

陈毅立即赶到了第1师师部，与粟裕紧急商议讨逆作战部署。18日，陈毅、刘少奇颁布《讨伐李逆长江命令》，任命粟裕为讨逆军总指挥。苏北指挥部在海安以西邓家庄举行讨逆战役誓师动员大会，陈毅对营以上干部做了战斗动员。当天，粟裕指挥第1师发起讨逆战役。

为达到出敌不意、迅速围歼的战役意图，粟裕指挥部队沿海（安）泰（州）公路迅速攻击前进，命令叶飞的第1旅攻克姜堰后直取泰州，王必成的第2旅和陶勇的第3旅从南北两翼夹击李长江主力。

别看李长江平日里牛气冲天，根本不把粟裕的第1师放在眼里。但真正到了战场上，两军真刀真枪地较量时，李长江可再也牛不起来了，被新四军杀得屁滚尿流，逃进了老巢泰州城。

李长江一面向他的新主子——日本人摇尾求救；一面收拢残兵败将，连夜加固工事，企图凭借坚城利炮，死守待援。

粟裕自然不会留给李长江喘息之机。19日午夜，他率参谋人员进抵泰州城郊指挥作战。命令第2旅1个主力团隐蔽接敌，乘暗夜突入城内，直捣李长江指挥所，然后里应外合，攻克泰州。

这一招果然厉害，打了个敌人猝不及防，顿时乱作一团，四散奔逃。李长江见大势不好，也顾不上总司令的尊严，吓得扔下佩剑，翻墙而逃，率数

▶ 新四军苏中军区部队待命出发

百人向泰州以西的界沟、塘头等地溃败。

讨逆战役很快进入尾声。新四军第1师主力深入敌后打进攻战，必须速战速决，不能恋战。这是因为盐城军部兵力空虚，如果日本鬼子此时偷袭，军部将受更大损失。因此陈毅在部队出发前，再三交代：此战役起到教训叛逆、威慑四方作用即可，不要穷追猛打，以防日军乘后方空虚袭击盐城军部。

逃窜中的李长江部队慌不择路，连一个军队起码的作战规矩都丢失光了，要战斗力没战斗力，要队形没队形，要防御没防御。这样的军队能不兵败如山倒？其中有一个故事最能说明这个卖国后又丧家的投敌队伍之窝囊和无能。

新四军第1师里有一侦察兵，年纪不大，却有1.8米的魁梧大个子。因为是有多年作战经验的红军老战士，每次有重要侦察任务都派他去。李长江从泰州逃跑后，就是派这名战士去侦察李逆动向的。

泰州城外有条公路，一马平川，十分平坦。这名战士化装成当地老乡模样，骑了辆自行车到附近农村侦察。开始时，他警惕性还很高，常下车隐蔽，观察四周动静。

时值寒冬，越冬小麦还没有返青，庄稼地一目千里，空荡荡、静悄悄的，别说是人影，连声犬吠声也听不见。

渐渐地，侦察员就放心猛骑，没有半点阻碍就到了一个村庄口。他看见村庄静悄悄的，既没有哨兵，也没有马匹，便一头扎进了村庄中央的场子上。

这一扎不要紧，扎出了大敌情！

场子里黑压压全是李长江的部队，约有一个团的兵力，正乱哄哄地忙活着，准备转移，人来人去，竟然谁也没注意一个陌生农民站在他们中间。

侦察员毕竟是红军老战士，危急时刻，灵机一动，看见一个军官模样的人正站在场子边的土台上指手画脚，心想这肯定是个头目，擒贼先擒王！他一个箭步跳上台用枪抵住这个人的太阳穴，高声叫道：

"我是新四军，你们被包围了。要命的把枪放在台子上，不要命的，我先毙了你们的长官！"

那人不等侦察兵话音落下，就发出嚎丧般的哭声：

"不要开枪！不要开枪！弟兄们你们不要开枪，听这个新四军长官的话把枪放下。"

刚才还乱哄哄的伪军被这一意外事变惊呆了，个个形同木偶，站着不动，瞪大眼睛望着刚才还唾沫四飞乱喊乱叫的长官，现在被一大汉夹在腋下，筛糠似得浑身直哆嗦……

"放下枪弟兄们，放下……"

这时士兵们大梦初醒，"哗"地炸了锅，乱了起来，各自乱找逃路。

"不用动！士兵弟兄们，你们受李长江的骗了，让你们当伪军，当汉奸，当日本鬼子的炮灰。你们以后还有脸见家乡父老，见妻儿老小吗？现在你们放下枪，重新做人，还是一条抗日好汉！"

侦察兵的一席话，说得士兵们心里酸酸的，泪汪汪的。睡梦中莫名其妙当了"二黄狗子"，没有办法，兵随将走，怨命不好，生来当伪军，死后还要遭人骂。如今新四军讨伐的枪炮又打了过来，到底是做贼心虚，别说顽强抵抗了，逃跑都觉得鬼拖影子，恨不得再生一条腿出来帮着跑。可逃到哪里，哪里的乡亲们都是关门闭户，像躲鬼子一样躲着他们。

"弟兄们，放下枪，我们中国人不打中国人。"

"对，放下枪，我们不当二鬼子，丢祖宗八代的脸！"

几个士兵一喊，其他士兵纷纷把枪放下。

"这么多枪我怎么搬得动，时间还不能拖延，天一黑，这些俘虏知道我就一个人，肯定要逃跑的。"

侦察兵脑子飞快地盘算着。正在这时，他看见场子旁边有几个老乡在探头观看，就招呼他们过来帮助把枪搬到家里暂时放一下。老乡们见一个新四军抓了几百个俘虏，佩服极了，一会儿工夫跑来十多个人帮忙，帮侦察兵把

▶ 新四军代军长陈毅（前中）与部分干部合影

俘虏押送到泰州城。

"一个新四军俘虏一个团"，成为当地的传奇。

此役历时三天，粟裕率第1师连克泰州、姜堰，俘虏李长江部官兵5000余人，并争取两个支队的伪军反正。

为救李长江残部，数千日军分别由扬州、高邮、黄桥、如皋等地出动，乘虚侵占了海安、东台，并向泰州疾进，开始对苏中地区进行第二次大"扫荡"。

预订的讨李作战目的基本达到，2月21日，粟裕率部主动撤出泰州城。随即各旅以团、营为单位深入敌人侧翼和后方广大农村，广泛开展游击战争，胜利粉碎了敌人的大"扫荡"，重振铁军雄风，为苏中抗战来了个开门红。

同日，陈毅、刘少奇、赖传珠就讨伐李长江部情况发出通告，称：

一、鲁苏皖游击军前副指挥李长江，于本月13日在泰州、姜堰一带率部投敌叛国，并发表通电就任伪第1集团军总司令职。该军总指挥李明扬在事变时离开泰州；二、李逆叛变后，即勾结敌人、汉奸，大举向苏北扫荡，企图占领兴化、海安、东台、盐城等地后，除敌人留少数部队驻在城市外全部交给李逆驻防，以便蹂躏我苏北千百万人民，伪化苏北；三、本军在得到李逆叛国消息后，为坚持抗战，包围苏北抗日根据地及千百万人民，即准备歼灭李逆叛部，并委任本军苏北指挥官粟裕为讨逆总指挥，叶飞为副总指挥，刘炎为政治委员，指挥所部向逆部进剿……本军此次剿灭叛逆，为国家和苏北人民除一大害，实为本军对国家人民之一大贡献，证明本军绝不因重庆当局取消本军番号之无理命令而稍变更本军抗战、保卫人民之初衷，证明重庆当局宣布本军叛变为莫须有之无耻谰言。

这是新四军第1师自组建以来，第一次与日伪军较量。不仅给日汪蒋联合反共的逆流以当头一棒，而且粉碎了日军企图"消灭新四军于立足未稳之际"的阴谋，并为创建苏中抗日民主根据地创造了有利条件，可谓一举三得。

报捷传到延安，正在为击退国民党顽固派发动的第二次反共高潮而运筹帷幄的中央领导人欣喜无比。

2月24日，毛泽东特意给远在重庆的周恩来发电报：

"李长江叛变，陈毅率新四军讨伐，20日占领泰州，俘获人枪数千，李率百人西逃，逆部有两个支队反正。望广为宣传。"

24. 英雄壮举千古流芳
——狼牙山战斗 (1941.9)

1941 年是世界法西斯最为猖獗的一年。

德国侵占西北欧后又入侵北非和巴尔干半岛,并发动了对苏联的侵略战争;日本在德国节节胜利的刺激下,偷袭美国在太平洋的海军基地珍珠港,从而挑起太平洋战争。此时,日本急于解决中国问题,妄想将中国变为太平洋战争的"兵站基地",于是加紧了对中国抗日力量尤其是敌后军民的军事进攻。

是年2月,老牌侵华头子冈村宁次担任日军华北方面军司令官。到任伊始,冈村便扬言:要在四个月内彻底消灭华北的共产党和八路军。从3月起,日伪军对华北抗日根据地

▶ 日本海军飞机袭击珍珠港

毁灭性的大"扫荡"随之开始了。敌后抗战进入到最困难的时期。

日军对华北抗日根据地"扫荡"的规模、频率和手段之狠毒，都是空前的。1941年至1942年的两年间，华北日军组织千人以上万人以下的"扫荡"132次，1万人至7万人的大"扫荡"就达27次之多，有时在同一地区反复"扫荡"三至四个月。

敌人疯狂的"扫荡"给抗日根据地带来惨重的损失，最困难时华北根据地面积缩小了1/6，冀中、冀南、冀鲁豫、鲁中、冀鲁边等抗日根据地变成了游击区，有的还变成了敌占区，人口也由5000万锐减至2500万，八路军由40万减至34万。

然而，抗日军民是不会投降的！

1941年8月中旬，日军调集7万重兵，对晋察冀抗日根据地进行大规模"扫荡"。9月25日，3500余名日军在飞机、大炮的掩护下，带领伪军突然向河北易县狼牙山地区进行"清剿"。

狼牙山又名朗山，属于太行山脉的五台山支脉，位于平汉路以西，易水河南面，东西走向100多里，南北走向六七十里。从远处遥望此山，一排险峰直刺青天，酷似狼牙。置身于险峰之上，俯视万丈深渊，不禁有些心悬，而极目雾里群峰，杳无尽处，则令人神动。站在狼牙山巅，纵览群峰，远眺易永、保定城和平汉铁路，千里古战场尽收眼底。狼牙山东面是一片平地，一直伸展到平汉线，西北边有九莲山和一溜十八岗，北面是易水河和通往战略要地的紫荆关，西南边是满城、保定。进可以攻，退可以守，真是一夫当关，万夫莫开之地。

被日伪军包围在狼牙山地区的地方党政机关、部队和群众达三四万人之多。为掩护主力和群众们转移，晋察冀军区第1军分区决定由7连担任后卫，并要7连在主力转移后留下1个班在棋盘陀拖住敌人。

天渐渐黑了下来。当大部队完全消逝在黑暗里，棋盘陀只剩下6班5个人：

▶ 八路军某部在反"扫荡"中向外线转移

班长马宝玉、副班长葛振林、战士胡德林、胡福才和宋学义。

夜里，狼牙山刮着刺骨的寒风。山下的鬼子盲目地向山上射击，清脆的枪声在山谷里回荡。

马宝玉他们趁着月色，把主力留下的几箱手榴弹，一束一束捆好，像埋地雷一样从山腰一直埋到半山腰，然后便分别隐蔽在"阎王鼻子"和"小鬼脸儿"上。

这是棋盘陀最险要的地方，路盘旋在的突出的悬崖上。山风飕飕地吹着，但他们却丝毫没有感到冷，耳边又响起首长临行前充满感情地叮嘱：

"同志们，狼牙山交给你们了，希望你们像狼牙山一样，屹立不动。"

鸡叫两遍了。忽然，山下远处闪起一片火光，越来越大。这是日本鬼子在放火焚烧村庄。葛振林气得用拳头直捶山崖。

"班长！"小鬼胡德林突然喊了一声。马宝玉回头一看，只见他耳朵紧贴石崖，细心地听着。大家也照样听着。山下隐隐约约传来女人的哭声，而且越来越近。是老乡们！山上埋了那么多手榴弹，要是踩上那就糟了。

大家立刻紧张起来，只见葛振林跳起来，说了声："我去看看！"，影子一晃就不见了。

不一会儿，葛振林领来一群妇女和孩子。她们一边哭，一边诉说敌人的暴行。看着这凄惨的情形，听着敌人的暴行，每个人的心里都在燃烧着复仇的怒火。他们强压住心中的愤怒，劝说了半天，才把老乡们劝走。

突围队伍已经跳出了狼牙山，而日军却蒙在鼓里，以为八路军的主力部队被他们包围了，东方刚刚露出鱼肚白色，便猛扑了上来，发起大规模地进攻。

不多时，影影绰绰大约有五六百鬼子开始向棋盘陀移动。马宝玉两眼瞪得大大的，严肃地说："敌人来了，准备好！注意，没有我的命令，谁也不准开枪。在这儿，每人最多只准扔5颗手榴弹。"

他们揭开手榴弹盖，把子弹推进枪膛，目不转睛地盯着山下的兽兵。

突然，天崩地裂般的一声巨响，把整个狼牙山都震得抖动起来。夜里埋在山路上的手榴弹爆炸了。紧接着，又响起第二声、第三声……顷刻间，狼牙山上响声隆隆，烟尘四起，几十个日本鬼子随着硝烟飞上了天，又摔进山谷里。

遭到痛击的日军恼羞成怒，也更加确信他们网住了一条"大鱼"，于是愈加疯狂地发起了进攻。硝烟过后，鬼子战战兢兢地向山上爬来，越来越近了。

只有二三十米了。

"打！"马宝玉猛地站了起来，吼声像炸雷，把手榴弹狠狠地投向敌人。

手榴弹和子弹呼啸着飞向敌群。措手不及的日本兵被炸得东倒西歪，滚的滚、爬的爬，丢下十几具尸体，退了下去。

敌人退下去后，使用猛烈的炮火向我阵地轰击。一刹那，"阎王鼻子"和"小鬼脸儿"上，浓烟滚滚，石块横飞，整个棋盘陀都在颤抖。

据宋学义回忆，这时他看到班长马宝玉的眼睛火红，满脸满身全是灰土。

马宝玉爬到他的身边，关切地问："怎么样，没打着吧？"

"没有。我还以为你们都牺牲了呢？"

副班长葛振林一面摆弄着手榴弹，一面不紧不慢地说：

"叫咱死，可没那么简单。我还要亲眼看看日本鬼子投降呢！"

胡德林和胡福才也都是满脸黑灰，只有几颗牙齿还是白的，两人正争论山上落了多少炮弹。胡德林说有二百，胡福才说三百也不止。

▶ 狼牙山主峰棋盘陀

马宝玉说：

"算啦，管它多少，反正没碰掉我们一根毫毛。"

胡福才说：

"这怎么能算了，将来要是团长和同志们问起来，咱说多少？说少了不符合实际情况，说多了，那不成了吹牛？"于是就又和胡德林争论起来。

敌人已被吸住了，马宝玉决定继续把敌人往山上引。

马宝玉看了看太阳说：

"咱们必须在这儿坚守一会儿，不能把主力转移的路暴露给敌人。必要的时候，咱们就往陀顶上爬，把敌人引到死路上去。"

鬼子败下一次，又不了解山上兵力情况，不敢硬冲，一会儿机枪扫射，一会儿炮轰，一会儿一小股、一小股地试探着轮番冲击，企图寻找一条攀棋盘陀的捷径。马宝玉他们心里非常清楚，通往顶峰只有这条路，必须扼守。

敌人一次又一次地冲锋，太阳却好像老在东边斜挂着，一点也没动。昨天赶了一天路，今天又战斗到现在，滴水未沾牙。马宝玉他们肚子饿，嘴里渴，烟呛火烤，连呼出的气都觉得烫人。

日本兵摇晃着洋刀，挥舞着旗帜，嚎叫着、拥挤着，又向上冲来。马宝玉枪法真准，一枪一个，枪枪不落空。战士们顽强抵抗着，一直打到太阳挂在中天，敌人始终未能前进半步。相反，在崎岖的山路上，横七竖八地躺着许多鬼子兵的尸体。

"我们的任务完成了，走！"马宝玉看了看太阳命令道。但他刚迈出两步，忽然又停住了。他一会儿望着棋盘陀的顶峰，一会儿又望望主力转移的路，摆在他们面前约有两条路：一条是主力转移的那条，走这条路可以很快回到同志们的身边。可是日本兵就在身后，敌人会紧追不舍。另一条是通向棋盘陀顶峰的路。到了顶峰，三面都是悬崖，是一条绝路。马宝玉显然是在考虑应该走哪一条路。

这时，山腰又传来了鬼子兵的嚎叫。他们赶紧往棋盘陀山峰上爬。没想到那里已经上去敌人了，机枪一个劲地朝他们打，他们只好转身攀上棋盘陀附近的一个山峰。

这个山峰叫牛角壶，异常险要。那凌空而起，伸出来像只牛角的悬崖，使人望而生畏。牛角壶三面是悬崖绝壁，只是一面有条崎岖险峻的小路，爬上牛角壶，等于走上了绝路。

马宝玉提起枪，坚决地说"走！"然后，抓住一棵小树，带头向峰顶攀去，坚定地走向死路。

葛振林回忆说，当时他们往牛角壶爬了一阵，停住了。他们知道，前面是一条绝路。这时，他们仍然可以沿着隐蔽的山路摆脱敌人，但是他们却担心部队和群众还没走远，敌人会继续追击。

马宝玉看着周围的地形说：

"在这儿再顶一阵子吧！"

于是大家卧倒，打开手榴弹盖儿，在面前摆了一溜。这里有小树，有半人多高的草，藏下百把十人没问题。敌人摸不清虚实，不敢贸然行动，这就为主力部队和群众转移赢得了时间。

一阵炮火过后，敌人又开始冲锋。5个人接连打下敌人4次冲锋，5个人一个也没少。

"鬼子又上来了，打！"马宝玉喊道。

宋学义抓起手榴弹就扔。葛振林每打一枪就换一个地方，好像有使不完的劲。

太阳偏西了，亲人和战友早已远去，掩护突围的任务早已完成，现在该撤了。可是已经走不脱了。山脚下又集结着新来的100多名敌人。

马宝玉回头望了望崖顶，提枪从地上站起来，葛振林、宋学义、胡德林和胡福才也都跟着爬起来，他们抓着从石缝里伸出来的小树，踏着凸出的岩石，向顶峰攀登着。

敌人发觉后，也跟着往上爬。马宝玉他们一面攀登，一面依托着岩石和树木向敌人射击。有的鬼子兵中弹滚下山去，有的踏落了石头坠入深谷，有的慌乱中拔掉了岩石中的小树，惨叫着滚了下去，直坠入深谷。

5位战士为了不让敌人跟得太紧，凡是到了能够射击的地方都向敌人射击。他们就这样牵着敌人的鼻子往山顶上带。

太阳西斜时，他们登上险峰之巅，再也无路可走了。三面都是万丈悬崖，一面堵满了日本兵。

"八路的！跑不了的……"，秋风送来日军得意的叫嚣。

鬼子兵还在拼命向顶峰上爬。马宝玉一扣扳机，吸了一口凉气，子弹打完了。

葛振林一扣扳机，枪膛里也空空的。

胡德林不住地眨着眼睛，望着班长。

他们全没有子弹了。

"班副，还有手榴弹没有？"胡德林叫了一声。

葛振林一摸腰间，没有手榴弹，忙问班长。班长的手榴弹也打光了。这时宋学义、胡福才也没有手榴弹了。大家全急坏了。

▶ 葛振林（右）宋学义（左）

"哎！"胡福才叫了一声，从地上捡起一颗手榴弹。他扬起手正要往下扔，马宝玉飞快地把它夺过来，咬着牙插在腰里。大家明白，这是留给自己的。

鬼子一看没有枪击，爬得更欢。葛振林不知哪里来的那么大的力气，搬起一块大石头，举过头顶，狠狠地向最前面的一个鬼子砸去。鬼子立刻像被击中的乌鸦，飘飘摇摇落进深谷里。

"好啊！砸呀！"胡福才高兴地大叫起来。大家一齐举起石头，狠命地向敌人砸去。一刹时，石头撞击着鬼子，哇哇乱叫，滚滚而下……

枪炮声都停止了。督战的洋刀在敌人队伍中闪着寒光。鬼子兵还是继续往上爬，而且越来越近了。马宝玉他们砸到最后，身边一块石头也没有了。

马宝玉"嚯"地一声拔出那颗仅有的手榴弹，用一种异常严峻的目光挨个望了望。大家已明白到什么时候了，一齐靠近班长。4个人都昂着头，挺着胸，4双眼睛一眨不眨地看着班长，4个喉咙喊出了一个声音：

"拉吧，班长！"

正在这时，又传来了鬼子兵的嚎叫声。

"八路的投降！"

"抓活的！抓活的！"

马宝玉猛地转回头，胳膊一抡，好似用尽了生平所有的力气，把手榴弹甩向日本鬼子。

"轰！"手榴弹带着5个人的仇恨在敌群中爆炸了。随着狼牙山上的一声吼叫，又有好几个鬼子兵被掀到深谷里。

"撤！"马宝玉说。其实，这不过是他下意识地涌到嘴边的话，周围三面悬崖，从前崖到后崖只有几十步，往哪里撤？

葛振林走在最后面，等他赶上去，班长带着三位战友已经站在崖边上了。他看见大家的脸色都很庄严肃穆。

马宝玉伸手抓住了葛振林的肩臂，嘴巴张了几下，断断续续地说：

"老葛！我们牺牲了，有价值，光荣。我们无论如何不能当俘虏！"

葛振林知道班长的话也是对大家说的。还有一层，他是副班长，5个人中只有他和班长是共产党员，应该做出榜样。

马宝玉举起他那支从日本兵手里夺来的三八大盖说：

"砸吧，同志们！砸吧，不能把武器留给敌人！"

话没说完，石壁后边已经有敌人的钢盔乱晃了。马宝玉随手一抡，三八大盖飞到悬崖下面去了。葛振林举起手中的枪就往石头上摔，没摔烂，也随手甩下崖去了。宋学义、胡德林和胡福才举起心爱的枪时，眼泪却滚落在岩石上。胡福才举起枪，又放了下来。他轻轻抚摸着枪筒，止不住的眼泪……

砸了枪，马宝玉和葛振林交谈了几句，然后从口袋里掏出一个小本子，放在膝盖上匆匆地写着什么。写好后，向他们三个人示意一齐围拢过来。

马宝玉说话了，声音是那样激动：

"同志们！我和葛振林是共产党员，以前我们俩对同志们的帮助和照顾很不够。这次战斗证明你们3个人都具备了做一个光荣的共产党员的条件。将来如果同志们能找到我的尸体，他们会在我的衣袋里发现我和葛振林介绍你们3个人入党的信。现在就让我们用实际行动，表示对党的无限忠诚吧！"

▶ 八路军某连党支部召开党员大会，选举新的党支部委员

说完，他把小本子装进口袋，大步向悬崖走去，4个人都学着班长的姿态，昂着头，挺着胸，紧跟在他的后面。

敌人在疯狂地嚎叫。

马宝玉站在悬崖上，一齐转过头来，狼牙山仍像一个巨人矗立着，易水河仍闪耀着皎洁的光。

在这座狼牙山上，他们学习、练兵，欢迎过新来的同志，不止一次地消灭过敌人。就在这座山下边，他们吃过乡亲们慰问时送来的柿子、核桃，听分区领导同志讲过古代壮士荆柯的故事，那"风萧萧兮易水寒，壮士一去兮不复还"的慷慨悲歌，一直回旋在他们的心头。他们在易水河边洗过澡，做过饭，阻击过凶残的日本侵略军。那天，他们又在这座山上掩护战友和乡亲们突出了重围，并且消灭了100多个敌人。任务完成了！他们可以无愧地与祖国的山河永别了！

敌人已经冲上来，想活捉他们。马宝玉正了正军帽，拉了拉衣襟，然后，像每次发起冲锋一样，大喊一声："同志们，跟我来！"第一个纵身飞向深谷。

顿时，狼牙山的群峰峡谷中回荡着一阵气壮山河的口号声，好像千山万壑都有人在呼喊！

"共产党万岁！"

"打到日本帝国主义！"

"中华民族解放万岁！"

"同志们！乡亲们！永别啦！"

……

在惊得目瞪口呆的日本侵略军面前，5位视死如归的八路军壮士，一个个纵身跳下悬崖。

鬼子冲上山顶，只见空无一人，只有"呼呼"的山风吹过，鬼子们向深不可测的山谷看看，不禁毛骨悚然、面面相觑。

一个鬼子军官喊了句什么，鬼子兵们竟整整齐齐地排成几列，面对五壮士跳崖处，向悬崖下一鞠躬、二鞠躬、三鞠躬……

这群崇信武士道精神的"皇军武士们"，终于发现与其五百之众激战一天的八路军，只有5个人。震惊之余，他们完全被中华壮士捐躯殉国的牺牲精神所折服。

勇士们在险峰上英勇跳崖，马宝玉、胡德林、胡富才壮烈牺牲，葛振林、宋学义被悬崖壁上的树枝挂住，负伤脱险后重返抗日前线。

这就是气壮山河的"狼牙山五壮士"。五壮士的英雄事迹很快就传遍了第1军分区，传遍了晋察冀抗日根据地。

聂荣臻在晋察冀军区的一次会议上，高度评价了狼牙山五壮士的英雄行为：

▶ 狼牙山五壮士（油画）

"在他们身上，体现了中国共产党领导的人民军队的优秀品质，体现了中华民族的英雄气概，我们要继续下去，发扬光大。"

为了悼念为国捐躯的马宝玉、胡德林和胡福才三位烈士，第1军分区隆重召开了追悼大会。杨成武司令员在会上宣读了晋察冀军区司令部和政治部发出的训令，要求全区部队，学习五壮士勇敢顽强的精神，以战斗的胜利来纪念他们。

晋察冀军区还授予马宝玉、胡德林、胡福才为1团模范荣誉战士；对光荣负伤的葛振林、宋学义除传令嘉奖外，各赠"模范青年"奖章一枚。

为了永远纪念五壮士、学习五壮士，晋察冀军区在狼牙山主峰修建了纪念碑。天气晴朗的时候，出保定城向西眺望，可以远远望见奇峰之上的英雄碑。碑文上写道：

▶ 连队官兵在"狼牙山五勇士"纪念塔前进行革命传统教育

> 风萧萧兮易水寒，壮士一去兮不复还，呜呼！三壮士已战死矣，而生者犹继续为人民战斗，望狼牙山巍巍之高峰，谁不为之赞叹而高歌。我军对民族之忠贞，坚信我民族之不可战胜也。

聂荣臻除题写碑名外，还亲笔题词：

> 视死如归本革命军人应有精神
> 宁死不屈乃燕赵英雄光荣传统

新中国成立后，电影工作者将这次战斗拍成了脍炙人口的电影《狼牙山五壮士》，至今广为传颂。

25. 德国记者笔下 "无声的战斗"
——沂蒙山区1941年冬季反"铁臂合围"(1941.11)

1941年秋，侵华日军华北方面军司令官畑俊六纠集山东境内日军5万余兵力，准备对沂蒙山区抗日根据地发动疯狂的大"扫荡"。

具体部署是：第32师团和独立混成第10旅团主力配置于新泰、蒙阴、平邑、费县地区；第21师团、独立混成第3、第6旅团主力配置于沂水、莒县地区；第17师团主力、第33师团一部配置于临沂地区。日军企图首先构成对临沂、沂水、蒙阴三角地带的封锁线，尔后以多路多梯队的分进合击，对沂蒙山区形成"铁壁合围"，消灭山东八路军主力，彻底摧毁沂蒙山区抗日根据地。

9月11日，中共中央北方局和八路军华北军分会发出"粉碎敌人的围攻，坚持华北的抗战"的指示。两天后，中共中央和中央军委发出《关于加强山东军政领导和统一作战指挥的指示》，决定：山东分局暂时由朱瑞、罗荣桓、黎玉、陈光同志指挥，朱瑞为书记；山东纵队归八路军第115师指挥，配合作战；山东纵队和第115师军政委员会组成山东军政委员会。并决定罗荣桓、黎玉、陈光、肖华、陈士榘、罗舜初、江华7人为委员，罗荣桓任书记。

10月初，中共中央山东分局和山东军政委员会根据日军向山东大量增调兵力的动向，判断日军有可能集中优势兵力，对以沂蒙山为中心的抗日根据地进行大规模的"扫荡"。为粉碎敌人的"扫

▶ 山东军区部队一部向外线转移

荡"，指示全区党政军民紧急动员起来，做好一切准备工作。同时决定避敌锋芒，由第115师代师长陈光、政委罗荣桓统一指挥第115师和山东纵队，待"扫荡"开始后，即以一部留沂蒙山区坚持战斗，主力分散转移到外线打击敌人。

11月2日，侵华日军山东管区司令官土桥一次中将亲自督战，指挥第17、第21、第32师团，独立混成第5、第6、第10旅团主力，以及各地伪军共5万余人，向沂蒙山区突然发动多路、多梯队的"铁臂合围"。这是抗日战争期间日军在山东地区发动的规模最大的一次"扫荡"。

3日晚，罗荣桓率第115师师部移驻至青驼寺东北的留田村。4日拂晓，蒙阴东南的山东纵队领导机关驻地马牧池突然响起了密集的枪声。

原来是蒙阴、沂水、莒县的日伪军突然发动了偷袭。山东纵队领导机关人员与警卫部队同日伪军激战一天，于当夜分散转移到沂水西南的南墙峪地区，又遭到日伪军的合围。经奋战突围转移至新泰西南的石莱一带，跳出了敌人的合围圈。

5日晨，临沂、费县、平邑、蒙阴、沂水、莒县等地的日伪军2万余人，分兵 11 路，在飞机、坦克的配合下，向留田一带合围过来。狡猾的敌人还在沂河边的河阳、葛沟一带预伏重兵，以防止我军向东突围；在津浦铁路泰安至徐州段加强戒备，以阻止我军向西转移。

此时，驻留田的有第 115 师师部、山东分局、山东省战时工作推行委员会等领导机关，共有两三千人，而战斗部队却只有第 115 师的一个特务营和山东分局的一个特务连。

形势万分危急。陈光、罗荣桓立即召集第 115 师政治部主任肖华、参谋长陈士榘和中共山东分局书记朱瑞等，在牛家沟小村的一间草屋里，召开紧急会议，研究对策。

面对如此大规模的"扫荡"，会场上的气氛显得异常凝重。敌我力量悬殊，只有突围才能保存战斗力，可是突围谈何容易。首先是从哪个方向突围。有人主张向北，有人提议向西，还有人建议向东转移到滨海区。

罗荣桓认为敌情很严重，今晚上突围是粉碎敌人大"扫荡"的关键。选择突围方向，不但要考虑保存自己，还要考虑打击敌人的"三光政策"，使根据地群众少受损失。西面是津浦路，敌伪碉堡林立；北面不但有强大的日军，还有国民党顽军；东面敌人兵力薄弱，但隔着沂河和沭河，中间有 60 里平原，已发现敌人装甲部队和骑兵。据此，他提议向南突围。虽说南面的日军最多，有三道封锁线和两条公路，而且靠近日军重兵据守的临沂城。但"兵者，诡道也"，虚虚实实，真真假假，最危险的地方往往是最安全的地方，敌人决不会估计到八路军敢向他们指挥部所在地临沂方向突围。因为敌人料定八路军很可能由沂蒙向滨海区突围转移，并在两河之间集结重兵，封锁渡口。

对罗荣桓的判断，大家表示同意，立即着手部署突围行动。

太阳落山时，侦察排先行出发。天黑后，罗荣桓、陈光带着几个老乡当向导，跟着前卫部队，沿着山道前进。后面是机关人员和收容队。

部队乘夜幕爬山越岭过小河，跑步通过公路。大约半个小时后，全部人马刚刚爬上一座小山，便听见身后公路上传来战马嘶鸣和炮车轰隆声。回头眺望，日军大队人马正沿公路向留田方向杀去。

真是千钧一发，太危险了！

罗荣桓命令部队加快步伐，向张庄跑步前进，那是第一道封锁线的突破口。侦查员回来报告，庄里没有敌人。队伍变为三路纵队，在罗荣桓等人的率领下跑步通过两座山间的隘口。山上的敌哨兵似乎发觉有些异样，只是虚张声势地胡乱开枪放炮。

敌人的枪声变成了欢送的礼炮。午夜前，罗荣桓等人率部队顺着蜿蜒的山道急行军，全部通过了第一道封锁线，在离高里村北面几里外隐蔽待命。

附近的大小山头上到处燃烧着篝火，光影下游动着敌人的哨兵，不断发射绿色信号弹。警卫部队悄悄摸到村口，控制了十字路口，大队人马迅速跑过了第二道封锁线。

鬼子们哪里能想得到：他们做梦都想消灭的八路军115师指挥机关，就在他们的眼皮底下安全转移了。

天亮前，部队在临沂城东北几十里外的汪沟宿营。战士们刚刚躺下，就听见远方传来隆隆炮声。包围留田的日军主力，正向牛家沟附近各山村，发起猛攻。

扑空后的日军恼羞成怒，开始进行分区"清剿"，到处设据点，修公路，挖壕沟，抓壮丁，挨村逐户地搜查抗日干部和八路军，惨无人道地推行杀光、抢光、烧光的"三光政策"，进行疯狂报复。许多农舍被洗劫一空，不少村庄被烧成废墟，抗日根据地遭到严重破坏。

面对日益严峻的斗争形势，为打破日伪军的"清剿"，罗荣桓等人研究决定：第115师教导第2旅、山东纵队第2旅主力继续在外线打击、牵制日伪军；第115师师部率山东纵队第2旅、抗大第1分校、蒙山支队各一部和山东分局警卫连重返沂蒙山区，开展内线斗争。并派师特务营副营长黄国忠

▶ 山东纵队某部在战斗中

率3连执行偷袭任务，把鬼子调出根据地，减少群众的损失。

9日清晨，黄国忠带领部队来到石岚附近，趁雾气未散，埋伏在岩石后面。

黄昏时分，鬼子带着抢来的牲口和粮食，大摇大摆地走进了包围圈。随着黄国忠的一声令下，愤怒的子弹射向毫无防备的敌人。顿时，鬼子被打得乱作一团，哭爹喊娘。战士们从山上猛扑下来，与敌展开白刃战。不到半个小时，300个鬼子就地被歼，剩下几个漏网之鱼连滚带爬地跑回去报丧了。

日军总司令畑俊六恼火透了。自"扫荡"开始后，他就被八路军耍的团团转，在沂蒙山区里兜圈子，每次行动都扑空，连个八路军主力的影子都没有找到。

14日，畑俊六卷土重来，调集7000余兵力对山东分局和第115师师部所在地沂蒙山区进行反复合击。

第115师师部和山东分局领导机关迅速转移到费县东北的大谷台。17日午后，日伪军对大谷台进行合击。

罗荣桓、陈光等人判断敌人主力在西面，决定东越临沂至蒙阴的公路，进入沂蒙山区。不料敌人的大队人马也由北向南沿临蒙公路运动。

眼看就要与敌人遭遇，怎么办？敌众我寡，硬拼肯定不行。罗荣桓等人果断命令部队退至路旁的山林隐蔽，不准发出响声。虽然大队人马挤在一个小山窝里，但万籁无声。敌人通过后，部队迅速由西向东疾进，鬼使神差般跳出了敌人的包围圈。

19日晚，纷纷扬扬的雪花从天而降，把沂蒙山装点得银装素裹。

大雪对机械化装备的鬼子行动不利，却让八路军得以在云蒙山、五彩山、三角山和凤凰山转战杀敌。八路军犹如"神行太保"来无影去无踪，打得鬼子晕头转向。

29日夜，山东分局、山东省战时工作推行委员会、第115师师部机关一部向临沂至蒙阴的公路西侧大青山转移。行动前，据抗大第1分校来电报告，那边没有发现敌人的重兵。没料到鬼子在连连失利后学"乖"了，连夜出动两千多人，埋伏在大青山各隘口。

30日天亮时分，突遭敌人合击，受到很大损失。战工会秘书长陈明夫妇、锄奸部长王立人，以及国际友人、德国记者汉斯·希伯遇难。汉斯·希伯是德国共产党党员、太平洋学会会员。为了报道中国抗日战争，他从上海到新四军，1941年夏来到山东。在这次反"扫荡"中，他一直跟随部队行动。就在牺牲前几天，他还写了篇报道《无声的战斗》，刊登在报上，介绍留田突围的情况。谁也没有想到，这竟成为他的绝笔。

12月8日，太平洋战争爆发。

日军将留在沂蒙山区巩固点线的主力部队约6000余人撤出沂蒙山区。撤退之际，日军又分九路合击了天宝山西南的常庄、白彦一带。正在这一带的山东分局、第115师师部及鲁南军区及时转移。不久，敌人开始南撤，山东分局和第115师师部等领导机关也由天宝山区转往滨海区。

在艰苦的反"扫荡"斗争中，沂蒙山区根据地军民对日伪军进行了坚决

▶ 山东纵队一部召开大会

反击。地方武装和游击队积极袭击敌人据点，破坏交通要道，开展反伪化、反抓丁、反抢掠、反搬往敌占区活动，并用搬空、藏空、躲空的"三空"办法对付敌人的"三光"政策。山东其他各区军民采取多种形式，积极打击日伪军，有力地配合了沂蒙山区反"扫荡"斗争。

12月中旬，临沂的敌人对滨海区进行"扫荡"，遭到教导第2旅和山东纵队第2旅的内外夹击。23日，日伪军主力开始分路撤退。

第115师等各部队乘势反攻，一面截击、尾击撤退之敌，一面袭扰留在根据地内的敌人，拔除据点，收复了蒋庄、诸满、大桥、马牧池、岸堤、河阳等村镇。至28日，基本恢复了沂蒙山区根据地，历时50余天的反"扫荡"战役结束了，共歼灭日伪军2200余人，攻克据点160余处，挫败了敌人的"铁壁合围"，保存了有生力量。但也付出了巨大代价：八路军伤亡1400余人，群众被杀害和抓走1.4万余人，粮食被抢走160余万斤，根据地面积缩小二分之一。

26. 太行区 "扫荡" 的彻底破产
——黄崖洞保卫战 (1941.11)

在山西黎城与武乡、辽县相邻一带，正是太行山的腹心。这里百里崇山，峡谷纵横，其中有一座巍峨险峻的高山，名曰黄崖山。

黄崖山山势嵯峨，群峰突兀，雄伟壮观；一泓涧水，劈山而下，破崖而出，扬头东去，构成一条迂回曲折、峭壁对峙、沟壑纵横的带状深谷，气势非凡。因居中一座海拔 1600 米的悬崖上有个可容百人的天然大石洞，得名黄崖洞。抗日战争时期，八路军最大的兵工厂——黄崖洞兵工厂就建在这里。

1939 年 5 月，八路军总部根据中国共产党六届六中全会关于 "建立必要的军火工厂" 的决定，成立军工部，决心发展太行区的军事工业。7 月，遵照朱德总司令和左权副总参谋长的指示，为摆脱 "背着工厂打游击" 的局面，八路军韩庄修配所迁入黄崖洞。经艰苦创业，很快就扩建为拥有 700 多名工人和 40 部机器设备的兵工厂。

▶ 抗日战争时期，延安修械所技术人员在修理机枪

1940年春，黄崖洞兵工厂制造出第一批步枪。这年正值朱德总司令55岁，故定名五五式步枪。随后又相继制造出七九式步枪和八一式步枪，最高月产达430支。从1941年下半年，开始制造五〇炮（掷弹筒）和炮弹，最高月产炮200门，炮弹3000发。百团大战之后，抗日根据地逐步扩大，黄崖洞兵工厂飞速发展，年产可装备16个团，被朱德、彭德怀誉为八路军的掌上明珠。黄崖洞兵工厂也因此成为日军日夜梦想要消灭的重点目标。

　　为确保兵工厂的安全，八路军总部特务团一个营奉命进驻黄崖洞，担负保卫任务。遵照彭德怀的指示，特务团充分利用黄崖洞的有利地形，修筑永久性的核心阵地，组成环形防御。左权也亲自指导设防工作。他同战士们一样住帐篷、钻山洞、睡谷草，每天背上干粮，带着几名团领导一起勘察地形，走遍了黄崖洞的山梁沟崖，确定防御的主要方向、兵力部署、阵地编成、火力配系、障碍设施和采用的战术手段等问题，并亲自绘制地形图，详细审定作战预案。他还先后两次陪同彭德怀亲临黄崖洞视察，纠正设防上存在的问题。

　　1941年冬，日军为寻歼八路军总部和第129师领导机关，摧毁八路军后方兵工设施，调集第36师团、独立混成第4旅及伪军各一部共7000余人，采取"捕捉奇袭"战术，对太行区黎城、涉县、辽县、武乡地区进行"扫荡"。

▶ 彭德怀在前线观察战场

11 月 8 日，驻潞安地区的日军第 36 师团主力山地、葛木联队，及独立混成旅团一部，配有工兵、骑兵共 5000 余人，杀气腾腾，分两路向黎城以北黄崖山、水腰地区袭来。

此次进攻，日军有备而来，不仅装备了山炮、曲射炮、掷弹筒等重型武器，而且采取了"反转电击"的新战术。先是佯攻涉县，在进至石门、五十亩一带后，突然掉头沿清漳河北进。

10 日清晨，日军占据西井，同时，分兵占领东崖底和赵姑村，以期侧翼安全。其先头部队已迫近南口外一二公里处的上、下赤峪村。

下午，日军开始用猛烈的炮火轰击黄崖洞兵工厂。这炮打得离奇，既没有打到阵地上，也没有落在纵深。炮弹集中打向了通道和南口两侧的空地上。狡猾的敌人是想利用炮火扫雷。

防守瓮圪廊前沿阵地的特务团第 7 连识破了敌人的企图，加强了设雷组，待敌人炮击后，即突击抢埋地雷。

敌人打了一阵试炮后，并没有立即发起进攻。11 日凌晨 2 点，敌人先头部队 1000 余人利用夜色，接近南口瓮圪廊阵地前的槐树坪，企图偷袭南口。特务团警戒分队凭险抗击，以猛烈火力打退了日军的两次进攻。

见偷袭不成，日军遂转入强攻。拂晓时分，敌人的重炮、山炮、迫击炮一齐开火了，炮弹由远而近，按昨天的试射目标一线轰来，继而猛轰特务团的阵地前沿，仍想引爆地雷。炮火过后，敌人的步兵开始进攻了。他们驱赶着 100 多只羊，在队前蹚雷，300 多步兵跟在羊群后头，端着三八大盖，猫着腰，哇呀哇呀地向前涌动。步兵后面是 100 多名骑兵，提刀勒马发出阵阵怪叫。

敌人做梦也没有想到，特务团在这一路埋设的都是大踏雷，只有人踏马踩才会响。见羊群安然无事，敌人终于放下心来，大胆地跟了上来。队形也由一路变成两路，两路又分成四路，企图一举突进南口。

突然，滚雷从天而降，机枪阵地也猛烈开火。敌阵顿时乱成一锅粥，被

▶ 左权在八路军前方总指挥部给机关干部讲课 (1941)

打得人仰马翻。不出半个小时，敌人已七横八竖地丢下了 200 多具尸体，而八路军特务团竟无一伤亡。

12 点许，敌人集中所有大炮向南口阵地进行报复性轰击。有两门山炮竟然推到距南口千余米的槐树坪两侧突出部，对南口工事直接瞄准射击，造成了对瓮圪廊的严重威胁。

为干掉敌人这两门山炮，特务团团长欧致富用电话请示左权。因全团只有两门炮，12 发炮弹，平时动用一发炮弹都要经左权批准。没想到左权回答得很干脆：12 发全打完，三四发打敌炮阵地，其余的打敌人集团目标。

炮排只用了两发炮弹，就把敌人的山炮阵地连人带炮给掀翻了。余下的 10 发炮弹，也都准确地落到又发起进攻的敌群里，炸倒了一大片。

然而，在敌人强大的炮火轰击下，南口两侧工事被削去一角，左侧机枪手被压在石头底下，昏死过去。敌人趁机推进了几百米，向 7 连阵地发起猛烈的冲击。南口呈现混战的局面，口内口外都激战不止。

紧要关头，7连17岁的司号员崔振芳，为阻击进入瓮圪廊的日军，孤身据守陡崖上的投弹所，一气投出马尾弹120枚，炸死日军数十名。战斗中，不幸被敌炮弹击中光荣殉国；1班长王兴国，身负重伤，双目失明，仍不肯离开阵地，躺在地上鼓舞战友，高呼："一定要把敌人消灭在阵地前！"

瓮圪廊内的战斗更趋激烈。冲到百梯栈断桥前的日军，见吊桥已撤，眼前是深崖绝路，竟然想下到沟底从十余米高的绝壁爬上断崖。

8连连长彭志海带领12名战士，坚守在断崖顶上和断桥头的工事里。他等到最后一名敌人下沟后，突然一声喊打，顿时整条沟里铁蛋飞滚，炸声如雷；步枪、机枪、地雷、手榴弹，响成一片。没过多久，这股日军就全部葬身沟底。

几次进攻失利，日军狗急跳墙，竟用上了毒气弹。八路军将士早有准备，戴上了防毒面具，继续顽强抗击着敌人的冲锋。

12日上午，战事稍告沉寂。日军指挥官在上赤峪、赵姑村一带向南口东面的桃花寨方向反复观察，可能是选择新的进攻道路。头一天失利的日军已撤下来，换上所谓善于山地战的部队。欧致富立即指示桃花寨一带的驻守部队，要充分准备，待机行动，以变应变。

13日拂晓，日军重新集结兵力5000余人，并以重炮10余门，集中轰击南口东侧跑马站西南垭口及桃花寨东南长形的大断崖上阵地，企图从跑马站突破。

这次炮击时间很长，在跑马站垭口一块不满100平方米的高地上落弹300余发。工事地雷大都被毁。

炮火刚停，日军步兵就发动了猛烈冲锋。跑马站一带全是卵石层，脚下稍不慎，人就会随着石子滚滑下去，又叫"送脚石"，很难构筑工事。

数百名日军从跑马站的反斜面登上无名高地，与驻守阵地的4连1排和团侦察排交上了火。

反击战打得异常艰苦。副排长陈启富，率领两个班18名勇士反击攀上崖的敌人。战斗中，陈启富身上三处受伤，18名勇士也只剩下7人未负伤。陈启富忍着剧痛，带领7名勇士，披挂满身手榴弹，避开敌人炮火，猛往崖沿甩手榴弹，往崖下推滚雷，硬是堵住了敌人的进攻。守在自然洞内的机枪手孙连奎，被日军炮火轰塌的石墙压得昏了过去。苏醒后，他抱起机枪，对准敌人的山炮和重机枪阵地猛烈射击，把敌人拖上来的山炮、机枪给打哑了。

为避免过大伤亡，充分利用黄崖洞有利地形打击敌人，欧致富命令8连配合4连，从桃花寨到水窑口一路埋设地雷，然后放敌进入夹沟，再聚而歼之。

这一战术，极为奏效。敌人果然上当了，一面催促后续部队跟着攀崖，巩固已占领的地段，一面从右侧攻下沟来，企图从瓮圪廊后侧的金盏坪、羊角崖攻占水窑口。结果进到沟里后，就遭到毁灭性的打击。4连扼守左侧的无名高地上，专打日军屁股；8连据守右侧的山口，专打迎头上来的日军。整整一个下午，入沟之敌在沟底抱头鼠窜，新埋的地雷一个个在敌人脚下炸响，200多日军悉数被灭。

对黄崖洞连续进攻3天仍毫无进展，日军简直要发疯了。14日晨，战事重起。日军改变了战术，对桃花寨西南无名高地再次发起攻击，企图消除向水窑口进攻的侧翼威胁。

特务团4连1排战士，一会儿用手榴弹与敌人短兵相接，一会儿与敌人展开白刃格斗。整整一个上午，战斗都处于胶着状态。欧致富见1排伤亡过半，即令撤到后面主阵地上来。

占领无名高地后，日军企图攻占1568高地，均被打退，遂又以老战法，向水窑口方向作试探性进攻。由于连日伤亡过大，日军士气动摇，连攻两次，均未奏效，又伤亡数十人，不得不狼狈撤回，重整残兵。

15日，日军加强了兵力、火力，火焰喷射器也使用上了。战局出现了4天以来最激烈的场面。

在猛烈炮火掩护下，日军兵分两路从东和东南侧夹攻1568高地。经4次冲击，在付出了惨重代价后，至上午9点许攻占了该高地，把南口至水窑口阵地分割为二。然后，日军兵分三路攻击水窑口。一路沿着昨天的老路，从桃花寨的四沟顶南压水窑口，并企图从背后打通南口；一路从正面强攻南口，企图越过断桥金盏坪攻击水窑；一路从南口左侧搭人梯爬断崖，沿山棱直取水窑口核心阵地。这使特务团在断桥、水窑口阵地均处于两面三面作战的境地。

守卫断桥阵地的战士沉着应战，以一当十，越战越勇，连续打退日军的多次冲击。战士刘发容的头部、脖子、腿部都已受伤，仍拖着伤腿来回打枪，甩手榴弹，坚守断桥。战士晁成，

▶ 八路军某部进行反"扫荡"战斗动员

在连长彭志海、指导员冯话芳相继负伤后，一个人守住断桥头阵地。敌人发射的燃烧弹把他的衣服打着了火，他干脆扒下衣服，光着膀子在风雪中继续与敌战斗。

守卫水窑口阵地的战士，与三面进攻之敌，展开了地雷战、肉搏战。激战竟日，击退敌人11次冲击。山石上污血斑斑，阵前遗尸累累，始终未让敌人越过水窑口一步。

16日，无计可施的日军使用最毒辣的手段，向八路军前沿阵地发射喷火器和燃烧弹。顿时，整个阵地烈火熊熊，烟雾腾腾。

八路军战士誓与阵地共存亡，凭借残存的工事，奋勇杀敌。他们明白，

这是通往兵工厂厂区的必经之地，是不能退缩的。8班长王振喜在工事燃烧起大火、敌人乘机涌上来的情况下，指挥战士刘玉溪、韩立会、李卫坤，跃出工事，向敌群猛烈射击、投弹、肉搏，毙敌70余人，直至壮烈牺牲。战士温德胜，举起最后一颗冒着烟的手榴弹冲向敌群，与敌同归于尽。团部派来的政治干事宋德海在前沿阵地被突破的关键时刻，挺身而出，率领9名战士，坚守一个碉堡，将敌拒于水窑口外。欧致富立即命令2营和团直属分队，用火力全力支援水窑口阵地，阻止日军的攻势。

这时，攻占1568高地的敌人突然转头向南压下，对水窑口发起进攻。整个水窑阵地处在日军的四面围攻中，战斗进入了白热化状态。敌我双方都在反复争夺着、对峙着，谁也不肯放弃。连续不断的炮弹、手榴弹、滚雷的爆炸声，震撼山谷，许多人的耳朵都震聋了。

最终，日军费尽九牛二虎之力，用火焰喷射器烧毁了水窑口阵地的核心工事。此时，特务团已整整坚守了五天五夜，彭德怀亲自给团政委郭林祥打电话说：工厂机器也已安全转移，就让敌人爬进去参观好了，晚上所有部队可退到二线，既要诱敌深入，又要顽强防守。

天黑以后，按总部指示调整部署，特务团决定乘夜色，派出布雷组，在水窑口主阵地和通往工厂区的路上及崖边，全用地雷封锁起来。

17日拂晓前，特务团依次撤出南口和水窑口各阵地，退入纵深，继续坚守。

上午，日军分兵两路经水窑口向工厂区攻击。特务团遵照总部掌握"稳"字要求，战法上紧一阵又松一阵地有节奏进行。敌人往前攻，2营就从1650高地上打他屁股。敌人要回头打2营，水窑口山上的3营及团直的火力，又追着他打去，使其首尾难顾。

下午，日军见攻不进工厂区，即转攻2营5连防守的1650高地，企图大迂回控制整个水窑口工厂区。战斗又在这里激烈展开。排长王万年带领6名战士坚守在一个山洞改造成的工事里，接连甩出了6箱手榴弹，把从三面冲来的敌人炸得血肉横飞。最后敌人用柴草烧他们固守的山洞，逼得他们冒着烟火与敌肉搏，直至都受了重伤。战士李天光，专门对付攀崖偷袭的敌人。他趁着敌人登上崖边立足未稳之机，就一刺刀捅过去，把敌人挑下山崖。一口气竟捅掉10多名敌人。战后，他荣获"刺杀好手"的称号。

这一天，日军在付出巨大的伤亡代价后，突破1650高地，攻进了工厂区。但特务团仍控制左右两翼，掌握着战局主动权。

进入工厂区的日军就像是走进了坟墓。机器撤的撤、埋的埋，除了随时都有可能遇到的滚雷、绊雷、踏雷和钩紧了弹弦的吊雷外，敌人一无所获，只能贴崖站着、蹲着，连咳嗽也不敢出声，一个个都被呼啸的风雪冻得像个雪球。

18日清晨，在风雪中冻了一夜的日军为了寻找新的突破口，兵分两路，一路从黄崖峰往左会山口攻击，一路沿水窑山向西山进击，企图夹击2008高地，打开左会山垭口。

驻守2008高地的是特务团1营。自保卫黄崖洞兵工厂的战斗打响后，1营担任预备队，整整7天基本上没有参加作战，杀敌的劲头早已憋足了。一经接敌，就以强大的火力压垮敌人。1营机枪连班长李昌标，一口气就射出子弹480多发，予敌重创。机枪手帅二保凭据有利地形，灵活变动射击方位，机动作战，毙敌60余人。敌人曾组织三门炮对付他这挺机枪，事后被同志们誉为"一枪对三炮"。

遭到重创的敌人如发疯般向2008高地猛攻。2连与敌人在主峰上反复拼搏。有一小股敌人一度突入阵地，2连战士临危不乱，趁敌立足未稳之际，一阵猛烈反击，夺回了阵地。战士边全功，在敌冲到身边时，毫不犹豫地拉响了最后一颗手榴弹，与敌人同归于尽。敌人连续进行了8次冲锋，每一次都被打退，进攻的势头越来越弱。

入夜，特务团1、3连齐心合力，将日军赶出了水窑山和黄崖山。7连、8

▶ 黄崖洞战场遗址

连也乘夜色反击水窑口。日军发现黄崖山外伏有八路军重兵，已形成对其包围，遂下令退出黄崖洞兵工厂。

黄崖洞战斗，八路军特务团以不足一个团的1500人的兵力，抗击了5000多装备精良的日军的疯狂进攻，鏖战8个昼夜，取得了歼敌近1000人，其中毙敌850人的辉煌战果，而特务团只伤亡166人，以6∶1的战绩，"开中日战况上敌我伤亡对比空前未有之记录"，粉碎了华北日军妄图摧毁八路军军工生产的阴谋。

为了纪念保卫兵工厂而英勇奋战、光荣殉国的烈士，半年多之后，当霜林如火的秋色染遍黄崖山大小山头的时候，在巍峨的主峰山麓，丛林环绕处，一座殉国烈士公墓建立起来。

封墓那天，特务团的全体指战员及兵工厂的近千名职工，排着整齐的队伍赶来祭奠。公墓前竖立着一幢高大的青石墓碑。碑文曰：

　　黄崖山保卫战役举世闻知。事缘一九四一年十一月十日，倭贼以陆空联合五千余众，窜扰太行，猛扑南口、桃花寨、水窑阵地。本团受命抗击，历八昼夜，雨雪交加，殊死杀敌，而英勇奋发之气始终未懈，以致获得敌我伤亡六与一比之辉煌战果。缅怀壮烈牺牲诸同志苦斗坚持与壕堑共存亡之精神，实为全民万世所景仰。此日封冢志碣，亦用示我全体指战人员，承荷诸忠烈杀敌未竟之革命志业，永矢不渝云尔。

27. 李先念重拳猛击"定国军"
——侏儒山战役（1941.12-1942.2）

侏儒山战役是新四军第 5 师成立以来规模最大、战果最丰的一次战役，也是新四军在湖北最大的一次战斗。

1941 年 9 月，侵华日军为准备发动太平洋战争，集中了 10 万兵力进攻长沙，后又攻郑州，并不断抽调兵力向南开进，致使武汉近郊汉阳、汉川、沔阳地区日军兵力减少，外围各据点不得不依靠伪军驻守；而伪军害怕被南调，人心惶惶，日伪之间矛盾不断加深。

新四军第 5 师师长兼政治委员李先念分析了当时的形势，果断地做出了抓住战机、进一步作战略展开的决策，立即部署南下开辟川汉沔地区，同时派兵再进鄂皖边地区，以便扩大新的敌后根据地，彻底粉碎日伪军的"扫荡"，在地域上

▶ 新四军第 5 师部分领导人合影 左起：陈少敏、郑位三、李先念

从东、西两面构成对武汉之敌的战略包围态势。

川汉沔地区，位于长江、襄河（汉水）交汇的三角地带，为武汉西部屏障。开辟这一地区，即可北控襄河，南扼长江，东逼武汉，又可为下一步向洪湖老苏区为中心的襄南地区发展，建立桥头堡。

10月，李先念派第15旅政治部主任张执一率第44团1个营和1个手枪队，远涉襄河，直插汉阳近郊，侦探日伪军的情况。临行前，李先念对张执一嘱咐道：要争取这一带的伪军，首先做到让这些部队不坚决反对我们，以便进一步做好反正工作。

张执一就是汉阳人。回到家乡，他就利用通过各种渠道打听到这一地区驻有湖北伪军中实力最强的定国军，其中第1师师长汪步青率3个团约5000余人盘踞在汉阳的侏儒山、汉川的南河渡一带；第2师师长李太平率部驻沔阳的沙湖镇、彭家场一带。日伪军之间相互猜疑，各有所忌，矛盾重重。

根据这一重要情况，李先念决心集中一部兵力，攻打侏儒山，消灭汪步青的伪"定国军"第1师，扩大鄂豫边区抗日根据地。

12月7日深夜，新四军第5师第15旅第44团第3营，在天汉支队2个连的配合下，自汉川城以南索河、萧家集出发，由反正伪军士兵引导，奔袭侏儒山南侧东至山伪第1师第3团。

新四军部队抹黑向侏儒山方向穿插，一连摸了两道岗哨，神不知鬼不觉地奔向伪3团团部。仅用10分钟时间，就结束了战斗，歼灭伪3团团部及特务连。除汪步青闻讯逃脱外，连同汪步青的小老婆在内，俘100余人，缴获迫击炮2门、轻重机枪和长短枪70余支（挺）。

次日上午，当位于系马口、蔡甸、大集厂的日军200余人来援时，第44团第3营和天汉支队2个连已乘船由湖区安全返回，并将俘虏的伪3团官兵带到湖区根据地。经过一番教育，这些俘虏一部分要求参加新四军外，其他的都陆续释放了，这使伪1师的军心更加动摇。

趁伪军士气低落、异常恐慌之际，李先念决定二打侏儒山。

12月23日，第5师又集中第15旅第43、第44团及天汉支队1个大队，由天汉湖区经杨林沟渡过襄河。旋即以第43团向东进攻侏儒山东北桐山头、永安堡；第44团和天汉支队1个大队向西南进攻侏儒山、将军岭和南河渡。

战役打响后，第44团仅用20分钟就攻占了侏儒山南面的将军岭，全歼伪军1个机炮营。进攻桐山头的第43团3营，冒充伪军营长骗开寨门，将守军1个营全部缴械，缴获手提机枪20多枝。

附近日寇各据点和汉阳日军警备队的几百名日军紧急出动，增援伪1师。第15旅副旅长朱立文率第43团攻下桐山头后向裴家山前进，途中遭遇前来增援的伪军阻击。

朱立文立即带领部队后撤到索子河，激战中不幸中弹牺牲在索子河中，通讯班的几名战士也全部壮烈牺牲。

朱立文，1909年生于广西百色，1930年参加中国工农红军，后加入中国共产党。历任连长、营教导员、团参谋长，参加左江和中央革命根据地反"围剿"作战。1934年10月参加长征，曾任周恩来警卫员。抗日战争全面爆发后，被派到鄂豫边区参加敌后游击战争。1941年4月，任新四军第5师第43团团长兼政治委员，同年12月任第15旅副旅长，率部挺进武汉近郊，发动群众，打击日伪军，发展抗日人民武装，开辟（汉）川汉（阳）沔（阳）抗日根据地。牺牲时年仅32岁。

经过两次打击后，伪1师主力退踞汉阳、沔阳间何家帮、周家帮一线，师部移驻沔阳东南彭家场。为了得到喘息的机会，汪步清耍起了诈降计，一面送信给新四军请求休战，一面向邻近日军据点乞援，妄图等日军援助一到，再一举消灭新四军。

不料，这一情报被新四军安插在汪步青身边的内线及时传递出来。第5师决定将计就计，利用汪步清的信实施反间计。很快，这封信后被"转交"

▶ 李先念（左一）在鄂中行军途中

到了日军手中。原本日伪军之间就已矛盾重重，这下日军更不信任伪1师了，对汪步清的乞援置之不理。

1942年新年刚过，李先念指挥新四军第5师即向伪1师发起了第三次攻击。

元月7日，第43、第44团分别攻击周家帮、何家帮地区伪军，迫使其向沔阳城以东西流河及其附近的王家场等地溃退。

两股伪军撤退至西流河时撞到了一起，为夺路逃命，竟相互火并起来。一名伪军打得兴起，居然高呼起"打倒汉奸"的口号来。这时，新四军第43、第44团合兵乘胜追击过来，歼灭其1个营，占领西流河。

次日，新四军继续向王家场、余家场出击。伪军不敢迎战，分两股向沙湖及何家场逃命。新四军尾追至沙湖附近，发现沙湖据点的日伪军蠢蠢欲动。为判明情况，新四军主动撤回西流河、何家帮一线。此战，共缴获伪军兵工厂步枪、机枪枪身4000余件和大量军用物资。

原来，日军见新四军猛攻侏儒山伪1师，才确信自己中了反间计。于是，武汉行营更改只许伪军增援，不许日军出动的命令，严令驻沙湖镇，驻蔡店的日军，配合从仙桃出动的鬼子，倾巢向新四军进犯。

10日，日军20余人带领伪"定国军"教导团和伪2师一部共千余人，由沔阳沙湖分路向西流河新四军第43团蜈蚣岭阵地进犯。

对日伪军的进犯，新四军采取了"杀鸡儆猴"的战术，以少数部队坚守阵地，对付两翼的伪军，正面的主力则严阵以待，专找日本鬼子打。打垮了日本鬼子，伪军自会不战而退。当时新四军准确地知道，沙湖镇里只有30多个鬼子。日军就是倾巢出动，新四军也完全可以"吃掉"，这一仗是完全有把握的。

战斗打响后，两翼的伪军在新四军重机枪的射击下，果然踏步不前，想趁正面进攻得手后再发起冲击。正面向新四军进攻的，开始是伪军。这群伪军来势很凶，一窝蜂似的呼喊着向新四军阵地冲来。冲到距新四军阵地约有二百米时，新四军轻、重机枪一齐开火，一下子就打倒了一片。后面的伪军见势不好，扭头就跑。日军见伪军这么没用，气势汹汹地向新四军阵地冲来。

等鬼子接近阵地时，新四军一拥而上，把20多个日本鬼子团团包围起来，展开了肉搏。这是新四军进入汉阳后第一次与鬼子拼刺刀。没多大工夫就干掉了十几个，剩下的鬼子再也没有刚才的勇猛了，扭头就往回跑。新四军战士们追上去又刺倒了几个，只有一个鬼子跑得快，回去报丧去了。

新四军乘势全线出击，一直把伪军赶回沙湖。

汪步青在新四军连续三次打击下，在汉沔交界处纠集残部，梦想东山再起。1月中旬，伪1师残部2000余人由沔阳境内向汉阳响水港、萧泗沟靠拢，企图重占侏儒山。

为迅速将汪步青伪军歼灭，第5师遂以第43、第44团和天汉支队经萧泗沟逼近伪1师，发动第4次攻击。由于伪1师背靠长江，有日军炮舰支援，不便进攻，第43、第44团和天汉支队遂与伪1师形成对峙。

伪1师以佯称向新四军投降，所部向沔阳王家场、余家场、何家场撤退，其驻窑头沟的第1团约700人向三羊头窜逃。第5师即以第44团追至三羊头，歼其大部，并击退黄陵矶日军数十人增援。战后，在东江老、窑头沟、三羊头缴获伪军藏匿的机床10台、马达2部等兵工设备及步枪、机枪枪身2000余件。

1月28日，第5师集中第13旅第37团（欠1个营）、第38团和第15旅第43、第44团，分两路对位于王家场、余家场、何家场地区的伪1师残部发起攻击。此时，汪步青残部已成惊弓之鸟，不堪一击。驻牛拔的一个伪军机炮营，新四军仅隔河打了三枪，就吓得丢下枪炮落荒而逃了。

2月2日，第37、第38团各一部进击鄂中沔阳县胡家台日伪军，歼其大部。3日，又击退沙湖日军一部增援。4日，汉川日军100余人在3架飞机支援下前来解围，第37、第38团撤出战斗。

战斗中，新四军俘获了汪步青全套的兵工设备，外加一支铜管军乐队。这支军乐队成立不久，铜喇叭新得锃亮，被收缴前让新四军当成了新式武器，专门派人包抄。但这些新武器却从不开火还击，以至战士们得出了"他们没了弹药"的结论。等到把"新式武器"俘获了，战士们才明白过来，便让乐队队员吹奏曲子，可这支乐队只练会一首曲子——《桃花江是美人窝》。在乐曲的伴奏下，新四军跨过了西流河的独木桥。

侏儒山战役历时近2个月，新四军第5师共歼伪军5000余人，其中俘伪军950余人，毙伤日军200余人，控制了侏儒山及其附近地区，扩大了豫鄂边区抗日根据地，为尔后进军襄河以南地区创造了有利条件。

28. 苏北地区战略态势的改善
——盐阜区1943年反"扫荡"(1943.2-4)

苏北抗日根据地的盐阜区，东临黄海，西濒涟水，北界陇海铁路，南达盐城、兴化，是中共华中局、新四军军部及第3师首脑机关所在地。它就像一把利剑横亘于长江与陇海铁路之间，严重威胁着南京汪精卫伪政权和日军对长江中下游及沿海地区的控制。因此，日伪军早已视它为眼中钉、肉中刺，曾多次进行过"扫荡"。

1943年初，日军为确保其苏北与南京、上海、杭州之间占领区，加强对沿海重要港口的控制，进而腾出兵力执行机动作战任务，加紧调整兵力部署，对苏北抗日根据地进行大规模的"扫荡"。

2月17日，日军调集驻苏鲁皖地区的第17、第35师团及独立混成第12旅团各一部及伪军徐继泰、李实甫、潘干臣等部共2万余人，出动装甲汽艇百余艘，在飞机大炮掩护下，采取拉网战术，以梳篦式数路并进，从西、北、南三面向盐阜区大举进攻。

面对严峻形势，为粉碎日伪军的"扫荡"，保卫苏北抗日根据地，新四军军部召开了紧急会议，研究决定军部和第3师师部将要转移到安全地带，主力部队也要跳出"扫荡"区。军部指示第3师兼苏北军区立即拟定盐阜区反"扫荡"作战计划；同时要求第1、第4师和第10旅及各地方武装，在苏中、淮北及淮海等地区积极袭击当面日伪军据点和交通线，以配合盐阜区的反"扫荡"作战。

据此，第3师师长兼苏北军区司令员和政治委员黄克诚，决心采取敌进我进、内线与外线、分散与集中相结合的战法，全面展开反"扫荡"作战。并决定由副师长兼第8旅旅长张爱萍统一领导第8旅和第7旅第21团及盐阜区地方武装在内线坚持斗争；师部及地方党政机关一部，分散转移至盐城以东与苏中交界地区隐蔽待机；第7旅主力转至淮海区，配合第10旅行动，积极策应盐阜区反"扫荡"作战。

受领任务后，张爱萍加紧筹备反"扫荡"准备工作，并以中共盐阜地委书记的身份发出《告党员书》，号召全区党员克服侥幸心理，树立必胜信念，动员并团结广大群众迅速备战，粉碎日寇的大"扫荡"。

黄淮平原，一马平川，村庄稠密。由于历史上多战乱，差不多每个庄子都挖有圩壕，筑有土墙和炮楼。张爱萍认为，日军一旦攻占了村镇，这些设施便会给敌人带来极大的便利条件，而成为我军反攻的障碍。再一点是苏北河湖港汉多，日军的汽艇一旦入侵，便会畅通无阻。所以破路挖沟，填河筑坝，改造地形就成为一项繁重的任务。

在张爱萍的统一领导下，苏北抗日根据地内立即掀起了一场大规模的破坏公路，拆桥挖沟，拦河打坝，平毁河圩、炮楼的群众性运动。

苏北农村每家每户都养狗。夜间一只狗叫，便会引来众犬齐吠。过去养狗是为了防盗贼、防日伪军的，而在反"扫荡"

▶ 黄克诚在苏北抗日前线（1942）

期间新四军多在夜间秘密行动，这些狗无疑会给新四军带来不必要的麻烦。因此，许多干部都认为还是要下决心，在反"扫荡"前把各家各户的狗给消灭了，以免后患。

但打狗事关千家万户，事关军民关系，张爱萍十分慎重，指示：

"这事要走群众路线，先向群众讲清利害，然后组织群众代表广泛商讨，让大家来想办法。"

经过深入讨论，绝大多数群众拥护把狗打掉，但也有极少数人舍不得打。张爱萍在亲自听取了他们的意见后，想出一个万全之策：允许每村保留一公一母两条狗，以便在反"扫荡"后再繁殖。但规定夜里部队经过时，保证不得让狗叫。

由于工作做得如此细致，群众深受感动，自觉遵守这项纪律，直到反"扫荡"结束，也没有发生过老乡的狗在新四军部队夜间行动时叫过的事。

张爱萍预感到，在这场反"扫荡"中，敌情复杂多变，部队高度分散，为了进行及时有力的指挥，必须加强第8旅旅部的侦察和警卫队伍。他对各团领导说：

"我们要选调一批人。这些人不但要能入'虎穴'，而且能抓'虎子'，打仗不勇敢的人不要"。

于是，第23团1营营长詹英贵被任命为侦察队长，警卫班长韩兆轩被任命为警卫队长。

张爱萍为反"扫荡"制定了一整套切实可行的作战方针，提出在坚持原地、分散作战原则的指导下，以游击战为主要形式，以"敌进我进，敌退我进"为主要作战方法，体现了他一向主张"慎战"但又极具进取的精神。

对此，张爱萍解释说：

"兵形如水，因地制流。打仗用兵，变化多端。只要有利于保存自己，消灭敌人这个总目的，就可以根据实际情况加以灵活运用。"

何谓"敌进我进",张爱萍解释:

"我们不是坚持内线作战吗?根据地被敌人占领了,我们再'敌进我退',还退到哪里去?因此,要根据我们的实际情况,来一个'敌进我进'。敌人进来了,占领了我们的根据地,我主力则乘敌之虚,转进至敌伪区隐蔽待机,并相机给兵力薄弱的原据点之敌以必要之打击,抄其老窝,以牵制'扫荡'之敌;而当敌人在我根据地设立新的据点后,其主力开始撤回时,我主力便转回来给以及时的反击,捣其新巢。这样,既利于我们回旋,又使敌人有后顾之忧,作战的主动权便完全操纵在我们的手上了。"

在布置完主力部队的作战任务后,张爱萍又将目光转向民兵和地方部队,给他们生动形象地介绍了三种作战方法:一是引诱敌人的"小孩拉瞎子法";二是阻滞敌人的"狗咬叫花子法";三是使敌人疲惫的"小偷挖洞偷东西法"。

▶ 新四军第 3 师部队举行抗日誓师大会

2月17日,两万多日伪军气势汹汹,由南向北,由西向东,采取分进合围、海上封锁的拉网战术，在飞机、骑兵的配合下，大举向苏北抗日根据地发动进攻，重点是盐阜区盐河以东、射阳河以北地区。

严峻的反"扫荡"战斗就要开始了。张爱萍作了最后一次反"扫荡"动员，一字一顿庄严地宣布纪律：

"战斗中，如果谁向后退，就枪毙谁。如果我向后退，你们就枪毙我。"

至19日，日伪军以重兵合击根据地的重要村镇，先后进占阜宁、东坎等地，然后北至旧黄河，南至射阳河，向东构成一个大弧形包围圈。同时在黄海海岸的日军舰艇严密封锁了沿海港口，对根据地形成三面包围之势。随后在飞机掩护下，日伪军以多路重兵齐头并进，向黄海之滨的八滩、六合庄、大淤尖地区实施挨家挨户梳篦式反复搜索和清剿。

张爱萍沉着应对，指挥第8旅在地方武装和民兵配合下，灵活运用游击战术，以一部沿途阻击、袭扰、消耗和疲惫日伪军，主力转至日伪军侧后寻机反击，使日伪军合围扑空。

与此同时，第1、第2、第4师在苏中、淮南、淮北地区，广泛袭击当面的日伪军据点和交通线。第7、第10旅在淮海地区积极反击，相继攻克沭阳县城东南的钱集、西南之龙集等据点，歼灭日伪军近千人。

而张爱萍则留在敌人包围圈的边缘地带，身边只剩下特务营一个排和两挺机枪。警卫队长韩兆轩、电台台长赵宗普和3个骑兵通信员、1个电话架线班，跟着张爱萍走上阜宁芦浦北边的旧黄河故道，在敌人眼皮底下观察敌情。

张爱萍和他的小分队行踪不定，有时一晚上要转移五六次。然而，张爱萍只要一得空，便坐下来看地图，想问题。经过侦察，张爱萍已对日寇"扫荡"及其行动规律了然于胸，他要用这些新情况来进一步检验并补正原先的作战计划，以扭转反"扫荡"斗争形势。

从2月27日起，日伪军又集中兵力对阜宁、滨海、淮安等县实行分区"扫荡"，并修筑公路，安设据点，建立伪政权。第3师内外线部队密切配合，积极打击敌人，相继袭击阜宁、湖垛等据点，予日伪军以大量杀伤。地方武装和民兵积极开展袭扰战，破坏交通线，摧毁伪政权，使日伪军顾此失彼，到处挨打。

至3月中旬，日伪军对盐阜区"扫荡"已有月余，在根据地内新设了30多个据点，主力开始撤到根据地边沿的大据点里集结，并有一部向外区撤退。

为彻底粉碎敌人的"扫荡"，张爱萍决心抓住战机，迅速集中内线兵力，乘敌人主力撤退，新据点尚未稳固之际，实施反击，以收复被敌占领的重要村镇。

3月16～19日，张爱萍指挥第8旅主力在阜宁县城西北黄营子、单家港等地歼灭日伪军420余人。

陈集曾为盐阜区根据地的政治、经济和文化中心。华中局和新四军军部所在地便在陈集附近的停翅港。在这次"扫荡"中，日伪军在陈集设立了据点。陈集位于匈湖、阜宁、东坎敌据点之间，拔掉这个据点，有利于改变敌我态势，争得战场主动权。为此，张爱萍决定首先攻取陈集。

为了实施这一作战计划，张爱萍率指挥部转移到阜宁中心区潢莹附近，命第22团东渡盐河，隐蔽集结于旧黄河滨之芦浦地区；第23、第24、第21团迅速集结，各县独立团分别于本县区隐蔽集结，积极做好反击战的一切准备。

陈集守敌为日军第35师团林我夫大队之崖畅野中队，共89人，装备有轻重机枪和迫击炮，工事坚固并建有弹药库。

张爱萍分析，陈集是日军的中心据点，敌人在周围的据点皆布有重兵，攻击陈集必然会牵敌一发而动全身，打援是个大问题。如若阻击不了援军，要拔掉陈集这颗"钉子"便为一句空话。

由谁来担任主攻呢？当时，张爱萍手下虽有四五个主力团，但真正可担任主攻任务的，只有第23、第24团。但第23团前不久在与日军遭遇战中损失不小，主攻任务显然由第24团承担较为合适。

然而令大家感到意外的是，在作战会议上，张爱萍力排众议，决定由第23团担任主攻，并派特务营配合，其余部队担任阻击并袭击、牵制陈集外围据点之敌。

　　张爱萍解释道：

　　"根据敌情分析，这次战斗打援较之攻击更重要，任务也更艰巨。若我晚上9点对陈集发起攻击，争取到第二天上午9点攻下来是有可能的。即使打不下来，如果阻击部队强，把敌从阜宁来的增援部队阻击住，就可以争取时间。进攻当然要用主力，但我们也不要搞得太死。如果打援更为重要，就要舍得拿出最好的部队来打。23团战斗力是弱一些，但只要24团打得好，减轻他们的压力，我相信他们是一定能出色完成任务的。这对23团来说，也是一个难得的锻炼机会。这样的安排，也是为了让他们打个翻身仗，把士气振作起来。"

　　会开完后，张爱萍又来到第23团，亲自向班以上干部作动员。

　　"陈集这一仗很重要。它关系到我军能否继续在苏北站住脚。苏北的老百姓给我们吃、穿、住，我们难道就不能为老百姓除害吗？大家一定要抱定把敌人完全消灭的决心，来投入这次战斗。"

　　动员后，他又同第23团的指战员们一起研究了战法。提出要采取四面包围，多路而又有重点的攻击的作战方法。

　　"我们这次要用'火烧赤壁'的办法，多准备些弓矢。箭头上包上蘸过火油的棉花。我们要用这种武器来摧毁敌人的坚固防御工事。"

　　3月25日夜，月明星稀，清风习习。攻击部队隐蔽地来到陈集西北杂姓庄附近集结，迅速完成了对陈集的包围。张爱萍率旅警卫营、侦察队随第23团向陈集进发。

　　沿途，根据地人民见新四军又回来了，都笑逐颜开，不顾被敌伪发现的危险，悄悄地在村头等候迎接。在欢迎的群众行列里，一位老大娘领着孙女，怀里抱着一条狗。她轻轻地抚摸着狗微微扬起的脑袋，一边的孩子用手捂着狗的下巴，生怕它叫出声来。顿时，一股热流涌上了张爱萍的心头，根据地人民真是太好了。

这夜所见的情景一直萦绕在张爱萍的心头。战斗结束后，他在题为《陈集歼灭战》的诗中赞道：

> 风送春暖鱼水融，
> 月照铁马虎胆雄。
> 千村人迎招手笑，
> 百户犬卧抚怀中。

陈集据点里日军中队部及主力驻在镇西的几所坚固民房里，另有一小部兵力驻在镇东北的太平庙。敌人拆毁了镇四周的桥梁，河里放了鹿砦，所驻房屋均挖了射击孔。镇中心筑起很高的瞭望台，全镇遍设碉堡和射击掩体，并对镇四周和主要交通要道的地形作了改造。因当时敌人也刚安顿下来，连日修筑工事已很疲劳。敌疲我打，正是我军制胜的条件。攻击部队分北、东、南三路，直逼陈集。

战斗即将打响前，张爱萍来到担任攻击前锋的第23团2营5连。因为这一仗对全面收复根据地至关重要，而主攻方向能否一举突破成功又是战斗取胜的关键。所以，他必须亲自站在最前沿，才能及时地实施最有效的指挥。

晚9点多，张爱萍与尖刀班顺着交通沟向敌人接近。他们快速行进到陈集的圩河边，隐蔽在圩河边的土堆后面，观察着河对岸敌人的动静。这里离敌人只有100米。

张爱萍发现在桥的那一头，有一个端着枪的敌人哨兵。要过桥就得先干掉这家伙。他仔细观察后，小声命令身边的尖刀班长：

"你带上两个战士，把刺刀当匕首用。当哨兵转过身时，迅速从背后抱住他，用刺刀解决他。不能让他出声。"

班长点点头，示意身边的两名战士，悄悄取下了刺刀，做好出击准备。

当鬼子哨兵转到背向北时，张爱萍猛地一挥手，班长带着两名战士立即

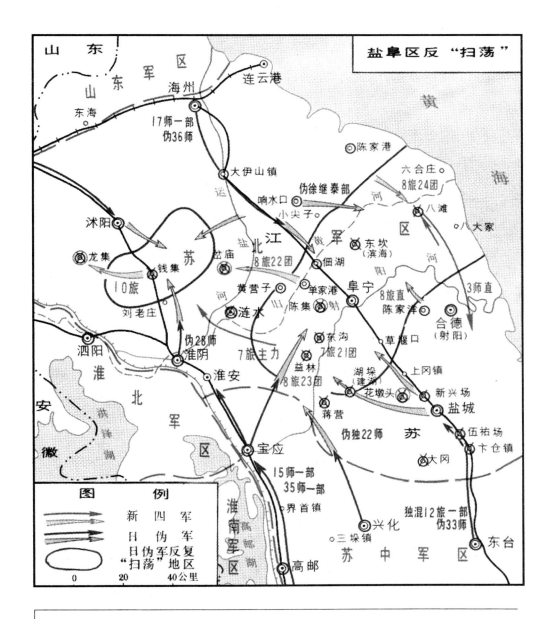

▶ 盐阜区反"扫荡"

如旋风般冲过了桥，在鬼子还来不及转身时，刺刀已刺进了他的后背。

"冲进去！"张爱萍用力地向身后的连长挥了挥手。攻击部队以迅雷不及掩耳之势冲进了敌人的营区，里面的日军还在睡梦中，奇袭成功了。

2营的战士们迅速悄声跟进，犹如神兵天降，机枪、手榴弹、蘸了油的火箭，一齐向敌营袭去。当日军从睡梦中被惊醒时，不是被烧死，便是被击毙。

不一会儿，各主攻部队也都突入据点，与敌人展开了激烈的巷战。日军被这突如其来的攻击打蒙了，被压缩到一个三面临水的院落内，凭借强大的火力负隅顽抗。

战斗一时处于胶着状态。正在陈集东北部太平庙指挥所指挥作战的张爱萍接到报告，命令第23团团长胡继成：

"没有别的办法，还是火攻！"

谁知大火点燃没多久，天公不作美，飘起了毛毛雨。

26日的凌晨悄然而至。胡继成心急如焚，那时打仗最怕拖，尤其是拖到白天，日军的增援部队一到，问题就难办了。

这时，张爱萍亲临前沿阵地，听取了胡继成的汇报，又去观看了敌情，立即下令将旅部的特务营调上来，并对战斗作了新的部署。

根据张爱萍的命令，形成四面包围的攻击部队故意网开一面，让出西边。原来，张爱萍用的是"佯顺敌意，开生以纵"之计。他要求西边的部队后撤时要让敌人看见，撤到陈集西北角后埋伏起来。

同时，张爱萍又从旅部特务营和侦察队中，挑选了29人组成奋勇队，由教导员廖明义、支部书记李军率领，加强对敌人的正面攻势。

在机枪的掩护下，奋勇队迅速占领了与敌人只有一墙之隔的一间房子，并将机枪架在了房顶上，向敌人猛烈射击，投掷密集的手榴弹。随后，奋勇队的勇士们从房上跳下来，与敌展开了白刃战。日军不支，一部在中队长崖畅野的带领下仓皇向西逃去。结果，几十个鬼子一头钻进了张爱萍设好的埋伏圈里，全部被歼。

剩下来的 20 多个鬼子，再也无法坚守，四处逃命。这时天早已大亮，枪声渐渐稀疏下来，从院子里走出十几个鬼子，双手把枪架在了自己的头顶上，乖乖地投降了。

至此，陈集守敌日军一个中队全部被歼灭。捷报传来，张爱萍诗性大发，那首《陈集歼灭战》的诗便有了下半阙：

> 大圣扬威罗刹腹，
> 小鬼跪向龟壳丛。
> 陈集歼敌获全胜，
> 丧魂落魄寇技穷。

在第 8 旅拔掉陈集据点的同时，第 3 师各部也展开了全面反击。主力部队、地方武装和民兵密切配合，内外线部队互相策应，以攻坚、围点打援、伏击和袭击等手段，分别攻占了东坎、东沟、六套等敌伪据点 10 余处。随后又攻占了八滩，歼敌 220 余人。

至 4 月 14 日，盐阜区反"扫荡"作战胜利结束。第 3 师兼苏北军区所属部队共毙伤日伪军 1000 余人，俘 780 余人，攻克据点 30 余处，挫败了日伪军围歼第 3 师领导机关和主力部队并控制苏北的企图，改善了新四军在苏北地区的战略态势。

29. 气壮山河的八十二勇士
——刘老庄战斗（1943.3）

由陕西到苏北敌后英名传八路

从拂晓达黄昏全连苦战殉刘庄

　　这是 1946 年春，前中共苏北区党委书记、苏皖边区政府主席李一氓同志，为悼念八十二烈士而写的挽联。

　　这是一个惊天地泣鬼神的英雄壮举，这是一首气壮山河的战斗诗篇。82 名勇士用自己的鲜血和生命，以豪迈的英雄气概，在中华民族抗日战争史册上写下了光辉的一页！

　　这是在抗日战争的年代里，新四军的一个连，遗留下来的一篇战斗史诗。

　　这是 82 位勇士，为了保卫抗日民主根据地，保卫党、政、军领导机关，保卫人民群众，浴血苦战，粉碎了日寇步、骑、炮兵 3000 余人的多次冲锋和炮击，在毙伤敌 300 余人后，壮烈牺牲的英雄事迹。

　　朱德总司令曾高度评价了这次战斗：

　　"全连八十二人全部殉国的淮北刘老庄战斗，……无一不是我军指战员的英雄主义的最高表现"。

　　岁月如歌，战斗已经过去了半个多世纪，但烈士们孤军御强敌，血洒刘老庄的英雄形象，却永远活在人民的记忆中。

▶ 日伪军在进行"清乡"期间，建筑的竹篱笆封锁线

战斗发生在1943年3月18日，在苏北淮阴城北淮沭路旁的刘老庄。

日军为挽救失败的命运，从1943年起，加紧对抗日根据地进行"扫荡"和"清乡"，挨家挨户编户口，成立伪保甲。苏北平原上，敌人据点林立，日伪军四出骚扰。

为巩固苏北抗日根据地，苏中新四军部队除了少数主力外，都化整为零分散到各地活动，由地方党委领导，坚持斗争。

3月17日夜，沭阳、涟水和淮阴等地的日伪军数千人，分兵11路，开始对淮海区"扫荡"。敌人的第一个目标，是要合击驻在六河塘一带的淮海区党委和军分区领导机关。"扫荡"的敌人中，进攻最快、最猖狂的是淮阴城里出动的日伪军。

18日凌晨，淮阴之敌3000多人，突然向六河塘方向猛扑过来。

刘老庄是淮阴城北40里的一个普通村庄，离淮沭公路不远，正当淮阴城敌人北犯的路旁。

新四军第3师第7旅第19团2营4连正巧驻在刘老庄。当2营得到敌人"扫荡"的情报后，营领导立即命令4连在刘老庄阻击敌人，掩护领导机关安全转移。

4连是一支具有光荣传统的连队。早在北伐时期，这个连就是武昌城下叶挺将军亲自率领的铁军的一部分；红军时期，这个连又是红四军的一部分；

抗战初期，被编入八路军第115师，曾参加过平型关战斗。战士大多是北方人，为开辟苏北抗日根据地，从山东到苏北，从八路军到新四军，这个连队始终是一支英勇善战、敢打硬仗的优秀连队。

这次受领作战任务，指战员们深感肩上责任重大。他们知道，此次敌人倾巢出动，旨在把我苏中抗日部队一举扑灭，气焰十分嚣张。看来要在这里拖住敌人，必将有一场恶战。但为了使领导机关安全转移，全连官兵同仇敌忾，早都把生死置之度外，誓与日寇血战到底。

18日清晨，刘老庄阻击战打响了。

敌人按照伪军在前，日军随后的队形，一批又一批地由陈集方向疯狂扑来，其间有步兵，还有骑兵，黑压压的一片，来势煞是凶猛。

4连指战员沉着应战。等到敌人靠近阵地时，机枪、步枪、手榴弹一齐猛打，愤怒的子弹雨点般射向敌人，手榴弹不时地在敌群中开花，打得敌人鬼哭狼嚎，丢下20多具死尸仓皇退下。

不一会儿，敌人调整部署，分多路向刘老庄扑来。敌人首先从东南方向发起进攻。他们采用日伪军混合编队的形式，在火力掩护下交替前进，一步步向刘老庄逼近。

当七八十个日伪军距我前沿阵地30多米远时，我2排5班和6班从正面杀出，4班从侧翼杀出，敌人被打得晕头转向，慌不择路地向后乱逃。

村庄西南是敌人的主攻方向，日伪军在其强大火力掩护下，轮番向我阵地发起冲击。我一排战士顽强抗击，使得敌人无法前进，双方形成对峙状态。

这时，我党政机关已经转移。4连完成了阻击任务，撤出阵地，沿着村庄边的一条交通沟往西突围。

交通沟，是苏北地区特有的一种交通通道，和华北的地道原理一样，只是苏北水位高，不能在地底下挖通道，就在地面上挖宽5尺、深4尺的沟道，人在里面猫腰跑，地面上是看不见的。这样的交通沟在根据地内，逐渐做到村连村，庄连庄，纵横交错，四通八达。平原地带有了交通沟，一遇敌情，抗日军民就可在交通沟里机动转移，寻找战机，有利就打，不利就走，既可以作为转移的交通通道，又可以当作作战的战壕。这简陋的沟道，在反击敌人"扫荡"中发挥了很大的作用，被称为"抗日沟"。

刘老庄北面是一片开阔地带，四五平方里内无人家，却密布着纵横交错的交通沟。4连战士们一个跟随着一个猫腰在一条交通沟里跑出去不远，突然前面停住了。

连长在后面传口令：

"往前传，为什么停下来？"

"交通沟断了！"不等这个口令传到头，头起的话也传到了后面。

原来4连走进了一条没有完工的交通沟！这和人走进死胡同一样，退，敌人已经占领身后的村庄，无路。进，交通沟上面是开阔的平地，也无路。

连长果断命令，作好战斗准备！战士们立即卸下背包，伏上沟沿，架好枪。

离交通沟300米远的开阔地上，密匝匝排列了上千名横端三八大盖，甩动大皮靴的鬼子和屈背缩头的伪军，队伍前面是驮着指挥官的大洋马，看那模样，敌人丝毫没有察觉不远处有几十条黑森森枪口正对准着他们。

"这密匝匝的队伍足有2000人之多，正急匆匆向北是不是'扫荡'淮海区党政机关驻地——六河塘？机关离这里只有几里路，一个小时，敌人就能到达那里，虽然今天机关也开始转移，可现在才是早晨8点，说什么机关也无法在一个小时内全部转移走，还有几百户老乡。此刻，如果连队埋伏这里不动，是有可能跳出敌人包围圈的。可敌人在这里扑了空，必定拼命追击，淮海区机关怎么办？"

想到此，连长与指导员一商量，决定打！在刘老庄再坚守几小时，死死拖住敌人，为机关安全转移争取时间！

几百米长的交通沟和82条破旧的步枪成为这次抵抗1600名日伪军战斗

▶ 新四军某部进行反"清乡"动员

的全部抵押。

这样悬殊的力量对比恐怕是古今中外战例中罕见的。可 82 名抗战军人硬是用自己的血肉之躯创造了战争的神话，拖住 20 倍于己的敌人整整 12 个小时，愣是让敌人"扫荡"淮海区机关的计划变为血肉模糊的 200 多具尸体。

茫然无知的敌人继续大踏步地赶着路。300 米、200 米、100 米、50 米……

"打！"激烈的枪声猛然在敌人侧面打响，敌人没有来得及扭头，就人仰马翻，应声倒下一片。

这一打，打得敌人回过了神，遇见主力啦！也顾不上前进，连忙掉转枪口朝 4 连阵地猛射。

打了好一阵，敌人才发现 4 连人数并不多，且已陷入重围。于是，敌人错误地估计 4 连的阵地经不起一个冲锋，就会垮掉的。因此，敌人的小炮都还没有卸下来，就发起了冲锋。

上午 9 点许，敌人第一次冲锋开始了。

冲上来的敌人有一个小队，四五十人左右。当敌人前进不到三十米远时，就遭到 4 连火力猛烈的射击。敌人被打得直不起腰，抬不起头，只好躺下来。4 连的火力停止后，战士们还认为敌人要匍匐前进，大家一枪不发，准备好手榴弹。哪知等了半天，敌人并没有前进，却倒爬着溜回去了。敌人第一次冲锋就这样完了蛋，惹得 4 连的战士们嘲笑说："只有日本'皇军'的步兵操史上才有匍匐后退！"

第一次冲锋失败后，敌人恼羞成怒，立即组织第二次冲锋，企图及早解决战斗，争取时间，赶到六河塘边，围歼淮海区机关。

但是敌人还是估计不足，以为增加火力、兵力就可以了。于是在第二次冲锋中，兵力增加到一百四五十人左右，分作三个梯队。火力也增加了，小炮、掷弹筒、机枪这些轻重武器组成了一个强大的火力点，一起开火，炮弹和子弹像雨点一样泼到 4 连的阵地上。看来敌人是企图用强大的火力把 4 连压倒，掩护步兵冲锋。

敌人打了一阵。各梯队先后冲上来了，就在这时，突然在敌人的火力点上，发出一连串的几声轰鸣，顿时浓烟四起，火力点熄火了，轻重机枪变成了哑巴，4 连阵地上的一片喊好声。紧接着，4 连的火力却像喷泉一样泼向敌人。这是怎么回事呢？

原来是四连的阵地上，集中发射出近百发枪榴弹。

枪榴弹是新四军军工部门的新产品，外形上部和手榴弹差不多，就是多一个约七八寸长的把柄，插在步枪的枪筒里，用一颗特制的、没有弹头的子弹发射出去。只要发射得

▶ 新四军某部进行掷弹筒掷弹训练

法，可以打出三五百米远，甚至还可以打得更远一些。它的性能和迫击炮差不多，能够曲射打击死角，虽然一发枪榴弹，不如一发迫击炮弹的威力，但是几十发或上百发枪榴弹同时集中打在一个目标上，威力就比迫击炮弹威力大得多了。四连的枪榴弹领来不久，今天还是第一次集中使用，正好让敌人尝尝滋味。

冲到半道上的敌人，失去了火力的掩护，全部暴露在4连的火力下。4连勇士们立即用机枪、步枪，狠狠地给以打击。鬼子遭到猛烈射击，弄得进退两难，顿时乱作一团，当场被击毙、击伤多人。

20多敌人好不容易冲到了4连的阵地前沿，战士们从战壕里一跃而出，三脚两步地冲向敌人，和敌人进行刺杀。只见刀光闪烁，杀声震地，很快，20多个敌人成了4连勇士们的刀下鬼了。4连取得了第二次反冲锋的胜利。

4连的战斗情绪，越打越旺盛，从营部来连里帮助工作的青年干事孙尊明，是个十七八岁的年轻小伙子，在敌人的冲锋间隙里，一面和大家战斗，一面自编歌曲，教战士们引吭高歌：

枪榴弹，威力大，
火力点上开了花，
曲射炮也不如它，
黄狗个个都害怕，
轰啊……轰啊！

上午11点左右，敌人经过精心准备，又一次发起进攻。

面对气势汹汹、数倍于己的敌人，4连采用阵地阻击、反冲击和白刃格斗等战术，英勇顽强地抗击敌人，牢牢地守住了阵地，使敌人寸步不能前进。

战斗从拂晓一直到中午，已经持续了6个小时。在这6个小时的战斗中，4连的指战员们胜利地打了一个伏击战，又接连地打退了敌人5次冲锋。战斗紧张而又残酷，但大家都忘却了饥饿与疲劳，每一个排，每一个班，每一个战斗小组，在敌人每次冲锋前的一点空隙里，都抓紧时间，在战壕里修补工事，挖掘掩体，研究如何更多地杀伤敌人与更好地保护自己。

敌人气急败坏，小小的刘老庄竟然如此难以攻下。鬼子指挥官一声令下，卸下炮车，集中全部火炮，对4连的阵地进行疯狂的炮击。一时，山炮、迫击炮、掷弹筒的炮弹、枪弹像冰雹似的倾泻过来，4连阵地上硝烟滚滚，弹片横飞，浓烟蔽日，炮声震撼大地。

这交通沟怎能经得起炮弹的轰击，顿时大地被猛烈炮火轰烂了，震碎了。阵地迅速弥漫在浓烈的硝烟中，土块伴着四处迸飞的弹片在战壕前后左右，开花似地掀起一个个大坑。一轮炮轰下来，战士们就伤亡了10来个。

4连的勇士们并没有被这空前残酷的炮火所吓倒，迅速地在交通壕的墙角底挖出单人掩蔽坑，有的还把随身所带的背包累集起来，当掩蔽物。就凭这样简单的掩蔽和战士们的顽强斗志，4连勇士们和敌人又搏斗了五六个小时，到黄昏前，4连的阵地仍像巨人一样屹立未动。

战到下午，敌人集中更加猛烈炮火轰击4连几乎不成战壕的阵地。4连伤亡人数过半，弹药已消耗殆尽。一天来全连官兵流血流汗，滴水未进，特别是负了伤的人，长时间没有喝水，喉咙干得都要裂开了。

尽管如此，4连的勇士们仍个个精神振奋：为了保卫抗日根据地，为了保卫淮海区党、政、军领导机关，为了掩护群众转移，坚决和敌人拼到底！人在，阵地在！

战斗中，连长、指导员已经负伤了几次，周身上下都是伤痕，满身血迹斑斑，面色更是苍白的怕人，但仍信心百倍地坚持在阵地上指挥。

指导员利用战斗空隙，为全连未入党的战士写下了入党申请书。他爬到连长跟前，叫连长也签字。连长签完字，又吃力地用负伤的手指郑重地摁上了血印。指导员将这张纸小心翼翼地折叠后放进上衣口袋，自言自语：

▶ 集结待命的新四军一部

"希望营首长能看见这个集体入党申请书！"

傍晚时分，刘老庄周围已集结了数千日伪军，形成了铁壁合围之态，步步向内逼进，准备发起最后攻击。

此时，4连已陷于敌人重重包围之中，处于十分困难的境地。战士伤亡大半，全连只剩下20多人，机枪、步枪子弹不足千发。连党支部决定，坚持到天黑，再组织突围。

夜幕刚刚降临。敌人在强大炮火的掩护下，以密集的队形向刘老庄包围过来。一些伪军无耻地喊话，要4连赶快投降。

"我们是新四军，是共产党、毛主席领导的队伍，有着红军的光荣传统，没有任何力量能征服我们。我们可能就此一死，但是我们还要敌人拿出更大的代价来。子弹打光了，就和敌人肉搏，决不做俘虏！"指导员向战友们做着动员。

血红的残阳，照射得阵地更加惨烈。也不知是晚霞染红了大地，还是大地的血色染红的天空。天地共同融合在红光中，还剩下十几个伤残战士的4连，在红光普照中，焚烧了文件，拆散了枪支，把零件埋进泥土里，为死难的烈士蒙上面容……

敌人从四面八方蜂拥而来，战士们跃出阵地，与敌人展开了肉搏战。3排长和5班长带领几个战士一连拼倒了几个鬼子，另一股敌人又上来了！2排长正要与敌人拼刺，被一个躺在地上的鬼子刺伤大腿，5班长一个箭步上前将这个鬼子刺死在地。身负重伤的4班长不顾伤痛，用力挥动铁锹，左抡右劈，砍倒几个鬼子……

敌人被4连指战员们视死如归的英雄气概吓倒了，纷纷败退下去。此时，连长、指导员、1排长先后牺牲，2排长和3排长都负了重伤，全连只剩下10余人。他们决心血战到底，一面把30多名重伤员送到村中隐蔽起来，待机转移，一面又把轻、重机枪和步枪枪机拆下来，扔进水沟，把手榴弹和刺刀收集起来，准备和敌人作最后决斗。

黑压压的敌人又上来了。血人般的战士，从战壕里站立起来，准备迎接最后的拼搏。

"同志们，接受党和人民最后考验的时刻到了……"勇士们操起刺刀和手榴弹，在一片激昂、悲壮的口号声中，愤怒地跃出战壕，杀向敌群，与敌人展开了一场殊死的搏斗。勇士们一个对一个、对两个、对三个……对十个，刀光起落，杀声震天。

血红的晚霞，映着阵地上飞扬的烟尘，时而响起手榴弹的爆炸声，时而发出勇士们悲壮的喊杀声。

晚霞渐渐褪去光芒，夜幕悄然爬上大地。在白天和黑夜交替那一瞬间，十几条生命发出了最后呐喊……

夜色终于降临，大地恢复了宁静。渐渐地，枪声停息了。在这场悲壮的白刃战中，阵地上的4连官兵终因寡不敌众，燃尽了生命的火花，全部壮烈殉国。

敌人冲进了刘老庄，挨门挨户用机枪扫射，把4连30多名伤员凶残地杀害了。负责照顾伤员的文书罗桥，见三四个日本兵向他包围过来，便拉响了最后一颗手榴弹，与敌人同归于尽。剩下的几名伤员，忍着伤痛与敌人展开肉搏，也都先后壮烈牺牲。

敌人像疯狗般在阵地前来回走动着，贪婪地寻找"胜利品"。但令他们大失所望的是：4连的弹药打光了，枪支拆毁了，重机枪炸掉了。敌人在这里找了半天也找不到一份文件、一件完整的武器。最后，只有懊丧地用黄色的包裹，拖走了100多具瘟尸和200多名被打得头破血流、一身残废的伤员。这就是敌人疯狂向淮海区抗日民主根据地进攻一天所得到的"胜利品"。

就这样，4连82名勇士，在刘老庄整整坚守了12个小时，把3000多日伪军死死地拖住，使敌人付出了死伤300多人的惨重代价，粉碎了敌人的"扫荡"计划，胜利完成了掩护淮海区机关和群众转移的任务。

半夜，淮阴县张集区区长和联防大队的人赶到阵地。可他们来晚了，战士们已经长眠在这片血染的土地上。刘老庄的乡亲们也纷纷围上来，大家看到82位烈士壮烈牺牲的惨状，一个个都泣不成声。他们含着泪，以沉痛的心情，收殓82位英雄的遗骸。

在查点烈士遗体时，区长听见有一声轻微的声音，原来有一个战士还活着。当大家把这个半身埋在土里的战士扒出来的时候，大家都惊呆了，鲜血从他胸前的枪眼处流淌着，脉搏还在跳动，还有微弱的呼吸。刘老庄的乡亲们，急忙用担架把这名战士连夜抬到新四军3师野战医院进行抢救。

这个战士的身上，有两三处弹眼，十几处刺刀的伤痕，右臂也被炸断了，满身血迹斑斑，伤

▶ 新四军后方医院

势很重，特别是腹部一处刀伤，几乎被戳穿了。经过注射强心剂后，这位战士逐渐苏醒过来，并且在紧张地挣扎着，也许他还以为是在战场上，似乎还要和敌人搏斗。

经乡亲们和卫生所医护人员们的亲切抚慰，他才慢慢地清醒过来，断断续续地向大家讲述了这一天全连战斗的经过。

这位战士是在第二次反冲锋时与敌人肉搏中负伤的。他跃出战壕后，一连刺倒几个敌人，最后他自己也被围上来的敌人刺伤，昏迷了过去。战友们将他抬进战壕里。当他再次苏醒时，发现阵地上的战斗快要结束了，几个敌人进入了战壕里正在搜索，就用最后一颗手榴弹，炸死了一个挎东洋战刀的日本军官，自己的右臂也被炸断了，"这样我也就够本了！"

由于伤势过重，第二天拂晓，这位战士和先他走了一步的 81 名战友一样，流尽了最后一滴热血，永远地离开了苏北这片热土。

战后，为了表彰 4 连 82 烈士忠勇殉国的英雄主义精神，新四军 3 师 7 旅命名 4 连为"刘老庄连"，并决定 3 月 18 日为"刘老庄八十二烈士纪念日"。淮海区党政机关和人民群众为了永远纪念 4 连的英雄们，在英雄们浴血奋战的地方修筑了一座高大的陵墓，陵墓的正门写着"八十二烈士之墓"。墓地周围放着许多鲜花和挽联。

八十二烈士的英雄事迹很快在苏北和华中敌后军民中传扬。广大军民同声哀悼，立志踏着英雄的足迹，为烈士们报仇雪恨。陈毅军长赞叹：

"烈士们殉国牺牲之忠勇精神，固可以垂青史而励来兹。"

不久，当地人民选出 82 名优秀子弟送入部队，重建 4 连。他们举起"刘老庄连"的红旗，继承烈士的遗志，在 7 旅 19 团的领导下，重上战场。

八十二烈士为国捐躯的忠勇精神，将与日月同辉，代代相传。

30．爆破英雄巧布地雷阵
——五丈湾地雷战（1943.5）

1941 年至 1942 年，日军对华北抗日根据地"扫荡"的规模、频率和手段之狠毒，都是空前的。

两年间，华北日军组织千人以上万人以下的"扫荡"132 次，万人以上"扫荡"就达 27 次之多，有时在同一地区反复"扫荡"3 至 4 个月。"扫荡"的伎俩更是五花八门，诸如"铁壁合围"、"捕捉奇袭"、"纵横清剿"、"反转电击"、"辗转剔抉"等。令人发指的是，日军在"扫荡"中惨无人道地推行杀光、抢光、烧光的"三光政策"，甚至施放毒气和进行细菌战，制造无人区。

1941 年 1 月，日军在对冀东"扫荡"时，血洗丰润县潘家峪村。全村 1300 多人惨遭屠杀，千余间房屋被烧。在 1942 年的"五一大扫荡"中，日军杀伤、抓走群众达 5 万余人，冀中地区呈现出一幅"无村不戴孝，处处是狼烟"的惨景。类似的惨案在华北随处可见，不胜枚举。

日军疯狂的"扫荡"给华北抗日根据地带来惨重的损失，最困难时根据地面积缩小了 1/6，冀中、冀南、冀鲁豫、鲁中、冀鲁边等抗日根据地变成了游击区，有的还变成了敌占区，人口也由 5000 万锐减至 2500 万，八路军由 40 万减至 34 万。

然而，魔高一尺，道高一丈。

抗日根据地军民在反"扫荡"、反"蚕食"斗争中，发挥人民战争的威力，采取内线与外线、游击战与运动战相配合，以及敌进我进的"翻边战术"，组织了游击兵团、平原游击队、铁道游击队、水上游击队和敌后武工队等多种人民武装，采用破击战、地道战、地雷战、麻雀战等多种作战形式英勇顽强地打击敌人，使貌似强大的敌人防不胜防，到处挨打，淹没在人民战争的汪洋大海之中。其中，地雷战便是抗日军民的伟大创造。

▶ 抗日战争时期中国军民利用地道有效地保存了自己并大量杀伤了敌人

早在1940年春，河北安国县民兵在一次反"扫荡"中无意把两枚手榴弹埋入地下，恰好炸伤了两个敌人，群众茅塞顿开，纷纷仿效，利用瓷瓶子、瓦罐子等装上炮药或炸药，埋在田边地头、井台路面。

这些各式各样的地雷和雷阵，对于打击敌人，保护人民生命财产的安全都起到了很大的作用。从此，地雷战首先从晋察冀根据地发展起来了。

随着地雷战的开展，各地军民在拉火雷、踏火雷的基础上又创造了几十种雷型和数不清的埋雷方法。如有的在埋雷的地方故意揭开新土，引起敌人的怀疑。有的布下假雷阵，假雷阵埋的不是烂鞋就是石头，往往使敌人受骗上当。有的把草筐或写有痛斥敌人的标语板插在地上，等敌人看到把它踢掉时，地雷就开了花。

真真假假、虚虚实实的阵雷阵，弄得敌人心惊肉跳，寸步难行。抗日军民风趣地说：

"敌人未到雷先埋，敌人不来引他来，敌人不踩逼他踩，雷公定要把花开。"

土造地雷构造简单，制作、使用方便，男女老幼都可掌握。像晋察冀的石雷，一把钻子一把铁锤，把脸盆大小的石头钻个洞，装上炸药，安上雷管就成了。所以许多老人，甚至连妇女、小孩都积极参加民兵造雷埋雷。在广大群众的支持和帮助下，许多地区制造的地雷不仅品种多、数量多，而且埋设地雷的技术越来越巧妙，范围越来越广，威力越来越大。

闻名全国的山东海阳县民兵爆炸英雄赵守福、于化虎和女英雄孙玉敏等，曾创造发明了三十多种不同类型的地雷。无论在山区还是平原，无论在根据地还是敌占区，他们经常敌人炸得人仰马翻，血肉横飞。

在位于晋察冀边区的阜平县五丈湾村，就出了这样一位爆炸英雄李勇。他布的地雷阵使日本鬼子闻风丧胆，轻易不敢靠近五丈湾。

李勇一家8口人，以种地为生，生活贫苦。他瞒着家人跑去参加八路军，后因为家里没有壮劳力，又被父亲硬拉了回来。

在村里，李勇加入了共产党，很快就被选为青年抗日先锋队队长，又被选为武装委员会主任和民兵中队长，组织民兵保卫家乡。他心灵手巧，机智勇敢，不久就学会了布雷，并很快成为行家里手。

当时人们都说，李勇埋的地雷不是死雷，而是"活雷"。一次，敌人经五丈湾村去进攻阜平。他们怕踩上地雷，

▶ 根据地民兵进行军事训练

就顺着汽车轮子轧出的车辙印儿往前走。谁知走着走着，脚下还是爆炸了。原来，李勇埋完了雷，又用车辙做了伪装。敌人不敢再走大路，改走小路后，小路也有地雷爆炸。只好走河滩，河滩也有地雷爆炸。敌人见路旁有两块石头，想坐下休息一会儿，一屁股坐下去石头就炸开了花。

1942年秋，日军向晋察冀边区疯狂扫荡，李勇的父亲被鬼子杀害了。他怀着满腔的仇恨，掩埋了父亲，决心要为父亲和死难的乡亲们报仇。

1943年5月，日军对晋察冀抗日根据地北岳区实施"辗转扫荡"，其第26师团独立第11联队700余人由河北曲阳县党城镇向阜平县大举进犯。李勇带领游击小组在村东头日军必经之路埋好了地雷。

12日上午，日军进入雷区，发现埋有地雷，便成疏散队形小心翼翼地通过。李勇机智地开枪射击，击毙3人。日军在慌乱中踏响数颗地雷，被当场炸死8人、炸伤25人。

敌人被地雷炸得毫无办法，只得被迫改道。当行至龙泉关时，又踏入李勇民兵中队埋设的地雷群，被炸得死得死，伤得伤，丢下百十具尸体，抱头鼠窜。

狡猾的敌人吃过几次苦头后，便想出了一些对付地雷的办法。遇见踏雷，他们便使用石灰粉在其周围作标记，以防触碰；遇见绊雷，他们就远远地用铁钩子钩出来。

针对敌人的排雷措施，民兵们研制出了子母连环雷。敌人起出母雷，子雷跟着爆炸；为了防止敌人捉老百姓在前面踏雷，民兵们又研制出了拉雷，等前面的群众过去后再拉响地雷，专炸后面的鬼子。此外，民兵们还在雷坑里埋上石子、铜钱、碎锅铁之类的东西，大大增强了地雷的杀伤力。

1944年7月2日，《解放日报》讲述了一个很有趣的《地雷小故事》。

去年（1943年）敌人扫荡晋察冀边区时，占领了离阜平城30里的西庄。一天，敌人的哨兵突然发现村口大道上，立着个草人，上面还有字，哨兵不敢乱动，马上回去报告了小队长，小队长也觉得奇怪，就和翻译一块儿去看。翻译看了一下，就把上面的字译给他听。

原文是：小孩生得壮，立在草地上，谁要来动他，就对谁反抗。

▶ 抗日战争时期，民兵在埋设地雷

这是西庄游击小组长的创作，他初小还没毕业咧，小队长听了气得脸都发青了，骂声"八格牙鲁"，抬腿就是一脚，"轰"的一声，小队长和和两个日寇都被炸死了，翻译也受了伤。

此后，敌人袭击文山。途中发现路上埋有地雷，仍然依照旧例，用铁钩子把地雷钩好，然后急忙卧倒。可是一钩却是假的，真雷连着长线，恰恰在敌人卧倒处被钩响了。

为迷惑敌人的扫雷组，民兵们又四处扒出新土，故意制造有雷的假象，却把真雷埋在没有新土的地方，使敌人上当受骗。当敌人发现这一秘密后，民兵们又在新土处埋上地雷。真真假假，虚虚实实，把敌人搞得稀里糊涂，无从捉摸，防不胜防。为防止敌人偷雷研究，民兵们还制造了一种在地雷腹中自动点火的"慢雷"。等鬼子把起出来的地雷小心谨慎地带回去研究时，地雷却突然爆炸。

在与鬼子的反复较量中，抗日军民的地雷战不断向前发展。地雷的品种由拉雷、踏雷、绊雷发展到夹子雷、梅花雷、头发丝雷、真假子母雷、钉子雷、

▶ "爆破英雄"李勇

水雷、标语雷、飞行雷等30多种。地雷设置与引爆的主动性、可控性越来越强。埋雷的方法也由"预埋待炸"发展到"飞行爆炸",由单一布雷发展到大摆地雷阵。

李勇不断创新战法,带领民兵爆炸组,将地雷、步枪结合在一起,创造了惊人的战绩,仅仅在1944年秋天的反"扫荡"中,他和他的游击组就毙伤敌人364名,炸毁敌人汽车25辆。

聂荣臻得知此事后非常高兴,通令嘉奖李勇。李勇被选为代表,出席了晋察冀边区的群英大会,成为边区民兵学习的榜样,并有了"爆炸大王"的美誉。

此后,华北抗日根据地的地雷战更加出神入化,做到了"敌到雷响"、"敌未到雷先到"、"敌不到叫敌到",直炸得日伪军血肉横飞、心惊胆战、草木皆兵。仅太行区在1942年一年间,便利用地雷炸死炸伤日伪军2000余人。正如歌中所唱的:

李勇变成千百万,
千百万的民兵要像李勇,
敌人要碰上千百万李勇的地雷阵,
管教他一个一个都送终。
……

新中国成立后,电影工作者拍摄了一部脍炙人口的电影《地雷战》,至今广为传颂。

31. 石破天惊敌胆寒
——北岳区1943年秋冬季反"扫荡"(1943.9-12)

1943年9月中旬，日军华北方面军司令官冈村宁次以第26、第62、第63、第110师团和独立混成第2、第3旅团各一部，以及伪治安军6个团、30多个县的保安军等，共4万余人，对晋察冀边区党政军领导机关所在的北岳区发动了代号为"冀西作战"的大规模"扫荡"，企图消灭边区党政军领导机关和摧毁北岳抗日根据地。

晋察冀军区代司令员萧克、代政治委员程子华，率北岳区第1、第2、第3、第4军分区及雁北指挥司令部所属部队共4万余人，民兵18万余人，采取敌进我进、内线与外线、分散与集中、军事打击与政治攻势相结合的作战方针，广泛开展群众性的游击战，抗击日伪军的"扫荡"。

9月16日，日伪军1.7万余人，分别由保定、石家庄、阳泉、五台、大同、张家口等地出动，向北岳区腹地进犯。

其中，日军第63师团和第110师团以3个步兵

▶ 晋察冀军区某部在长城喜峰口反击日军

大队在炮兵、坦克兵掩护下，分别从满城、唐县及曲阳、灵寿、平山等地出动；第62师团以3个步兵大队从盂县附近出动；独立混成第3旅团以3个步兵大队从五台附近出动；第26师团以6个步兵大队从灵邱、涞源附近出动。

为避免与优势日军作战，并打破敌人的合围，晋察冀军区主动放弃根据地首府阜平县城，以主力团和地区队三分之一的兵力及县区游击队、武工队全部，越过封锁沟，深入敌占交通线，转到外线，展开破击战，切断敌后方供应，破坏敌后方设施，从侧翼打击日伪军；以主力团和地区队三分之二的兵力留在内线，休整待机，准备反"扫荡"作战和保卫秋收，同时派少数部队以营连为单位，同民兵、游击队结合，在敌必经之地大量埋设地雷，并依托有利地形，广泛开展麻雀战，以阻击、侧击手段，迟滞、消耗和疲惫日伪军。

至18日，日伪军分别占领满城西北的松山、唐县西北的唐梅、平山西北的会口、盂县东北之六岭关和五台东南的蛟潭庄、灵丘以南之下关等地，完成了对晋察冀军区第3、第4军分区的合围。

下旬，日伪军侵入根据地腹地进行重点"清剿"，占领了阜平县城，在平阳村设立临时据点，大肆进行烧杀抢掠。

这次"清剿"，冈村宁次一改过去一线拉网式的做法，采取"铁滚式三层阵地新战法"，以日军主力分三个梯队三层配置，滚进"扫荡"，实行惨无人道的"三光"政策，企图杀尽根据地一切人畜，毁灭一切资财。

日军夜间出发，短途"围剿"，长途奔袭，拂晓围村，搜出了许多群众，有的就地杀死，有的带回据点虐杀。他们剖开孕妇的肚子，挑出胎儿，挖出心肝烹食，无恶不作，制造了许多起惨案。短短三个月里，就杀死阜平党员干部和民众一千多人。"扫荡"中，北岳抗日根据地遭受严重损失。8000余名群众被屠杀，800余人被杀伤，损失房屋近万间、粮食30万担、牲畜7万余头。

冈村宁次对这种战法很得意，把中国派遣军步兵学校的一百多名军官，外加两名汪伪军政府代表,组成观战团,调到战地参观。

针对敌人这次"清剿"的新特点,晋察冀军区于20日指示各军分区,利用青纱帐,积极主动地打击敌人。各军分区根据军区的指示,大力组织射击组、爆破组与民兵的游击组相配合,展开麻雀战、地雷战,扼守要道、隘口,打击敌人。

25日,日军3000余人在航空兵掩护下,围攻阜平东北之神仙山。为掩护驻神仙山地区的晋察冀边区政府、军区后方机关,第3军分区第42团4个连凭

▶ 抗日战争时期,民兵在地道口抗击日军

险扼守,在骑兵团、第2团和雁北第6团配合下,经12昼夜的作战,毙伤日伪军200余人,将其击退。

就在日军大举围攻神仙山的当天,晋察冀军区命令各军分区,除以一部兵力分散活动于中心区及敌后进行游击战外,适当集结主力打击小股"清剿"之敌,以迫其缩小"清剿"范围和缩短"扫荡"时间。

遵此指示,坚持内线作战之部队,适时集中兵力给"清剿"之敌以沉重打击。同时,在外线的部队则向敌后交通线和据点发动猛烈攻击,有力地配合了内线军民的反"清剿"斗争。

29日,侵入阜平空城的日伪军遭八路军和民兵埋设地雷的大量杀伤,仓皇撤退,转向城南庄等地"清剿"。结果搜寻半月一无所获,却不断遭到打击。

10月1~15日,北岳区军民在清虚山、婆靡山、满山、走马驿、银坊等地,不断给日伪军以打击。

▶ 八路军某部向新保安发起进攻

与此同时，转至外线的部队积极配合内线部队作战，在盂县侯党伏击日军，一度袭入望都、行唐城关，攻克定县车站，拔除上陈驿、西坂村等据点10余处，迫使"扫荡"的日军抽调3000余人回援后方，并加强交通线的守备，从而打乱了原定的"扫荡"部署。

在兵力不足的情况下，敌人不得不缩小"扫荡"范围，并且改以抢粮、寻歼晋察冀军区机关和部队为主。

10日中旬，日伪军集中主力9000余人，分散在滹沱河、沙河、唐河沿岸产粮区，抢掠粮食，破坏秋收。

晋察冀军区以一部兵力掩护党政干部分赴各产粮区领导群众抢收粮食，进行坚壁清野；同时集中主力于17日至11月上旬，连续在三岔、营里、旦里等地打击抢粮的日伪军，并掩护与帮助群众完成抢耕抢种。同时外线部队在武工队配合下，袭扰保定、浑源等13座城镇，攻克陈侯等大小据点70余处，有力地配合了内线部队抢收抢种斗争。至10月下旬，抢收完唐河、沙河、滹沱河流域85%的粮食。

10月24日，第386旅第16团在临汾附近的韩略村伏击日军车队，将观战团全歼。至此，冈村宁次精心筹划的"扫荡"部署全部被打乱。

然而，不甘心失败的敌人在抢粮计划破产以后，妄图集中兵力与我主力决战。10月29日至11月初，日伪军集中2000余人再犯神仙山。第3军分区第42团两个连和1个侦察排同民兵结合进行阻击，毙伤日伪军200余人，击落飞机1架。

11月中旬，日伪军开始分批撤退。撤退中，敌人以反转奔袭手段，合击仙湾、罗家湾等地军区机关和部队，再次扑空，尔后以烧杀、抢光的手段，制造多起惨案，在阜平之平阳、易县之寒头、井陉之黑水坪3个村镇，就惨杀民众2000多人。

晋察冀军区部队集中力量，以在内线的主力部队与在外线的部队紧密配合，采取奇袭、伏击等战术，运用地雷战打击撤退的日伪军。

22日，"清剿"滹沱河两岸的日伪军3000余人，合击井陉地区。第2军分区第34团进至日伪军侧后，攻克盂县上社镇据点，毙伤俘日伪军60余人。12月5日，在曹庄台设伏，毙伤日军90余人。10日，日伪军经盂县、平山地区撤退，5天内触发地雷270余枚，伤亡300余人。至15日，日伪军全部撤出根据地。

北岳区军民在这次历时三个月的反"扫荡"中，共作战5300余次，毙伤俘日伪军1.1万余人，缴山炮1门、轻重机枪17挺、掷弹筒7具、步马枪800余支，攻克、逼退据点、碉堡200多处，一度袭入

▶ 八路军某部向敌碉堡发起冲击

保定、望都、唐县、完县、浑源等13座城镇，并炸毁火车18列，击毁坦克、汽车240余辆，击落飞机1架，破坏铁路桥13座、公路950余公里、铁路5公里，不仅恢复了北岳抗日根据地大部地区，而且在敌占区收复村庄1000余个。

32. "岱崮连"诞生记
——岱崮保卫战 (1943.11)

位于鲁西南的沂蒙山区群山连绵，溪流纵横，四季风光，绚丽多彩。

令人称奇的是，山峰生得古怪，四周陡峭，形同圆柱，顶端平坦，可以种田，当地人称之为崮。崮崮相连，据说有 72 崮。有气势磅礴的大崮，挺拔耸立的小崮，巍峨雄浑的南、北岱崮，弓腾若飞的龙须崮，栩栩如生的卧龙崮，若雕若塑的石人崮，形神兼备的瓮崮，惟妙惟悄的油篓崮，无不让人感慨万物之美。其中，有两座具有传奇色彩的山崮，这就是令日本侵略者魂飞胆丧的南、北岱崮。

▶ 坚守在山东沂蒙山区的八路军战士

岱崮又叫望岱崮，因在崮顶能望见泰山而得名。岱崮分南北两崮，坐落在蒙阴县城东北，南岱崮海拔709米，面积1平方公里；北岱崮海拔679米，面积2平方公里。两崮相距1500余米，仅有一条高低不平的横梁相连，是一种灰黑色薄板子石结构。两崮都处于群山群崮之中，东与三宝山相邻，东南与锥子崮相连。崮顶平整，四周是悬崖峭壁，绝壁最高处达30多米，没有到崮顶的天然去路。由于崮这种地貌四周陡峭，兀然自立，而顶部平坦，这样的地形易守难攻，是作战的极佳战场。

▶ 山东军区一部在集会

抗日战争时期有一场荡气回肠的保卫战便发生在这里。

当时1000多个日本鬼子、5000多名伪军，整整把南北岱崮围困了18天，可就是没能打垮英勇的鲁中军区第11团第8连的93名官兵。

1943年11月9日，日军第32、第59师团和独立混成第5旅团各一部以及伪军共万余人，由临沂、蒙阴、莱芜、临朐、沂水等地同时出动，分进合击，"扫荡"鲁中抗日根据地，企图消灭八路军鲁中军区部队，进而寻歼山东军区主力及山东分局机关。

岱崮山区位于敌人进犯沂蒙腹地的咽喉，像一道大门，紧紧锁住通往鲁中抗日根据地的通道。两个崮峰各有三四丈高，似刀削一样陡直，下面是光秃的斜坡，是唯一可攀登崮顶的途径。北崮西面，南崮南面的山崖上，各建有一个小瞭望楼，每个崮上都有预先构筑的坚固工事。

为粉碎日军的"扫荡"企图，鲁中军区决定留下少量部队在内线坚持斗争，牵制日军主力，掩护鲁中区党政军机关及主力部队转至外线作战。

鲁中军区第11团第8连奉命留在内线，分为两部分坚守南北岱崮，牵制日伪军主力，配合外线部队进行反"扫荡"作战。

受领任务后，岱崮的党政干部带领民兵、群众与8连指战员一起，分别在北崮西面、南崮南面的山岩上挖战壕、修地堡、筑工事，储备粮、水、弹药等战备物资，在崮下梯田的石坝内，挖了许多向外射击时用的墙洞。战士们严阵以待，准备迎头痛击来犯之敌。

11月13日，残酷的岱崮保卫战打响了。

上午，400多名日伪军向岱崮发起攻击。敌人先在岱崮山周围寻找疑点，试探着用大炮轰，用枪打。面对来势汹汹的敌群，早已守候在山顶的8连指战员，胸有成竹，仰仗着高耸如云的巍巍岱崮山，密切监视敌人的动向。

开始时，日伪军组织少量兵力，试探性地对岱崮进行攻击。8连官兵沉着应战，待敌人进入到有效射程后，机枪、步枪一起开火，或居高临下把一枚枚手榴弹投向敌人，或依山傍势把巨石推向敌群。结果，这股敌人还没等爬到岱崮跟前，就被全部消灭光了。

没过多久，敌人又组织了第二次冲锋。这次进攻比上一次规模更大。但南北岱崮，山高坡陡，光秃秃的不长草木，周围也没有掩体遮身，在这种地势下敌人是很难爬上崮顶的，何况还有8连官兵居高临下进行顽强抗击。就这样，日伪军连攻数日不克，伤亡惨重。

鬼子指挥官见久攻不下，恼羞成怒，于17日拂晓，纠集1个步兵大队、1个炮兵中队、1个空军中队1000多名日军和500多名伪军，在飞机、大炮的掩护下向岱崮发动猛攻。敌人先是集中飞机、大炮轮番轰炸，然后猛烈发动地面部队冲锋。

8连指战员严阵以待，把子弹推上膛，手榴弹掀开了盖。为了节约弹药，

▶ 抗日战争时期的民兵

战士们还就地取材，把大量的石块搬至阵地前，准备用滚石迎头痛击敌人。300米、200米、100米……，张牙舞爪的敌人离岱崮顶越来越近了。

随着指挥员的一声令下，上百颗手榴弹在敌寇中间炸开了花，巨石也接二连三地滚下来。日伪军跑又跑不掉，躲也没处躲，炸死炸伤、砸死砸伤、摔死摔伤的不计其数，连滚带爬地退下山去。

一计不成又生二计，日本鬼子又想法把老百姓的被子、毯子抢来蒙在头上爬山。但依旧招架不住八路军的手榴弹、滚石和埋藏在岱崮周围的连环地雷。

日本鬼子气急败坏，采取了更为卑鄙的手段，用刺刀逼迫当地老百姓来到岱崮山下劝降，企图瓦解八路军斗志。面对被威逼的群众，战士们大声喊道：

"乡亲们，你们对鬼子说吧，只有打胜仗的八路军，没有投降的八路军！"

无计可施的敌人只得对岱崮进行更加疯狂的轰炸，发动一次比一次更加猛烈的进攻。

面对敌人猛烈的炮火和嚣张的气焰，8连指战员时而隐蔽在崮顶的防空洞里，时而进入阵地，顽强抗击日伪军的轮番进攻，夜间还派出战斗小组下崮袭击敌人，在日伪军可能通过的路段上埋设地雷。

为了支援和配合 8 连的守崮战斗，鲁中军区第 11 团和当地民兵连续袭击岱崮周围的翻金峪、郭家庄、大张庄的日伪军，几次夜间冲破日伪军的封锁，向崮上送粮食、水和弹药，传递情报，极大地鼓舞了 8 连官兵的斗志。

从 23 日开始，日军将攻崮兵力全部换为第 32 师团的精锐部队，增派飞机和重炮，并运来 42 车炮弹，由第 32 师团参谋长石井嘉穗亲自指挥，对南北岱崮崮顶狂轰滥炸。

轰炸一连持续了数日，整个南岱崮顶被炮火"犁"了几遍，连岱崮顶上的薄板子石都被炸成了足有半米深的粉末，到处是炮弹皮和子弹头。当时，8 连在防空洞里做饭的锅，用完后马上就要埋到地里，否则就要被震碎。可见敌人的炮火有多么猛烈。

但 8 连指战员藏在山崖上修建的掩体里，敌机扔下来的炸弹，不是落在崮顶上就是落在山崖下，根本扔不到悬崖峭壁上。不过，炸弹的震动力还是非常强的，不少战士被震得耳鼻出血。所以每次敌机前来轰炸，战士们都要张开大嘴，避免震聋耳朵。

8 连在崮上的掩体被炸塌，工事全部被摧毁，战壕成了面粉缸，尘土和碎石没及膝盖，战士们随手抓把泥土，就可摇出几块弹片。弹药不多了，水更缺乏，蓄水缸被震破，仅存的一点水都成了泥浆，战士们只好取表面的水含在口里

▶ 侵华日军在作战中施放毒剂

解渴……

在处境极其艰险的情况下，8连指战员英勇奋战，以近战火力和滚雷、滚石打退日伪军一次次的进攻，顽强坚守着阵地。

见轰炸效果不大，敌人又向8连阵地投放催泪瓦斯和毒气弹。战士们早有准备，赶紧用湿毛巾捂上嘴，继续坚持战斗。

曾在鲁中军区工作过的一位老人回忆说：当年敌人飞机往岱崮上放毒气弹的时候，不少战士出现中毒现象，崮上派人来军区卫生部要求支援，正在研究配制解毒药的时候，战争就结束了。

就这样，8连顶住了敌人疯狂的进攻，在阵地上坚守了18天，胜利地完成了牵制敌人的任务，27日夜，接到撤退命令的战士们，含泪掩埋好战友的遗体，束紧行装，抓着系在悬崖上的皮绳，悄悄滑到崮下，神不知鬼不觉地摸出敌人四五里纵深包围，在预定地点与大部队胜利会合。

在这场惊天地泣鬼神的战斗中，英勇的8连指战员以伤7人、亡2人的极小代价，取得了毙伤日伪军300余人的重大胜利，并牵制了2000多名日伪军，消耗了敌人大量弹药，有力地配合了外线出击。

战后，八路军山东军区传令嘉奖8连，并授予该连"英雄岱崮连"的光荣称号。当年曾有人这样评价南北岱崮保卫战中英勇的八路军：

像一切革命记载里写着的一样，除了共产党的军队，历史上再也找不出这样的战斗！再也找不出这样的军队！而在这场力量悬殊的生死较量与考验中，八路军鲁中军区11团8连的93名指战员没有一人屈服，没有一人动摇，最终凭着刚强的意志与非凡的勇气冲出了包围圈。这场使天地惊鬼神泣的战斗场景，悲壮而又磅礴的气势，使人们对共产党人的崇高品质和凛然正气肃然起敬。

33. 华中地区歼灭战的范例
——车桥战役 (1944.3)

1944 年初，日军为打通中国大陆交通线，陆续从华中地区抽调部队南下参加作战。驻苏中、苏北地区的日军为弥补兵力不足，遂收缩防区，强化伪军，并加强对沿海地区的控制。

与此同时，新四军第 1 师兼苏中军区遵照中共中央关于集中力量打击日伪军、巩固与扩大抗日根据地的指示，为改善苏中地区的斗争局面，沟通苏中与苏北、淮南、淮北地区的战略联系，并为整风、整训工作创造比较安定的环境，开始把领导重心由以坚持原地斗争为主转为以发展为主，适时展开对日军的局部反攻。

2 月，新四军第 1 师师长兼苏中军区司令员粟裕主持召开苏中区党委扩大会议。会上，他提出了发起车桥战役的构想。

▶ 1942 年 4 月 20 日，苏中军区成立大会

车桥镇，是

联系苏中与苏北的枢纽，坐落在涧河两岸，东西长2里，南北约1.5里，河道上有5座桥梁，从高处俯瞰全镇，因形如繁体的"车"字而得名。它地理位置险要，居淮安县城、泾口、泾河、曹甸镇之间，距淮安县城40多里，南靠苏中水网地区，北接苏北平原，西临运河、洪泽湖，是新四军苏中、苏北、淮北、淮南四块根据地的交界处。

1943年2月，日军调集兵力向车桥、泾口地区发动"扫荡"，并在方圆数十里内建立了以车桥为中心，包括周庄、受河、泾口、蚂蚁甸、杨恋桥、樊家河、张桥、塔儿头、曹甸、太仓镇等在内的10多处据点，将几块抗日根据地分割封锁。同时，它与沙沟、兴化城的日伪据点相呼应，使苏中军区第1、第2分区联系困难。

其实组织车桥战役，在粟裕头脑中已经酝酿了相当长一段时间。早在1943年6月，粟裕奉命去新四军军部驻地江苏盱眙黄花塘参加整风会议时，就对沿途地形、敌情作了实地调查，为车桥作战作准备。

6月23日，粟裕带上师部侦察科负责人严振衡、测绘参谋秦叔等人，踏上了西去军部之路。他们在东台以北穿过通榆公路，经兴化南下江都，从昭关坝伪军据点中通过扬淮公路，偷渡运河，泛舟邵伯湖，在扬州城北30里的黄珏桥上岸，越过扬天公路。历时近一个月到达新四军军部。

严振衡曾回忆：

> 返回苏中前，粟裕司令员特意把我找去，布置回苏中的准备工作，并说：这次来淮南，我们走的是南线，兴化、江都、高邮地区和淮南路东的南部、中部都去了一下，情况比较了解了。现在要回苏中了，我不想再走老路，想从北面绕回复查，从龙岗坐帆船经闵家桥到黎城镇的淮河口，再视情况乘船或步行到淮安、宝应以西地区看看，争取在平桥以南、泾河附近过运河，再向南、向东南回三仓地区去。

严振衡既惊讶又疑惑。因为淮安、宝应以西地区和平桥以南、泾河附近地区敌情较为严重。回苏中可走的路很多，为什么司令员要绕这么远，而且专拣我们从来没去过，敌情和地形复杂，而我们的地方工作较薄弱，甚至完全没有地方工作的地区走呢？

既然司令员已经定下回去的路线，严振衡不便多问，也不好提意见，深感重任在肩，为首长的安全捏着一把汗。后来才恍然大悟，原来司令员此时已在为将来要选择在这个"遥远的地方"进行一个大战役作战场实地勘察！

苏中区党委会一致通过发起车桥战役的设想，决定由粟裕负责战役的全面指挥。粟裕随即又主持召开作战会议，研究具体的作战部署。

副师长兼副司令员叶飞详细介绍了关于车桥敌情：车桥镇守敌为日军1个小队40余人和伪军1个大队600余人，四周筑有大土围子，并筑有53座碉堡，构成绵密的交叉火力网。镇子四周围墙高达2丈，外壕宽1.5丈，壕中积水七八尺深，且与界河相通。以车桥为中心，外围还有十几个坚固的据点相拱卫，形成一个较完整的筑垒配系。

会议研究认为：车桥深沟高垒，防守严密，攻打车桥将是一场硬仗。但是，敌人所占据点之间空隙较大，又是日军第64师团和第65师团的结合部，两部之间的协同不便，这对我军进攻是比较有利的。我军可以楔入其结合部，对车桥、泾口之敌发起强大的攻势，然后向曹甸发展。

据此，叶飞提出集中5个多团的兵力，采取攻点打援战法，先攻车桥后取泾口的作战方案。具体部署是：

以第7团并配属师炮兵大队，担任主攻车桥的任务；以第1团、第3军分区特务营和泰州独立团1个营，在车桥西北芦家滩附近构筑防御阵地，担任淮阴、淮安方向的打援任务；以第52团及江都、高邮独立团各1个营，在车桥以南崔河附近构筑防御阵地，担任曹甸、宝应方向警戒；另以师教导团第1营及第4军分区特务团2个营组成预备队。此外，第3师兼苏北军区部队在淮安县东北顺河集、凤谷村一线积极活动，保障攻击车桥部队的北面安全。

粟裕同意这一方案，认为：打下车桥，敌人会放弃一大片地区，我们可以得到最有利的战役效果；车桥处于敌中心地区，是敌人的心脏，工事坚固又有重兵驻守，敌人自以为安全，而敌人认为安全的地方，往往是我们最容易得手的地方，这是战争的辩证法。我们可以采取掏心战术，隐蔽接敌，突然进攻，必能出奇制胜。

最后，他强调说：

"这次战役我们必须以重兵打援，要狠狠地打，才能确保整个战役的胜利。这次战役由叶飞同志负责具体指挥。"

1944 年 3 月 4 日深夜，天空群星闪烁，地面微风徐徐，皎洁的月光给苏北大地铺上了一层轻柔的薄纱，一切都显得格外安静。

5 日凌晨 1 点 50 分，战斗打响了，攻城部队按预定计划出击。

第 3 旅旅长陶勇亲自指挥第 2 纵队，采取远程奔袭手段，利用夜暗从日伪军外围据点之间直插车桥，以隐蔽迅猛的动作，从南北两个方向直取车桥镇两翼。两路部队迅猛越过外壕，架起云梯，爬上围墙，展开攻击。

▶ 新四军某部举行游行，准备反攻

敌人做梦也没想到新四军会突然攻击车桥镇，一时被打得晕头转向，慌了手脚。

仅过了 25 分钟，新四军便突破围墙，攻入镇内。随后在炮兵大队的配合下，以数个战斗小组分散突击，逐个消灭日伪军火力点。

天亮时分，忽然狂风大作，漫天黄沙。这在车桥镇是极为罕见的。当地老百姓啧啧称奇：

"新四军有神灵保佑，天刮鬼风，帮助新四军打胜仗。"

战至上午9点，新四军占领镇内全部街道，攻下10余座碉堡，全歼伪军一个大队，并将日军压缩在核心工事内。

苏中新四军对车桥的突然进攻，震惊了周围的日军，纷纷乘装甲车和汽车从淮阴、淮安、泗阳、涟水等地驰援车桥。

由宝应县城东北塔儿头、曹甸镇出动的日伪军100余人，进至大施河时，触发地雷并遭新四军第52团等警戒部队阻击，被迫退回。

驻淮阴、淮安等地的日军第65师第72旅山泽大队等部，共700余人，分4批乘汽车驰援车桥。下午3点，其第一批增援日军240余人赶到西芦家滩附近与新四军阻击部队接上了火。敌人的火炮、轻重机枪和掷弹筒一起开火，但连续三次进攻都遭到了沉重打击，最后被赶入新四军预设的地雷区，被炸得鬼哭狼嚎，死伤60余人。

此时在车桥镇，陶勇率第2纵队开始总攻"碉堡中之碉堡"的日军圩子。首先以迫击炮集中轰击敌外围，接着以山炮轰击大碉堡，然后分为两路向固守小土围的日军发起攻击，相继攻占暗堡、库房等处。日军1个小队大部被歼，残敌困兽犹斗，企图固守待援。

在新四军阻击部队的顽强抗击下，日军第二、第三批援兵遭到重创，猬集于韩庄固守。5日晚，新四军第1团等部对韩庄日军发起攻击，经白刃格斗，将其大部歼灭，其残部向西逃窜。日军华北派遣军第65师团第72旅三泽大队长被当场击毙。

其间，日伪军200余人乘夜暗绕开正面防御阵地，从右翼芦苇荡偷涉迂回，企图继续增援车桥。新四军第1团发觉后予以堵击，歼其一部，其残部窜入小马庄后亦被歼。

激战到 7 日拂晓，敌人的援军大部被歼，困守车桥小土围内负隅顽抗的日军也大部被解决，残部乘隙逃往淮安。粟裕、叶飞指挥部队乘胜扩大战果，至 13 日相继收复径口、曹甸镇等据点 10 余处，车桥战役胜利结束。

战役过程中，日人反战同盟苏中支部盟员，勇敢地参加火线政治攻势，松野觉光荣牺牲。

车桥战役是华中抗战史上对敌震动最大的一次攻势作战，共摧毁日伪军碉堡 50 余座，歼灭日军三泽大佐以下 460 余人，其中生俘山本一三中尉以下 24 人，歼灭伪军 480 余人，缴获步兵炮 1 门及大批武器弹药，创造了华中地区新四军歼灭战的范例，打通了苏中与苏北、淮北、淮南根据地的战略联系，巩固和扩大了苏中抗日根据地，从此揭开了苏北抗日斗争的新篇章。

▶ 遣送侵华日军俘虏回国前夕举行聚餐

日军山本一三中尉被俘后说：

"这是你们新四军抗日以来在江苏省和日军作战最大的一次胜利吧，俘虏我们那么许多人是没有过的吧？你们在坟地上埋设地雷的预谋，加上坟地周围设置的战壕，适时地掀开伪装，突然的出现，这是你们战术胜利的绝妙计策吧？"

说到这里，山本目光不由得透出了敬畏的神色："你们的粟裕埃拉伊！"

埃拉伊是日语"了不起"的意思。

战后，毛泽东盛赞粟裕，称"这个从士兵成长起来的人，将来可以指挥四五十万军队"。

34. 歼灭国民党顽军的三次自卫反击作战
——天目山战役（1945.2-5）

1943年是第二次世界大战转折的一年，世界反法西斯战争开始了反攻阶段。

在欧洲战场，苏联红军在斯大林格勒战役后，展开反攻，解放了三分之二以上的国土；英美联军结束了北非战役，乘胜追击，于7月在意大利西西里岛登陆，墨索里尼法西斯政权垮台。

在亚洲战场，日本法西斯更是祸不单行。随着盟军的节节胜利，日军在太平洋战场上愈加被动，而来自空中的威胁更令日军寝食难安。美第14航空大队自1941年在中国成立后，以衡阳、桂林、南宁等地为主要基地，不断对日本本土及各战区日军进行打击，至1944年5月，美机共出动25000余架次，击落日机上千架，击沉、击伤日军舰船90万吨。

美军在欧洲开辟第二战场的同时，在亚洲太平洋战场发起越岛进攻，切断了日本的海上运输线，并向日本本土推进。1944年6月至8月，美军攻击马里亚纳群岛，占领塞班、关岛、提尼安等重要岛屿。

马里亚纳群岛是日本"绝对国防圈"的重要环节，它的失守给日本政府以极大打击，重臣们的倒阁运动日趋高涨。结果，东条英机内阁被迫于7月18日总辞职，7月22日成立小矶国昭、米内光政联合内阁。

为扭转败局，日军大本营决定孤注一掷，打通纵贯中国大陆的交通线，使平汉、粤汉和湘桂铁路恢复通车，经由印度支那维持与南洋地区的联系，并摧毁中国的空军基地。1944年初，日本大本营决定实施代号为"一号计划"的"打通大陆交通作战"，计划于4月下旬向黄河两岸发动攻势，用1个半月的时间打通平汉铁路，6-9个月打通粤汉和湘桂铁路。

▶ 日本在侵华战争期间掠夺大量资源运往本土

显然，这是日军的"最后一跳"。为此，日军从国内及中国东北、华北、华中、华南地区抽调51万兵力、1500门火炮和250架飞机，在黄河至信阳、岳阳至越南的源山、衡阳至广州的2400公里的漫长战线上，发起空前规模的攻势作战。

这次作战波及10多个省，除安徽、江西、贵州3省失地因日军退出被国民党军收复外，其余7省中包括郑州、洛阳、许昌、长沙、衡阳、桂林、柳州、南宁、温州、福州等大中城市在内的149个县市沦入敌手，沦陷国土25万余平方公里、人口4450万。正面战场的又一次大溃败，全国人民及美、英等国无不感到震惊和失望。

在敌后战场，由于日军集中兵力打通大陆交通线，其华北、华中守备力量减弱，反共摩擦有所收敛。在以上有利形势下，中共中央和毛泽东指出：八路军、新四军应积极继续作战，努力向敌占区发展，扩大解放区，壮大人民武装力量，同时要把城市和交通要道的工作与根据地工作同等重要的地位。

1944年秋，日军为确保南京、上海、杭州三角地带，防止美军可能在浙江、福建方向登陆，先后占领温州、福州等要地，控制了浙闽两省沿海地区。国民党军纷纷西撤。中共中央华中局和新四军军部遵照中共中央关于开展东南沿海抗日斗争，发展苏浙皖边与浙江沿海地区，以准备实行战略反攻的指示，命令第1师主力南进，首先打开苏南、浙西抗日局面，再与浙东打通联系，尔后相机向南发展。

12月下旬，第1师3个团南渡长江，于1945年1月与在浙江长兴地区的第16旅会合。1月13日，新四军苏浙军区成立，粟裕任司令员，谭震林任政治委员，将苏南、浙东和第1师南下部队整编为第1、第2、第3纵队（4月增编第4纵队），并确定了向东南敌后进军的部署。

中央和华中局指示苏浙军区：

> 将领导中心设于苏浙皖交界地带，南下部队会合第十六旅首先进占吴兴、长兴、安吉、武康间之敌后地区。然后向敌后新区深入发展，采取巩固的逐步发展的方针，在大步向浙江发展的同时要十分注意发展一切敌后之敌后地区，作为大发展的巩固的基础和将来收复各大城市的有力阵地。

总的战略设想是一旦战略反攻时期揭幕，能够破敌、收京、入沪、配合盟军登陆，在日寇崩溃时处于有利的战略地位。如果国民党发动全面内战，则能够在东南独立地就地坚持，成为全国抗击国民党军进攻的一翼。

向苏浙发展，是新四军向东南敌后进军的一个组成部分。具体任务是：深入苏南工作；打开浙西局面；打通与浙东联系。

但在抗日战争已经胜利在望之际，胜利果实归谁所有？胜利后国家前途和人民命运将怎样？已经日益尖锐地摆在全国人民的面前。蒋介石在抗日战争中，一直处心积虑地限制、削弱人民革命力量，多次制造反共磨擦，随时准备消灭共产党和人民军队。现在眼看日寇败局已定，为独吞胜利果实，并在胜利后对全国继续其法西斯反动统治，蒋介石就更迫不及待地指令国民党第三战区调集重兵企图聚歼苏浙军区部队，为其以后发动更大规模的内战作准备。

对国民党顽固派的严重阻挠，粟裕等苏浙军区领导人是早有预料和准备的。为全速向敌后进军，新四军苏浙军区命令所部力求避免同顽军纠缠和正面冲突。规定此次南进，既要深入敌后新区打击日伪发动群众，又要对付当面顽军的拦截和准备应付其纵深力量的增援，更要时刻防止日伪与顽军的夹击。对敌斗争，在战略反攻以前主要仍是游击战。对顽斗争，要严格遵守自卫立场，人不犯我，我不犯人，人若犯我，我必犯人。对顽作战则将以运动战为主，着眼于歼灭有生力量。

当时在苏浙地区，敌顽我三方的态势犬牙交错。苏浙大部分地区沦入敌手，日伪占领着南京、上海、芜湖、杭州、宁波等重要城市和几乎所有城镇，貌似强大，但已走下坡路，兵力日蹙。新四军到达苏浙边区后，日寇在浙江除加强沿海防御外，并无较大军事行动，虽扬言要再次打通浙赣铁路，实际上却停止于金华、兰溪，并将永康、丽水、衢州一带放弃，驻守在杭州至金华沿线。天目山脉以北的宣城、郎溪、广德、安吉和天目山脉以东的余杭、富阳等县城及较大的集镇虽仍为日伪占领，但主动作战行动已经不多。

国民党第三战区拥有第 23、第 25、第 32 等 3 个集团军共 7 个军，计有正规军 22 个师（旅）和 3 个突击队（相当于师），并统辖苏浙皖挺进军 4 个纵队、忠义救国军 4 个纵队，以及浙江省 4 个保安旅、江苏省 2 个保安纵队和江西、福建的保安部队等众多的地方部队，总计兵力不下 30 万。自日军打通粤汉路以来，国民党第三战区全境虽已沦于敌后，但尚有连成大片的土地，保有广阔的地域，处于新四军向东南敌后发展方向的西侧。他们长期以来执行消极抗日积极反共的政策，鱼肉人民，拥兵自重，与日伪勾搭默契，和平共处，甚至提出"变匪区为沦陷区"，"宁可让与日本，不可让与匪军"的反动口号。

根据苏浙地区的敌我顽形势，粟裕等人认为与浙东打通联系，可以考虑两条路线：一是东路，从杭外东北钱塘江口南渡，到达三北地区。此线江面宽阔，杭嘉湖区又是日伪"清乡"区，新四军在该区无工作基础，且系水网区，不便于大部队行动。二是西路，从杭州西南地区东渡富春江到达金华、肖山地区。此线西侧大部为顽军所控制，顽军必然要东出阻拦。因此，无论深入苏南工作或打通浙东联系，都必须首先打开浙西局面，其关键又在控制天目山。控制了天目山就能屏障苏南，巩固现有地区，才能使发展杭嘉湖区无后顾之忧，创造打通浙东的有利条件。

杭州西北的天目山脉是浙西的脊梁，呈东北向西南走势，绵亘百里以上，层峰叠峦，竹木茂盛，山势险峻。天目山分东、西两座，主峰均高达 1500 米左右，支脉绵延莫干山、昱岭、百丈峰等山脉。其北麓的孝丰城是浙西山区与平原交界点之一，既是天目山北部门户，又是浙西与苏南、皖南来往的要冲，位置极为重要。要控制天目山，必须先控制孝丰。顽军置重兵于天目山，新四军要进入杭嘉湖敌后，必将遭到顽军的拦击，这样就不可避免要与之进行一番恶战。

在认真分析以上情况后，粟裕等苏浙军区领导人对进军的具体部署拟制了两个方案：一是全力向孝丰地区出动，后在反击中控制天目山，再向浦东和浙东发展；二是先以一部指向

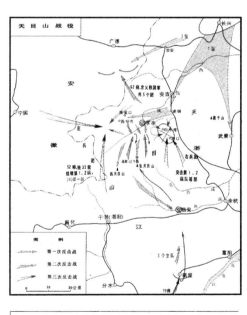

▶ 天目山战役示意图

莫干山，尔后深入杭嘉湖，打通与浦东、海北（指杭州湾北的乍浦、平湖、嘉兴、海宁、海盐地区）的联系，再向浙东发展。

第一个方案不仅可使安吉、孝丰以东及武康、德清和杭嘉湖地区为新四军遮断，以便控制该地区而进一步打通浦东及浙东联系，而且可以使控制天目山的任务迅速完成，减少今后之困难，还可以在此方向先以一个纵队进入浙东，预期半年后当有极大发展。

第二个方案以第一纵队进入浙西安吉、递铺以东，占领武康、德清及余杭以北地区，以一周时间肃清该地区之土匪，并开展地方工作。尔后即以该地为基础派小部武装向东深入杭嘉湖地区，打通与浦东、海北的联系。向南进至富春江边游击，以便与金肖支队打通联系。

两个方案比较各有利弊。第一方案虽是可以迅速打开局面的上策，但不是很有把握，如后续部队不能迅速南来，还可能陷于僵局，而且新四军主动深入顽区作战，在政治上、军事上都不利。第二方案虽发展较慢，但较稳妥而有把握，且可以进一步摸清情况和创造实施第一方案的有利条件。

最后，经反复权衡利弊，粟裕确定执行第二方案并报军部批准，具体部署是：

第1纵队进至安吉、递铺以东，余杭以北，控制莫干山及杭嘉湖地区，建立前进基地；第3纵队两个支队进至誓节度、广德、泗安以南，配合第1纵队行动，一个支队在广德、泗安公路南北地区掩护后方交通；第2纵队除继续巩固四明山区外，逐步向西发展，策应主力南进作战。

这个部署使第1、第3纵队以犄角之势互相策应，第1纵队伸入敌后，进一步摸清情况伺机进退；第3纵队保持机动，盘马弯弓，引而不发；第2纵队则隔江活动，遥相呼应。

按照上述部署，苏浙军区各纵队从2月10日起开始行动。第1纵队沿途积极打击日伪军，至12日，占领了杭州以北的递铺、三桥埠之线，控制了武康、德清，进入莫干山区。与此同时，第3纵队第7支队也进至安徽广德以南柏垫以东地区。

国民党第三战区苏浙皖挺进军在获悉新四军第1师主力南下并在长兴地区与第16旅会合的情报后，认为新四军"企图进入莫干山建立根据地后，可能进入杭嘉湖与海北地区，准备尔后协同盟军登陆作战，以争夺国际信誉"，即令第28军以第62师主力"迅将该匪歼灭，毋使坐大"；并令"忠义救国军"、浙江保安第2团、挺进第1纵队等部协力堵歼。

在发现第1纵队已全部进入莫干山，在广德以南仅有第3纵队第7支队时，苏浙皖挺进军司令陶广命令第62师、"忠义救国军"等共5个团，由孝丰西北地区向第7支队突然发起进攻。

陶广满以为以五比一的优势，可以轻易地把第7支队吃掉，妄图切断第1纵队的后路，进而歼灭该纵主力。苏浙军区部队奋起自卫，天目山第一次反顽自卫战就此打响了。

第62师是国民党中央军主力部队，也是第三战区骨干部队之一，装备整齐，弹药充足，较有战斗力，且是反共老手，压根儿就没把第7支队放在眼里，牛皮吹得嘟嘟响，狂言"两天解决，绰绰有余"。

"忠义救国军"则是一支受过特别训练的反动特务武装，全副轻装备，武器精良，善于游击和山地作战，以其作战灵活机动，善于投机取巧，被称为"猴子军"。

但在英勇的新四军将士面前，这支"猴子军"被打得狼狈不堪，溃不成军。第7支队先在广德东南25公里的上堡里将"忠义救国军"一部击溃，随即以一部进至孝丰北之阳岱山、景和里一线。

14日，"忠义救国军"以1个团再次猛攻上堡里阵地。第7支队顽强坚守，打退了顽军的数次进攻。

15日，第62师乘第7支队在上堡里与"忠义救国军"激战之际，由外白羊迂回至西亩市以西的景和里，企图截断第7支队归路。第3纵队即以第8、第9支队投入战斗，在景和里以南、丁岭以北一线与第62师展开激战。

与此同时，第1纵队主力越过莫干山，由东向西切断顽军向孝丰、天目山区的退路，协同第3纵队求歼该顽。

战至16日晚，第3纵队全线反击。顽军不支，全线溃逃。

正所谓：天网恢恢，疏而不漏。途中，这股顽军恰好被正赶来西援的第1纵队第3支队迎面拦住了去路。

一个极富戏剧性的场面出现了。第3支队6连在向战场开进途中，突然发现有支队伍向相反方向乱跑。黑暗之中也看不清楚，便问对方是哪一部分的。

"是六连的。"

连长一听顿时火冒三丈，骂道：

"还没有打仗，队伍怎么就成了这个样子！"随即冲着对方大喊道：

"我是六连连长，六连的向这边走，一个跟一个，不准掉队！"

那支乱跑的队伍乖乖地插进队伍里来。可没过一会儿，队伍里就有人发牢骚骂起娘来。连长心中生疑，借着昏暗的月光仔细辨认。

不好，刚才跑进队伍里来的那些兵军帽上没有防寒护耳。是顽军！连长急中生智，悄悄命令身边的战士做好战斗准备，然后一面鸣枪，一面高喊：缴枪不杀！

混进6连队伍里的顽军这才明白过来，吓得高举双手就地投降。

17日上午，第1纵队乘胜追击，在孝丰以北塔山附近将第62师第184团残部击溃，随后占领孝丰城。

此时，第62师再也没有战前的"雄心壮志"了，向孝丰城南报福坛一路狂奔逃窜。

18日，第1纵队占领报福坛，并配合第3纵队于孝丰西会歼西圩市、渔溪口、大小王坑一线之"忠义救国军"一部，残顽向天目山和宁国窜去。

至此，苏浙军区部队南下第一次自卫反击作战胜利结束，共歼顽军1700余人，解放孝丰城，控制了天目山北部地区。

▶ 苏浙军区部队一部反击顽军的进攻

战斗结束后，粟裕让释放的俘虏给国民党第三战区司令长官顾祝同带去一封亲笔信：

> 卑职率师南下抗日，正缺武器弹药，承蒙你慷慨解囊，无私奉送俘虏1700名，迫击炮3门，重机枪12挺，轻机枪30余挺，汤姆式机枪14挺及步枪700支，解我燃眉之急，真乃雪中送炭，我等万分感激。武器乃多多益善，你如愿再次相送，我仍来者不拒。谢谢！

据说，顾祝同收到这封信后，气得半天说不出话来。

2月24日，中共中央就新四军向南发展的战略方针致电华中局，指出：

在日军打通浙赣铁路以前，苏南、浙东、皖南的新四军部队应巩固现有地区，深入农村工作，整训和扩大部队，随时准备反击国民党顽固派可能的进攻，准备将来大举向南跃进。

28日，中共中央再次致电华中局，指出：

"粟部占莫干山后，暂不宜深入突进，以巩固现地，诱顽来攻为宜。"

对于将同顽军连续作战，粟裕早有心理准备，他曾回忆道：

我军在第一次反击中追到报福坛、渔溪口之线就停止前进了。一则本着有理有利有节的原则适可而止；二则要抓紧时间深入农村工作；三则从军事上考虑，天目山易守难攻，顽军有纵深配备，过于深入顽区对我不利，而且强攻凭险据守的顽军，必将付出较大伤亡。估计顽军在初战中遭受的打击还不很大，必不善罢甘休，第二次进攻将接踵而来，不如以逸待劳，待顽出击，在天目山外，于运动中歼其有生力量，然后乘胜而进，使顽虽占地理之利却无兵据守或至少削弱其守备力量，我便可能以较小代价而迅速占领天目山。据此，决定在顽军再次进攻之前，我不主动出击。

果然不出粟裕所料，国民党顽固派决不甘心天目山"门户"被新四军控制。顾祝同密令陶广所部相机在孝丰附近将新四军南下主力围歼。

陶广决定以第28军军长陶柳为前线总指挥，集中12个团的兵力，分四路从西、南、东三面，呈马蹄形向孝丰分进合击，并严令各部抱定"有我无敌的决心"，务必夺取孝丰，以报上次失利之恨。具体部署是：

左路为"忠义救国军"，除原有的2个团外，又从桐庐增调1个纵队，共5个团，自刘村、小白店、杭垓一带向孝丰西北前进；其左中路是第192师第118团和第52师第156团，自章村、汤口一线从西南向孝丰以西攻击前进；右中路是第62师3个团残部，自报福坛、统里一线从正南向孝丰进攻；右路是挺进第1纵队、浙江保安第4纵队各1个团，自山坞、白水湾一带从孝丰东南进行包围。

粟裕分析认为：顽军这次进攻部署的重点在孝丰以西，主要骨干力量是左中路的第52师和第192师各一个团。第52师、第192师也是国民党中央军，同第62师一样均是第三战区主力，尤其第52师训练有素，反动教育深入，装备精良，并配有苏式轻重机枪，是各部队中战斗力最强的，一贯自视甚高，经常充任反共急先锋。这一路是新四军主要对付的。其次要认真对付的是左路"忠义救国军"，虽一贯打滑头仗，但在得势时是还有攻击力的。

虽然顽军的兵力两倍于我，表面上气势汹汹，但内部矛盾重重，建制混乱，指挥不统一。据此，粟裕决定利用山地有利地形，以各个击破的战法对付顽军的分进合击：任凭几路来，我只打一路。即集中兵力捏成一个拳头指向西面顽军，主要目标为求歼第52师第156团和"忠义救国军"主力，然后视情况逐次歼击其他。

粟裕命令第3支队一部及独立第2团在孝丰周围担任正面守备，第8支队布防于孝丰西北之牛山、八卦山一带阻击忠救军，第1、第3纵主力分别控制于孝丰及其西北芦村地区，待机由孝丰西南和西北向西实施迂回包围南北对进合击进至孝丰西侧之顽军。

顽军原定于3月1日发起进攻，因内部矛盾而推迟到3月3日。这次还是"忠义救国军"打头阵，率先向孝丰西北之牛山、八卦山阵地进攻，其他顽军亦步步进逼。

4日至6日，顽军先后占领孝丰东南至西南外围之白水湾、皇路庄、施儒庄、统里庄、报福坛、上梅村、上市村等地，战斗进行得十分激烈，许多阵地反复争夺失而复得。

6日晚，苏浙军区各守备部队先后发起反击，正面击溃了第62师的进攻，并从西面楔入渔溪门口歼灭"忠义救国军"一部。

见顽军阵脚不稳，粟裕抓住战机，果断命令部队全线出击。7日，第3纵队主力自孝丰西北的芦村南下，向西线顽军左翼迂回；第1纵队主力西出孝丰城，进行穿插分割。

"忠义救国军"又露出"猴子军"善打滑头仗的本色，见势不妙，立即脚底抹油溜之大吉。这样一来，第52师第156团的翼侧暴露无遗。第3纵队决定切断第156团退路。双方在报福坛附近的黄泥岗遭遇，展开激战。最终第156团被全歼，团长也在战斗中被击毙。

苏浙军区部队接着又在孝丰西南之吉才坞、老石口歼灭第192师一部，并在孝丰南再创第62师。顽军进攻的重点一路被彻底击垮了，其他各路顽军如惊弓之鸟，纷纷南窜西逃。陶广精心炮制的四路合击计划就此失败。

粟裕挥师乘胜追击，决心占领天目山，扩大战果。

在东、西天目山之间鞍部有个叫羊角岭的地方，海拔1100米，是从北面进入天目山地区的必经之地。两边山峰陡峭，中间仅有一条山路可通，小路一边是深涧，地势非常险要，可谓"一夫当关，万夫莫开"。但顽军兵败如山倒，竟不敢在此据险抵抗。第2支队尾随紧追，一鼓作气夺下了这个险要之地，并乘势南进直下天目山南部的一都。溃退到一都的顽军败兵正准备歇息，听到一点响声即惊惶逃窜。

3月11日，华中局致电苏浙军区：

"你们在两次反顽大战中，再度创造以少胜众的新记录，捷报传来致以为慰。特再传令嘉勉，以昭有功。"

12日至26日，顽第192师、第62师残部、挺进第1纵队、浙保第4纵队又先后分别由黄湖、横畈、青云桥、后院进扰，均被击退。粟裕指挥苏浙军区部队乘胜完全占领天目山，并解放了临安，胜利结束了第二次反击战。

此战，共歼顽军第156团团长朱丰以下1700余人，缴获迫击炮4门、轻重机枪80余挺以及大批弹药。浙西纵横各100余公里的广大地区，包括长兴、广（德）南、孝丰、安吉、武康、德清、吴兴、余杭、临安、于潜、富阳等11个县的大部或一部均为苏浙军区控制。

粟裕回忆道：

第二次反击战的战役目标是实现了，占领了天目山，但歼敌仍不多，大部分逃散了。其原因，从顽军方面说，他们总想保存实力，进攻时等待观望，撤退时争先恐后，一碰硬马上缩回，我们布下的口袋他不钻，而且部队撤得很开，不像黄桥战役时那样靠拢。从我们方面说，虽然山地战的适应力提高了，但长期在游击战争中养成的独立自主各自为战的习惯一下不易改变，各打各的多，协同配合少。从打游击战向打运动战转变、向进行大兵团协同作战转变，只能在实践中逐步完成。同时我们只有二个纵队靠在一起，作战时一根扁担挑两头，手中没有预备队，面对胜利发展的新形势更感兵力不足，因此我积极向华中局和军部建议第二批南下部队早日动身。如果有了三个纵队，就可以拿一个纵队堵截，两个纵队突击，仗就好打了，就能成建制歼灭敌人。

第二次反顽战役结束后，粟裕对当前形势进行了深入分析，认为：顽军在第二次进攻失败后士气更加沮丧，兵力更感不足，又悉苏中新四军第4纵队南下，正赶筑碉堡加强防御。估计顽方虽在增调兵力积极准备更大规模的进攻，但一时不至于有大的举动，第三次进攻将会推延。这是非常难得的有利时机。据此决定抓紧休整，继续贯彻中央和华中局指示，做好深入发动群众的工作，以巩固现有地区，发展敌后新区。

▶ 新四军一部集结待命

5月上旬，国民党在陪都重庆召开了第六次全国代表大会。蒋介石在会上公然叫嚣：

"今天的中心工作，在于消灭共产党……只有消灭中共，才能完成我们的任务。"

23日，蒋介石即命令第三战区副司令长官、反共悍将上官云相调集14个师42个团共6万余人的兵力，向苏浙军区进犯。同时，顾祝同派谢企石会见大汉奸周佛海，表示"希望南京与重庆配合共同剿共"。为消灭新四军苏浙军区部队，顽军与日伪勾搭成奸，沆瀣一气。

这时，粟裕从多方搜集来的情报证实，顽军发动第三次大举进攻已迫在眉睫。这次进攻由上官云相任总指挥，以第25集团军总司令李觉代替被撤换的陶广任前敌总指挥，增调第79师、独立第33旅、第146师加强第一线。而李觉总部已由光泽开抵淳安，同时突击总队第1队也从江西开抵淳安附近准备参战。突击总队又称突击军，全部美械装备，经英国教官训练，其编制系五五制，总队下辖5个突击队，每队辖5个战斗营及工兵连等直属分队，每营有4个步兵连、1个重机枪连和1个迫击炮连，1个营约千人，1个突击队相当于1个师，是顽方最精锐的部队。

从28日起，天目山以南的顽军进占新登以北、临安以西之藻溪镇；天目山以西的顽军从宁国方向出动，向孝丰以西及西北之独树街、桥头、柏垫一带进逼，"忠义救国军"则向孝丰西南章村、皤溪正面进扰。顽军的企图是先夺占临安、天目山、孝丰，聚歼苏浙军区主力，再进攻莫干山、郎溪、广德地区。

形势万分危急，粟裕当机立断，于29日晚集中第1、第3、第4纵队主力，决定乘顽立足未稳之机予以打击；并成立了由叶飞、王必成、陶勇、廖政国等参加的前线指挥部，叶飞任前敌指挥。第三次反顽战役由此拉开了帷幕。

是日晚，叶飞指挥第1、第7、第10支队向凭堡据守的第79师发起反击。

提起第79师，新四军指战员们无不咬牙切齿。该部曾参与1941年初的"皖南事变"，与新四军有着血海深仇。新四军将士们早就憋足了一股劲儿，要狠狠教训这个刽子手，为牺牲的战友讨还血债！

战斗打响后，第1纵队司令员王必成率第1支队、第3纵队司令员陶勇率第7支队、第4纵队司令员廖政国率第10支队，三员虎将并肩作战，锐不可挡。

经过3天夜战，终于突破筑碉防线，占领与平毁碉堡300余个，击溃了第79师，于6月2日进占新登城。接着又打退顽军10个团的反扑，共歼顽军2300余人，缴获迫击炮1门，重机枪15挺，轻机枪45挺，长短枪500余支。

下一步仗该如何打？

粟裕考虑了三个方案：一是增援新登，继续在新登奋战；二是撤退一步，在临安与顽决战；三是大踏步后退，诱敌深入，寻机再战。

经过审慎的思索后，粟裕认为既不可在新登恋战，也不宜死守天目山，而是主动撤离新登、临安，诱使敌人脱离堡垒阵地，然后在运动中寻找战机消灭顽军主力。

许多年后，粟裕在回忆录中是这样描述的：

> 顽发动这次大规模进攻是下了更大决心和作了更周密部署的，这仗非打不可。我不打这一仗就不足以粉碎其进攻，不粉碎其进攻就不能保持战场的主动权，问题是何时、何地、怎样打才有利。打仗是最讲辩证法的，因为双方都是活生生的人在行动，敌人同我们一样也会动脑筋会走路，他打着打着变了招，我们就得跟着变招，即使他不变招，我们也常要根据战场上变化了的形势来变换打法。孙子说过，兵无常势，水无常形，能因敌变化而取胜者，谓之神。现在整个情况变了，顽军的力量，部署变了，我们不能一成不变，不可在新登恋战，也不宜死守天目山，如与顽军胶着，拼消耗会中顽军下怀。我们应该

主动撤离新登、临安，诱使敌人脱离堡垒阵地，然后在运动中继续消灭顽军有生力量。

从 4 日夜，新四军主动从新登全线分路撤退。8 日，各支队又继续从临安北撤。10 日，华中局指示粟裕并报中共中央：在目前情况下，可留下部分武装坚持游击战争，主力转至敌后地区。粟裕、叶飞、朱克靖等党政军领导联名上报华中局：建议暂时放弃天目山，向敌后之敌后发展。

11 日，华中局复电同意。

此时，局势正在进一步恶化。与顽军达成默契的日伪军也出动了，除向茅山根据地"扫荡"外，还不断派部队骚扰进攻，企图切断苏南与浙西新四军的联系。

由于新四军迅速撤离新登，再撤临安，三撤天目山，使顽军一次又一次扑空。不过因前线部队仓促撤离战场，物资、伤员转移都由部队自抬自运，人员纷杂，道路拥挤，使顽军产生错觉，认为新四军已是"伤亡惨重，溃不成军"，正在"向北溃逃"。

粟裕决定将计就计，命令各部加强战役伪装，故意能动示形，以进一步诱敌深入，将顽军引向预设战场。

一时间，设在天目山的机关、医院、工厂、报社和军需物资纷纷向宣长路北转移，并公开向群众告别。为了把戏唱得更逼真，粟裕还有意让部队放松看管，一些顽军俘虏跑回去报告称：新四军在败逃！

有道是：一朝被蛇咬，十年怕井绳。毕竟在与共产党军队的交手中，国民党军多次吃亏上当，是不会轻易上钩的。前敌总指挥李觉便是其中之一。

李觉，号云波，又名淑志。国民党陆军中将。1900 年生于湖南长沙。1913 年考入北京陆军第一预备学校。毕业后到山东边防军第 2 师当入伍生。不久，直皖战争爆发，段祺瑞战败倒台，这支新军也就随即解散。李觉回到长沙，入湘军第1师第2旅第3团当排长，深得团长唐生智的器重。

1921年，唐生智亲自选派李觉到保定军官学校第9期深造。1922年5月毕业后回原部队任连长。

据说李觉刚当连长时，年纪轻轻、嘴上没毛，整个一个白面书生，手下士卒多是打过很多仗的兵油子，并不服这个学生官。

无奈之下，李觉竟然采纳了唐生智出的馊主意，拿烧热的老姜抹嘴唇，说是这样能快点儿长出胡子来，长出胡子就显得不那么嫩了，底下的兵好服你。最后兵还是服了他，当然不是因为他有胡子，而是他出色的军事指挥才能和勇猛顽强的战斗意志。

1924年，李觉调任第9旅第27团营长，归属何键部下。何键也非常喜爱李觉。后经唐生智的从中撮合，何键将长女何玫嫁给了李觉。从此，李觉以唐生智的得意门生、何键的乘龙快婿的身份，步步高升，成为湘军主将。

1934年11月底，时任湖南省保安代司令兼第19师师长的李觉曾率部参加了围堵中央红军长征的全州战斗，也就是人民解放军历史上最为悲壮的一场战斗——湘江战役。

在那次惨烈绝伦的血战中，中央红军付出了惨重的代价，从8万多人锐减到3万多人。而李觉打得格外出色，还差点儿在脚山铺一战中抄了林彪的军团部。

然而，从那以后，李觉便再无当年之神勇，和共产党军队作战非败即输，尤其对声东击西、神出鬼没的战法，更是谈虎变色，怕得要命。为此，他再三告诫各部：

"不要受骗上当，丛林深谷，容易埋伏，务必严密搜索。"

不过，再狡猾的狐狸终究要败在精明的猎人手下。新四军的一再示形假象终于迷惑了顽军，连顾祝同也认为这次新四军是真的败退了。于是，他电令李觉以有力兵团肃清东西天目山新四军并筑碉固守，主力分为左右两个"进剿"兵团，依托东西天目山，分别由临安、宁国两地向孝丰分进合击，务期一举夺取孝丰，求歼新四军主力；并调突击总队第2队和第146师前来参战。

对司令长官下的命令，李觉怎敢怠慢，立即调整部署，限所属各部于15日前完成各项准备，18日前进占各出击要点，19日开始全面进攻。

其中，右"进剿"兵团由第79师、突击第1队、突击第2队（欠2个营）组成，以突击总队副司令胡琪三为指挥官；左"进剿"兵团由第52师、第146师、独立第33旅、挺进第2纵队和"绥靖"第1纵队、第2纵队组成，以江南苏皖边区"绥靖"指挥部指挥官刘秉哲为指挥官；中路由第192师和第62师的1个团，以及"忠义救国军"第1、第2、第3纵队各3个团和新编第1团，负责担任扼守东西天目山各隘口，并策应左右各兵团作战，以第28军军长陶柳为指挥官；场口及新登附近由挺进第3纵队和浙保第4纵队担任守备。总计有15个师45个团约7.5万人。

顽军重兵压境，直指孝丰，大有黑云压城城欲摧之势。李觉妄图一举攻占孝丰，围歼苏浙军区新四军；即使围歼不成，至少也要赶回苏南；或借刀杀人，逼其退入杭嘉湖地区，假日伪之手予以消灭。

李觉这一招的确非常毒辣，连他也不无得意地向顶头上司顾祝同报告：

"据各部报称，18日止，东西天目山已无敌踪，扫荡之战，于焉告终。"

然而，李觉还是高兴得太早了。粟裕已对顽军的兵力部署了如指掌，并进行了认真的分析判断：

此次顽军兵力看上去很多，但其中路"忠义救国军"和第28军的主要任务是扼守天目山隘口，意在牵制，防止新四军再次向南突进。该两部因两次受到新四军沉重打击，不敢轻易冒进。东西两路是顽军的主力。西路虽有6个师兵力，但第146师有2个团担负守备，只有1个团在第一线，而且还是担任翼侧掩护；挺进纵队和"绥靖"纵队等部或守备或跟进配合，只起辅助作用；进攻的骨干力量是第52师和独立第33旅。独立第33旅虽然编制、装备、战斗力与正规师相等，但为保存实力好打滑头仗，拣便宜时进得快，碰硬时也溜得快，不会真正出力。第52师的1个团在上次作战中已受到歼灭性打击，这次主要对付的是另外2个团。东路有3个师兵力，突击总队虽然是精锐部队，但已经较量过，突击第1队同第79师在新登作战中均被歼一部，战力大损，突击第2队前来参战的只占该队的五分之三。所以对东西两路的任何一路，新四军集中力量都有把握予以歼灭。既然顽军还是采取分进合击的战法，新四军就照方抓药，继续以各个击破对付之。

善于捕捉战机的粟裕敏锐地察觉到顽军左右两个集团远距离分头开进，前进速度不一致。左集团第52师好大喜功，行动积极；右集团却按部就班，步步为营，加上苏浙军区以小部队进行麻雀战，迟滞其行动，故前进缓慢。

据此，粟裕巧布奇阵：决定采取先阻东打西、后阻西打东的办法，连续作战，各个击破两路顽军。作战分为两个阶段：第一阶段，先歼西边的顽军左兵团主力第52师，并相机求歼独立第33旅；第二阶段，视情况发展移兵东向，再歼顽军右兵团。具体部署为：

以第8、第11支队和独立第2团组成阻击集团，既要顶住顽军右兵团的进攻，又要拖住不使其逃离；以第1、第2、第3、第7、第9、第10支队组成突击集团，伺机出击顽军左兵团；第12支队预伏在顽军侧翼的武康、德清地区，相机运用。

6月18日，顽军独立第33旅为抢头功，竟谎报军情，称已夺取孝丰。第52师师长张乃鑫立即派侦察排长前往孝丰联系，结果被在城外活动的新四军侦察部队俘获。从他的口供中，进一步证实了新四军已掌握的情报，第52师不再步步为营，而是孤军深入。

19日，第52师主力第154团进至孝丰城西10公里的新桥头、百步村、西圩市一带，第155团进至孝丰城西北10多公里的虎岭关、小白店一线；新补充起来的第156团随师部在番溪及其附近，距离两团约有10公里。而顽军右翼仍然按部就班前进，先头部队刚刚进抵双溪、石门一线，预定两天后才能到达孝丰东南的港口、百丈地区，与第52师距离达20公里。

期盼已久的战机终于出现了。粟裕计算，以6个主力支队围歼第52师2个主力团，绝对有把握在两天之内解决战斗。右路顽军要想在这两天内与第52师会合是不可能的。

当晚，粟裕果断下达了反击命令：以第1纵队第1、第2、第3支队对付顽军第154团，以第3纵队第7、第9支队和第4纵队第10支队对付顽军第155团，分别进行包围歼击。

反共急先锋第52师也是新四军的老对头。皖南事变中，伏击新四军军部的正是该师，可谓血债累累。此次，第52师更是口出狂言，叫嚣要"再打一个茂林，完成皖南剿共未竟之功"。

对此，新四军苏浙军区部队无比愤恨，提出了"为皖南事变死难烈士报仇"的口号。

这一激励人心的口号使部队斗志更旺，歼击速度也比预期快。战斗打响后，第1纵队一部从塘华村、观音桥楔入了第52师同独立第33旅的结合部，直插第154团团部。第154团指挥中断，乱作一团。第1纵队趁势歼灭了独立第33旅的1个营。果然如战前粟裕的判断，好打滑头仗的独立第33旅生怕被包围，仓皇溜走。

战至20日天亮时分，第52师的两个主力团全部陷入新四军的重围之中。此时，中路的"忠义救国军"和第28军虽奉急令驰救第52师，但均慑于被歼，未敢轻动。

下午，全歼第52师已成定局。粟裕随即把指挥重点转向东线战场，要杀李觉一个回马枪。他果断命令把孝丰变为一座空城，守备部队放开东路，控制孝丰城以北、东北、西、南、东南各山地要点，形成三面埋伏，待顽军进入城内就关门打狗。命令第9支队留下收拾第52师残部，并负责桃花山至西圩市、下汤之线警戒；西线其余主力全部东移，并令原守备西线的第 8 支队立即从孝丰西北向东南迂回，乘夜在顽军阵地间隙中穿过，向港口地区隐蔽集结，或酌情就地攻击，以切断顽军向东南的唯一退路。命令预伏在莫干山以东的第 12 支队连夜翻山，于 21 日晨八点前赶到白水湾、港口地区，抄袭顽军后路，堵住对顽军右兵团包围的唯一缺口。

这就是粟裕最擅长的绝招：及时转用兵力，造成兵力对比上的绝对优势，然后各个歼灭敌人。

21 日，李觉尚不知第 52 师已被新四军全歼，仍错误地认为新四军主力还在孝丰以西与第 52 师激战，便急令右路兵团连夜乘虚向孝丰、鹤鹿溪挺进并相机占领，协同左路兵团，企图对新四军"夹击而聚歼之"。

粟裕曾担心顽军右兵团逃得太快，现在却继续送上门来，自然是喜出望外。

顽军右路的突击第 1 队一部轻而易举地攻入孝丰，却发现是一座空城，大呼上当，急忙退出，但为时已晚。刚跑出城就落入粟裕早已为他们设好的包围圈里。

顽军第 79 师与新四军在孝丰城东北制高点五峰山展开了激烈争夺。新四军抢先 5 分钟占领山顶，集中火力把第 79 师打了下去。

当晚，第 1 纵队全部经大竹竿、报福坛、山坞从孝丰南面向东迂回潜伏拦截，从南面兜住了顽军；第 8 支队在穿越顽军阵地时受到环攻，当即占领和固守要点，进行顽强奋战，虽未及时到达目的地，却拖住了顽军，割裂了顽军的整个部署，并造成了顽军的混乱和恐慌；第 3 纵队主力则经孝丰东北向顽军右翼迂回，占领灵岩山及其以东一线高地，由北向南攻击。

至此，顽军右兵团主力已陷入新四军的重重包围之中。

决战的时刻到来了。粟裕命令第 4 纵队第 10 支队从孝丰正面向东出击；命令第 8 支队乘夜东进，直插顽军第 79 师和突击第 2 队的腹心地带；命令完成围歼第 52 师残部任务的第 7 支队迅速奔赴孝丰战场，向第 79 师发起攻击。

深入敌后的第 12 支队按照粟裕的命令，以迅雷不及掩耳之势从莫干山地区杀出，突然袭占港口、白水湾地区，将顽军溃退之路切断。

　　这时，第 1、第 3 纵队从南北收拢，将顽军压缩在孝丰东南的草明山、白水湾、港口一带的狭小山谷地区内。顽军狼奔豕突，拼死突围，但均未得逞。

　　新四军指战员发扬连续作战的战斗精神和英勇顽强的战斗作风，咬紧牙关，忍饥耐苦，排除万难，用"孙悟空钻到铁扇公主肚子里"的战术，大胆穿插分割。

▶ 新四军炮兵部队

　　23 日，总攻开始了。粟裕又一改夜间发起攻击的常规为白天攻击，集中迫击炮、小炮，用猛烈的炮火杀伤猬集之敌。

　　这一招果然大大出乎顽军的意料，取得了事半功倍的效果。仓促应战的顽军，没过多久便支撑不住，阵脚大乱。

　　经过两个昼夜的恶战，突击第 1 队除留守临安的 1 个营外全部被彻底干净歼灭，第 79 师、突击第 2 队大部被歼，残部夺路南逃，弃守临安。

　　此战，新四军共歼顽军突击第 1 队少将司令胡旭旰、第 52 师副师长韩德考、第 79 师参谋长罗先觉等以下官兵 6800 余人，其中俘虏近 3000 人，缴获各种炮 17 门，轻重机枪 130 余挺，长短枪千余支。

　　新四军苏浙军区部队在天目山地区连续进行三次自卫反击战，挫败了国民党顽固派军队驱逐新四军出江南的企图，巩固和扩大了苏浙皖边抗日根据地，为完成向东南沿海发展的战略任务创造了有利条件。

35. 政治攻势威力凸显
——阜宁战役 (1945.4-5)

1944 年，世界反法西斯战争处于大规模战略反攻阶段。在欧洲战场上，苏军接连给德军以毁灭性的打击，完全掌握了战争主动权；在亚洲、太平洋战场上，美、英军和中国远征军向印度、缅甸的日军展开反攻；与此同时，中国解放区军队也开始了局部反攻作战。日军连续失利，败局已定。

12 月 15 日，毛泽东在陕甘宁边区参议会上，发表了《一九四五年的任务》的讲话，要求全军在 1945 年里开展攻势作战，提出了"消灭敌伪，扩大解放区，缩小沦陷区"的战略任务。根据这一指示，各解放区抗日军民迅速转入战略攻势作战。

进入 1945 年后，在华北，八路军各部队以夺取日伪军守

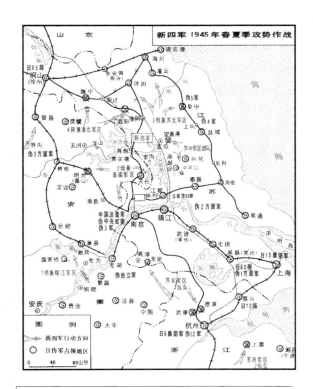

▶ 新四军 1945 年春夏季攻势作战示意图

备薄弱的城镇据点和交通线，将敌压缩、包围于大中城市和交通干线为目标，展开大规模攻势作战。在华中，新四军也向敌占城镇和交通线展开进攻。

3～4月间，日军为防止美军在华中沿海登陆，加强长江下游防务，再次收缩兵力，将阜宁等地的日军南撤至长江沿岸地区，以伪军接替苏北各据点守备。

阜宁，位于江苏盐城西北，水陆交通便利，是盐阜区的军事要地。县城东宽西窄，南北分为两部分：北部为老城，城墙已残缺不全，仅北门（即拱辰门）附近较为完整，高约9米；南部为新城，城墙高约6米。城之东、西、北有护城河，南靠射阳河。城内房舍均为土木结构，居民2万余人。阜宁县城长期被日伪军盘踞，成为楔进盐阜抗日根据地中心腹地的一颗钉子，并作为其加强南京外围防卫的前哨。

阜宁县城及城北各据点由刚从河南开封地区调来的伪第2方面军第5军第41师和苏北屯垦警备第1总队等部共3400余人守备。

伪第2方面军是由原国民党军孙良诚部改编的。1944年，孙良诚率部投降日本，任第2方面军总司令，当上了可耻的汉奸。所部被编为两个军，第4军军长赵云祥，第5军军长王清翰。在德、日法西斯面临总崩溃的形势下，该部于当年12月上旬从冀鲁豫边区出发，沿陇海路东进，到达东海边，并在新安镇、灌云一线集结。随即，再经响水口、东坎、阜宁、上冈到达盐城。之后，第2方面军司令部以及第4军军部驻盐城，第5军驻阜宁。

由于失去了日军的支撑，阜宁地区的伪军忙于交接防务，城内粮草缺乏，军心涣散，士气低落。

针对这一情况，新四军第3师长兼政委黄克诚立即在师部所住的阜宁与淮安、涟水边界地区的孙老庄，召开会议。参加会议的有师参谋长洪学智，第10旅旅长刘震、政委金明，第8旅旅长张天云、政委李雪三，以及师司令部参谋处长沈启贤等人。

会上，大家一致认为，根据中央的指示精神，全国各抗日根据地都已经开始了夺取能够夺取的城市的行动，新四军也应当立即开始行动。在分析了盐阜区的形势后，认为在盐阜区，比较好打的是阜宁，原因是孙良诚部的主力已全部南下盐城，阜宁城比较孤立，北面已经没有可以增援的部队，从盐城到阜宁的 120 里路中间，也没有什么敌人的队伍，加上目前日伪正在交接换防，因此打阜宁是最有利的，比较有把握的。于是决定抓住这一有利战机，攻打阜宁城，发展春季攻势的胜利。

考虑到当时第 7 旅已归军部直接指挥，到淮南津浦路西支援第 2 师的反顽斗争，因此决定集中第 8 旅全部、第 10 旅主力、师属特务团及阜宁、阜东、射阳、建阳、盐东等 5 个县独立团共 11 个团的兵力，由参谋长洪学智为前线指挥，发起阜宁战役。

鉴于伪军兵力分散、设防较为坚固等特点，会议确定采取分割包围、各个击破的战法，首先以第 8、第 10 旅主力攻取阜宁城北的外围各据点，并以一部位于阜宁县城东北小顾庄担任警戒；攻击据点时以东坎的马路为界，马路以东由 10 旅负责，马路以西由 8 旅负责。同时，以师特务团为主，加上阜宁独立团和射阳独立团，将这 3 个团部署在川场河的两岸，阻击盐城或苏中可能向阜宁增援之敌，或截击阜宁可能南逃之敌；再将阜东独立团、建阳独立团和盐城独立团，分别部署在阜宁城以西、湖垛以北、鲁公祠、新兴场以东，牵制各处敌军的行动。整个战役分为肃清外围和攻城两个阶段。战役发起时间为 4 月 24 日夜 22 点。

虽说阜宁城的伪军兵力不多且分散，但王清瀚率部驻防阜宁城后，不仅修筑加固了护城河、外壕、铁丝网和巷战掩体工事，还在城内外构建了 21 个大小据点。每个据点都筑有围墙、水圩和 5 个以上的炮楼，并设有地下室和秘密枪眼。因此，王清瀚大肆吹嘘：阜宁城"固若金汤，万无一失"。

要想攻克阜宁城，任务并不轻松。洪学智在回忆录中是这样写的：

▶ 在攻势作战中摧毁的敌军据点

"扫清外围据点不是问题，攻城难度大一点。但是，我们的部队是打出来的，我的想法还是打这一仗。"

为了打好这一仗，第3师进行了精心准备。师部作战科长张兴发化装侦察了阜宁据点外围的地形、地物，选择了攻城部队的进攻路线。师部派参谋李新到第1师借调山炮，并将迫击炮改装为平射，以加强步炮协同。与此同时，新四军还发动民众，从射阳河的上游用小木架载着宣传品，顺水漂向阜宁城边。根据伪第5军中有不少人祖籍是晋冀鲁豫的特点，新四军中同乡战士大搞攻心战术，唱起了河南小调——

黄河水黄又黄，
黄河两岸大麦香。
别人都在打鬼子，
你们怎么反把伪军当？"

四面楚歌中的伪军，仗还未打，便有100多人从据点里逃出，向新四军投诚。而留在据点内的伪军士气大衰，斗志涣散。

从4月20日起，各参战部队分别向阜宁城以北、以西及东北方向开进。师部直属队也于21日从孙老庄出发，经过3天的急行军，于23日黄昏进入头灶以西的张家湾，并在张家湾成立了临时指挥所。这时，第8旅已进到了阜宁的西北地区，第10旅也已进到了阜宁以北及东北地区。

就在临出发的前一天，黄克诚不慎摔了一跤，腰部受伤不能行动。大家都劝他留在后方养伤，但黄克诚坚持要亲临前线，命令战士们用担架把他抬进指挥所，一面接受治疗，一面指挥战斗。

24日午夜，随着黄克诚的一声令下，各部队同时展开攻击，解放阜宁的战斗打响了。

第8旅和第10旅主力迅速向城北外围各据点实施分割包围，并展开猛烈攻击。第8旅主力在张天云、李雪三的指挥下，以第22团猛攻头灶、七灶、张庄等据点；第10旅主力在刘震、吴信泉的指挥下，迅速向城北外围各据点实施分割包围，攻击大顾庄和小顾庄两个据点，并以一部进到小顾庄以南地区，准备打击从阜宁出来增援的部队。

▶ 新四军某部进行攻坚演练

激战至25日中午，第8旅先后攻克头灶、七灶、掌庄等据点。第10旅主力攻克大顾庄，在新四军火力攻打和政治攻势的双重压力下，大顾庄伪军200余人在营长李正新的率领下缴械投降。至此，新四军横扫敌人外围的作战意图完全实现，阜宁城内的敌人已是瓮中之鳖。

在攻击各个据点的战斗正紧张进行时，阜宁城里的王清翰沉不住气了，于25日拂晓时分，亲率2个团分三路驰援大、小顾庄。但遭到第10旅预伏部队的迎头痛击，立即向阜宁城溃退。

第10旅28团和29团见状，乘势向溃退的敌人发起猛攻，并尾追敌人突入城内。这时，扫清了阜宁西北据点的第8旅22团和24团，同时也从张庄向阜宁城发起了攻击，占领了城北门外壕两侧的据点和炮楼，打开了敌人坚固城防的一个缺口。

不甘心失败的敌人逐次增兵、拼命反扑，妄图夺回失守的阵地，均被击退。第22团乘胜往城里攻击，与敌展开巷战。战至下午，城北、城东方向所有外围据点均被攻克。伪军残部退守大浦桥、水龙局、天主教堂等几处孤立据点，凭坚固守。

阜宁成为一座孤城。面对新四军的强大攻势，王清翰早已没有了战前的万丈豪情，令手下人趁天黑双方在城里混战之际，在城边架起浮桥，率残敌渡过射阳河，向盐城方向拼命逃窜。但桥小人多，一下子过不去。第28团很快就攻到了浮桥边，堵住了敌人的退路。

26日凌晨3点，新四军在浓雾之中继续与敌激战，同时开展政治攻势，通过喊话，要被包围的敌人放下武器，出来投降。上午，困守于大浦桥、水龙局等处伪军，在新四军军事打击和政治攻势下，相继缴械投降。

王清翰所率的南逃队伍，在川场河两岸被第3师特务团和阜宁独立团、射阳独立团堵截。混

▶ 苏军进攻柏林

战中，王清瀚被击伤，由部下搀扶着，和师长孙建言率几十人，连滚带爬地逃向盐城。随后，第3师各部乘胜扩张战果，收复盐（城）阜（宁）公路沿线的大施庄、沟安墩、草堰口等据点。

此役历时三天，第3师兼苏北军区部队共毙伤伪军300多人，俘敌副师长以下2200多人，攻克阜宁县城及外围据点22处，不仅扩大了苏北根据地，切断了南通至赣渝这条连结苏北与苏中的重要公路，而且在苏北地区甚至整个华中产生了强烈反响，成为全国大反攻之肇始。

一周后，苏军攻克柏林，德国法西斯向同盟国无条件投降。广大人民群众拍手叫好，这真是双喜临门啊！

5月4日，苏北区党委、新四军第3师及盐阜军民5万余人，在阜宁东沟镇召开"苏联红军解放柏林，我军光复阜宁祝捷大会"。这是苏北人民的一个盛大节日，盐阜区各县民众纷纷赶往阜宁东沟镇。

黄克诚激动地说：

"苏联红军占领了柏林，欧洲法西斯垮台了。我们还要学习苏联红军的英勇战斗精神，加紧准备，迎接反攻！"

一时间，"苏军解放柏林，我军光复阜宁"的欢呼声响彻苏北大地，一首童谣应运而生：

> 反攻军，反共军，
> 反攻军消灭了反共军。
> 黄克诚，孙良诚，
> 黄克诚消灭了孙良诚。

36. 八路军战略反攻前沿阵地的加固
——安阳战役 (1945.6-7)

1945 年是世界反法西斯斗争最为辉煌的一年。为早日结束战争，同盟国同仇敌忾，向法西斯伸出了最有力的铁拳。

解放区战场的全面反攻，形成了中国战场的全面反攻。1945 年 4 月，广西日军为隐匿撤退企图，进行了以佯攻掩护撤退的湘桂作战。5 月至 6 月，中国第 3、第 4 方面军尾追日军收复了南宁、柳州。

1945 年初，在晋冀鲁豫边区周围，驻有日军华北方面军第 59、第 69、第 114、第 117 师团，4 个独立步兵旅团及 1 个独立混成旅团；另有伪军第 4、第 5、第 6 方面军和华北"绥靖"军第 12、第 13、第 14 集团。但这些日军

▶ 晋察冀军区部队实施大反攻，解放张家口

部队大多是1944年上半年新组建的，老兵骨干少，战斗力较弱。

此时，八路军第129师所属太行、太岳、冀鲁豫3个军区，辖26个军分区、66个步兵团、21个支队和2个旅，共15.6万多人，另有民兵20.3万余人。经过1944年攻势作战的锻炼和冬季大练兵运动，部队的军政素质进一步提高，战斗力增强，士气旺盛。

为贯彻执行中共中央和毛泽东主席提出的战略任务，太行军区于1月下旬发起道清战役、太岳军区于4月初发起豫北战役、冀鲁豫军区于4月底发起南乐战役，相继收复陵川、左权、和顺、沁源、阳城、晋城等县城，取得了春季攻势的胜利。

在抗日军民的英勇打击下，侵华日军已经显得军力不支，只能进一步收缩兵力，纠集伪军重点固守大中城市和主要交通线，占领区日益缩小。其中，日军华北方面军将驻晋冀鲁豫边区周围的第59、第69、第117师团调给关东军指挥，将其防务交由刚成立的第5、第6、第9独立警备队。

遵照八路军总部关于展开"更积极的攻势"的指示，太行军区决定集中第3、第4、第5、第7、第8军分区的主力部队和八路军总部警卫团，共9个团另5个独立营的兵力，组成3个支队，在3万民兵和自卫队配合下，出击豫北，发起安阳战役，以打通太行山区与平原的联系。

安阳是连接冀南、豫北及冀鲁豫区的交通枢纽，也是一座古城，有悠久的历史和灿烂的文化。宋代宰相韩琦有词云：

安阳好，形势魏西州。曼衍山川环故国，升平歌吹沸高楼。和气镇飞浮。

笼画陌，乔木几春秋。花外轩窗排远岫，竹间门巷带长流。风物更清幽。

可是，这座风物清幽、物阜民丰的中原名城却被日伪军长期霸占。他们盘踞城内，烧杀抢掠，无恶不作。广大人民处于水深火热之中，痛苦不堪。盘踞在这一地区的是日军独立混

▶ 太行军区部队攻克左权县城

成第1旅团一部、伪剿共第1路军李英部2个旅和伪军第6方面军暂编第9师，以及伪林县总队，7000余人。日军驻城内，伪军守外围，大修碉堡据点，妄图阻断八路军山区与平原之间的联系。

6月，太行军区在研究敌情和充分发动群众的基础上，决定发起安阳战役，以驻守在平汉路以西、观台以南、鹤壁集以北地区的敌人为打击目标，力求歼灭该地的日伪军，摧毁封锁线，解放并巩固该地区。

●夜袭曲沟集，生擒杜二保

6月30日凌晨，第7军分区所属第1、第43团和第8军分区所属第2团及3个县的独立营组成第1支队，向安阳以西曲沟之敌发起进攻。

当日夜色沉沉，细雨濛濛。

按照刘伯承司令员"秘密而周到的准备，迅速而突然的袭击"的要求，第1支队分成3个分队，在司令员张廷发和政委高扬的率领下，冒着小雨，踏着泥泞，向曲沟疾进。进入敌占区，天完全黑下来了。部队悄悄从驻有伪

军的九龙山的南坡和天喜镇村的后面穿过去，没有被敌人发现。在到达曲沟寨墙西南角后，即兵分两路，一路向东，一路向北。

大约2点许，三发信号弹腾空而起，第1支队首先向敌军发起了攻击。

上百挺轻重机枪一齐开火，枪声、炮声、喊杀声，震得天摇地动。顿时，曲沟硝烟弥漫，火光冲天。2团8连迅猛向城西南角的炮楼冲去。路连长指挥重机枪掩护，4班长带着投弹组，越过护寨壕，不停地向炮楼上甩手榴弹；5班突击组徒手从左翼攀上寨墙。接着6班从右翼攻了上去。

仅仅用了15分钟，寨墙即被八路军炮火打开了缺口。第2分队在另一地点正准备竖起云梯登寨，从背后曲沟东南的五台寺方向，突然出现了一股伪军，边跑边喊道：

"你们是哪一部分的？"

阴雨的黑夜里，战士们借着炮火的闪光，隐隐约约地看到这股伪军正向这边跑来。第2分队的步枪、机关枪、掷弹筒立即一起开火，伪军被打得措手不及，抱头鼠窜，向周家庄方向逃去。

登城的冲锋号吹响时，第1支队在轻、重机枪和迫击炮的掩护下，竖起云梯开始登城。寨墙呈梯珙，只有5米多高。寨墙外壕沟3米多宽，没有内沿，从壕沟水面至寨墙顶部，大约有45度的坡度。战士们把云梯从壕沟的外沿搭在寨墙头上，争前恐后登上云梯。

此时，在曲沟东寨门，一部分官兵的"土坦克"已经把寨门炸开了，进入东寨门。经过一番激战，第1支队占领了据点。

拂晓，从寨墙上逃下来的伪军已被分割包围消灭，只有伪3旅旅部还在顽抗。第1支队1团和2团在曲沟东、西、北街交会的丁字路口会合，为不伤害群众和毁坏民房，工兵连经连续爆破将敌人盘踞的一座3层楼炸毁，部队乘爆破烟雾和敌人混乱之际，冲进大院，生擒了伪旅长杜有桢（绰号杜二保）、伪参谋长裴先祖等数十人。

经过了 5 个小时的激战，曲沟伪第 3 旅旅部及伪第 6 团的敌人全部被歼，俘虏 600 余人，缴获山炮 1 门，机枪及长、短枪 500 余支。

●强攻水冶镇，捣毁各据点

在攻打曲沟的同时，第 4 军分区所属第 32 团和第 5 军分区所属第 34 团、义勇军第 5 团及 2 个县的独立营组成第 2 支队，于 6 月 30 日凌晨 1 点强攻水冶镇。

水冶镇，城墙高约三丈六，全部用砖石砌成，城内外炮楼碉堡星罗棋布，堑壕暗道纵横交错。伪剿共第 1 路军司令李英派其主力第 2 旅在这里驻守。

当第 34 团从城北发起攻击后，敌人凭借坚固的工事，以猛烈的炮火负隅顽抗。竖在城墙上的云梯被炸断了，战士们一个接一个地倒了下去。与此同时，攻打南门的第 32 团，也与敌人展开了激烈的拉锯战。

第 34 团和第 32 团进攻相继受挫，支队司令员韦杰、政委陶鲁笳立即布置和指挥第 2 次强攻，命令各部队迅速进行土工作业，重新组织火力，准备坑道爆破。

日军独立混成第 1 旅团一部及伪军数百人急忙从安阳出动，前来增援水冶镇。当这股敌人进至北流寺村附近时，遭到八路军第 3 支队的迎头痛击。

刚刚过了夏收，一马平川的庄稼地里没有什么地形地物可以

▶ 八路军日夜赶挖攻城坑道

隐身。八路军战士们用机枪、迫击炮向伪军猛烈射击、轰击，并以班、排为单位，冒着敌人的炮火，卧倒射击，前进，再卧倒射击，再前进，一步步推进到北流寺村东老爷庙前。

这时，从段邵村顺着安（阳）水（冶）公路开来3辆汽车，是日军的后继增援部队。最前面的那辆汽车刚刚开到老爷庙东北的徐家坟南面，就被八路军的炮火击中，发生剧烈的爆炸，随即燃起熊熊大火。车上日军一个也没跑出来，全被烧成了焦尸。

跟在后边的两辆汽车见势不妙，调转车头就往回跑。结果，一辆车只跑出三四百米，就被八路军的炮火打坏，趴在公路上不能动窝了。车上日军生怕被烧成肉干，赶忙跳下车，顺着公路两侧的路沟向东逃跑。

八路军战士们立即穿越公路，猛追猛打下去，将这股敌人全部赶进了北流寺村，展开了逐墙逐院的争夺战。

日军守卫的主要阵地都在北流寺东西大街以北的北半部村里。这股敌人是军官队，有作战经验，武器先进，弹药充足。因此，战斗非常激烈，八路军每夺取一个阵地都要付出沉重的代价。

随着包围圈的缩小，敌人的反扑更加猖狂，连续组织了5次反扑突围，都被八路军击退。前3次都是向东，企图沿着安（阳）水（冶）公路逃往段邵村。第4次突围是向东北，妄图向西梁村方向逃跑。第5次突围后，60多名伪军已全部被歼，100多名日军士官训练队员也被歼过半，留下的敌人中还有不少伤员，再也没有组织突围的力量了，只好固守楼院，负隅顽抗，等待援军。

下午4点，日军见等待援军无望，便把尸体堆成几堆，先当作掩体利用，后来又把枪支摔断、电台摔坏，连同九二式重机枪和火炮，放在尸体堆上放火焚烧。这时，八路军发起了第3次进攻，将该敌全部歼灭。

时至黄昏，第2支队向水冶镇的全面攻击开始了。炮兵班长郭保发九发九中，把城墙炸开一道豁口，为进攻开辟了通路。在嘹亮的军号声中，突击

队如猛虎跃上城头，午夜，战斗胜利结束。

翌日清晨，一面血染的战旗高高飘扬在水冶城头。

▶ 缴获的部分战利品

各支队乘势展开了第二阶段的作战，扫除水冶镇南北敌各个据点。第1支队向南攻击九龙山，东善营各据点；第2支队向北攻击石官、东鲁仙各据点；第3支队向众乐、李家岗之日伪军进攻。经两昼夜激战，将安阳以西，观台镇以南，鹤壁集以北地区内之日伪军据点全部摧毁，全歼伪剿共第1路军第2旅、第3旅残部及伪林县游击部队一部。

●解放鹤壁，活捉杨振兰

4日，各支队又开始了第三阶段的作战，向观（台）丰（乐）铁路及汤阴地区扩大战果。

5日凌晨，第1支队继续向南进击，到达鹤壁外围。其中第1、第2团担负主攻鹤壁任务，第43团负责阻击由汤阴来援之敌。

零点15分，第1、第2团从西北东3个方向，对鹤壁城发起攻击。在八路军强大的军事打击和政治攻势下，防守东门的伪暂编第9师第26团7连官兵90余人战场起义，打开东门。

伪师长杨振兰正在东门里小南街的公馆喝酒，听到枪声，带着随从急忙往指挥部跑，妄图组织抵抗。但为时已晚，迎面正碰上冲入城内的八路军，杨振兰吓得魂飞魄散，掉头就往南门冲。结果还没有冲到南门，就被八路军的炮弹片击中，束手就擒。

这时，第1团已从北门攻入城里。经过激战，活捉了伪暂编第9师副参谋长张大本，然后配合第2团分割、包围并歼灭了第26团团部及1营的3个连。从小东门冲入城中的第2团另一部，歼灭了伪军3营9连及鹤壁地方团队"太行山剿共总司令部"。3营8连120多人在7连连长孙秀峥的劝说下缴械投降。

战至8点，战斗胜利结束，共毙伤、俘敌1000余人，缴获重机枪4挺，轻机枪30余挺，长短枪1000余支及大批军用物资。

随后，第1支队在地方武装的配合下，乘胜追击，消灭了驻大湖、鹿楼集等据点的伪军。其余伪军慑于八路军的强大攻势，望风而逃，窜回了汤阴县城。第1支队在张廷发司令员和高扬政委的率领下，撤回根据地三苍村休整。

▶ 侵华日军向华北八路军某部投降

8日上午，杨振兰由八路军战士押解到司令部。杨振兰穿着黄色呢子军服，没有戴帽子，头上缠着纱布。

张廷发打趣地说：

"你的部队打得不错呀！"

杨振兰尴尬无比，低着头一时说不出话来。

安阳战役，是太行军区自百团大战以来歼灭日军最多，特别是歼灭日军军官最多，规模最大的一次战役，也是太行军区对日寇的最后一战。

整个战役历时8天，消灭了伪剿共第1路军主力；全歼日军第74大队士官教导队和伪孙殿英部1个团。共毙伤日伪军800余人，被俘及反正、投诚日伪军2500余人（内有伪军将官3名），击溃伪军900余人，攻克据点30余处，扩大解放区1500余平方公里，解放人口35万，进一步逼近平汉铁路及安阳日伪军据点。通过安阳战役，使太行山区与冀鲁豫平原的联系更加紧密，晋冀豫根据地更加扩大，为抗日大反攻打下了基础。

战役期间，官兵们编唱着一首歌曲流传甚广：

共产党的抗日政策高，
八路军打仗打得妙。
三百万大军好像猛虎下山来，
奋勇冲杀消灭日本狗强盗！狗强盗！
军队、人民配合好，
抗战胜利就要来到了！

主要参考书目

1. 中国军事百科全书编审委员会:《中国军事百科全书》,军事科学出版社,1997 年版。

2. 武国禄:《八路军》, 新华出版社, 1990 年版。

3. 金涛:《八路军新四军全面抗战实纪》, 黄河出版社, 1995 年版。

4. 贺建筑、王书范:《八路军的 5 次著名战役》, 环球军事, 2005 年。

5. 岳思平:《八路军》, 中共党史出版社。

6. 乔希章:《八路军抗日战争纪实》(上), 中共党史出版社, 2001 年版。

7. 《聂荣臻传》编写组:《聂荣臻传》, 当代中国出版社。

8. 张文杰、郭辉:《八路军抗战纪实》, 人民出版社, 2005 年版。

9. 何理、刘建皋、杨宣春:《八路军事件人物录》, 上海人民出版社, 1988 年版。

10. 中国人民解放军历史资料丛书编审委员会:《八路军回忆史料(1)》, 解放军出版社, 1988 年版。

11. 曹里怀:《八路军回忆史料(2)》"守卫千里河防", 解放军出版社, 1988 年版。

12. 《毛泽东军事文集》(第二卷), 军事科学出版社、中央文献出版社, 1993 年版。

13. 平山:《八路军抗战史》, 广东人民出版社, 1995 年版。

14. 军事学院训练部：《八路军晋东南地区反敌九路围攻战役》，1983 年版。

15. 钟磊、熊睿：《重温地雷战的辉煌》，中国军网，2009.7.28。

16. 王建伟，文忠民：《军旗飘飘——中国人民解放军军史经典故事》，国防大学出版社。

17. 高存信等：《冀中平原抗日烽火》，河北人民出版社，1987 年版。

18. 李忠权等：《冀中熔炉》，河北人民出版社，1993 年版。

19. 吕正操：《冀中回忆录》，解放军出版社，1984 年版。

20. 石言：《新四军故事集》，江苏人民出版社，1981 年版。

21. 马洪武：《新四军征途纪实》，江苏人民出版社，1981 年版。

22. 任才：《血路——新四军浴血奋战实录》，当代中国出版社，1995 年版。

后 记

  本书是长征出版社组织策划的《人民军队征战传奇》丛书之一，在编写过程中，得到了出版社领导的具体帮助和指导，军事科学院研究员丁伟审读了全书，提出了宝贵意见。在编写中，我们还参考引用了大量的图片资料。由于资料的来源广、头绪众多，在客观上难以逐一进行核实，希望图片资料版权的所有者予以谅解，并向他们致以衷心的感谢。凡认定本书所使用的图片资料的所有者，请提供可靠的证明材料，并请及时与作者或出版社联系，我们将根据有关规定，合理支付稿酬。

  由于学识水平有限，本书在编写中肯定存在着不少差错与不足，请读者提出批评指正，以便我们在下次印刷中加以改正。

图书在版编目（ＣＩＰ）数据

八路军新四军征战传奇 / 人民军队征战传奇丛书编委会编. — 北京：
长征出版社, 2012.10
ISBN 978-7-80204-749-5

Ⅰ.①八… Ⅱ.①人… Ⅲ.①报告文学 – 中国 – 当代
Ⅳ.①I25

中国版本图书馆CIP数据核字(2012)第235283号

书　　名：八路军新四军征战传奇
丛书策划：樊易宇　　陈锡祥
作　　者：人民军队征战传奇丛书编委会
责任编辑：陈锡祥
编　　务：芦　笛
监　　制：张永超
出版发行：长征出版社
社　　址：北京阜外大街34号 邮编：100832
电　　话：68586781
经　　销：新华书店
印　　刷：三河市南阳印刷有限公司
开　　本：787 × 1092 1/16
字　　数：270千字
印　　张：21.5
版　　次：2012年11月第1版
印　　次：2012年11月北京第1次印刷
定　　价：49.80元
ISBN 978-7-80204-749-5

（如有印刷、装订错误、我社负责调换）